AVERTISSEMENT

Plusieurs des morceaux qui composent ce recueil des *Œuvres choisies* de Carmen Sylva ont paru dans la *Bibliographie* de ses œuvres, que nous avons publiée, en 1904, chez Paul Lacomblez, à Bruxelles (1). La nature spéciale de ce travail bibliographique, qui ne s'adressait qu'à un public restreint, ainsi que le prix relativement élevé de notre volume de 1904, nous ont engagé à réunir, dans une anthologie destinée au grand public, quelques-uns des écrits les plus célèbres et les plus justement admirés de la Reine poète : contes, nouvelles, œuvres philosophiques, récits auto-biographiques, pensées, poésies. Nous nous estimerions heureux si ce nouveau volume pouvait exciter la même curiosité que notre *Carmen Sylva intime*, éditée en 1905 par la librairie Félix Juven (2).

(1) *Carmen Sylva (Sa Majesté la reine Élisabeth de Roumanie). Bibliographie et extraits de ses œuvres. Bruxelles, Paul Lacomblez; — Paris, H. Le Soudier; — Bucarest, Socec et C°; 1904,* in-8 de LXIV et 303 pages. Fig.

(2) *Carmen Sylva intime : La Famille. L'Enfance. L'Éducation.*

a

C'est ici, croyons-nous, le lieu de rappeler que presque toutes les œuvres de Carmen Sylva, à l'exception des *Pensées d'une reine*, de l'article sur *Bucarest*, publié en 1892 dans *les Capitales du monde* (1), et de quelques autres articles de revues, ont été écrites en allemand ; ce sont donc des traductions que le plus souvent trouveront ici nos lecteurs — et des traductions faites par des auteurs différents. De là, dans les divers morceaux de ce recueil, quelques disparates de style, qui ne sauraient, en aucune façon, être imputées à Carmen Sylva.

Notre volume s'ouvre par la traduction du conte roumain *le Pic aux regrets* (Vîrful cou dor) traduction due à l'éminent écrivain roumain, Al. Odobesco, et à l'auteur de cet *Avertissement*, et imprimée, en 1884, chez *Hamelin frères*, à *Montpellier* (2). C'est une des plus attachantes légendes des *Contes du Pélesch* (Pelesch-Märchen) (3), dont MM. L. et F. Salles ont donné, également en 1884, chez *M. Ernest Leroux*, une très agréable traduction (4). Les beautés pittoresques et grandioses des hautes cimes des Kar-

Les Fiançailles. Le Mariage. La Maternité. L'Œuvre litt... re el Œuvre philosophique. Paris, Société d'édition et de ... cations, Librairie Félix Juven, 1905, in-16 de 292 pages. Figg. (Collection des *Souverains et grands hommes intimes*).

(1) Paris, Hachette, gr. in-8 de 2 ff. et 592 pages (pp. 295-320).

(2) In-4 de 21 pages. Texte encadré. Fig.

(3) *Bonn, E. Strauss* (1882 et 1883), in-8 de VIII et 224 pages. Figures et fac-similé.

(4) In-8 de 233 pages. Il a été tiré des exemplaires sur papier de Hollande.

pathes, la grâce naïve des mœurs populaires rou_
maines, la mélancolie et la résignation du caractère
national — le tout s'entremêlant à la simplicité et à
l'émotion d'une touchante histoire d'amour — sont
décrites, dans le *Pic aux regrets*, avec une remarquable vigueur de pinceau et avec un rare bonheur
d'expression.

La nouvelle intitulée *Une Lettre* est extraite du
recueil allemand *Handzeichnungen* (1) (Esquisses),
également traduit par M. F. Salles, chez MM. *Hachette
et C*, en 1886 (2). Une autre traduction en a été
donnée plus récemment par M. Georges-A. Mandy,
dans le volume *Par la Loi* (3). Quel que soit le
mérite de ces deux traductions, que les deux éditeurs
nous avaient très obligeamment autorisé à reproduire,
nous avons préféré présenter à nos lecteurs une nouvelle traduction (inédite), qui nous paraît serrer de
plus près le texte allemand. Ils pourront ainsi suivre,
dans ses moindres péripéties, l'épisode très drama-
tique qui forme le fond de cette nouvelle, où l'on
voit, comme dans les tragédies classiques, la passion
aux prises avec le devoir, et les sentiments d'abnégation, de dévouement et de sacrifice luttant — pour
en triompher — avec les impulsions les plus ardentes
du cœur et avec les sophismes les plus éblouissants
de l'amour.

(1) *Berlin. A. Duncker*, 1884, in-8 de 274 pages.
(2) In-16 de 314 pages.
(3) *Paris, Société d'éditions littéraires et artistiques. Librairie*

C'est dans ce même recueil *Handzeichnungen* qu'a paru la jolie nouvelle *Fâcheuse Affaire*, qui n'a pas été comprise dans la traduction que M. F. Salles a faite de ce volume. Celle que nous en donnons est inédite. Cette historiette offre cet intérêt particulier qu'elle a été inspirée à Carmen Sylva par une aventure de son enfance, à laquelle nous avons fait allusion dans notre volume *Carmen Sylva intime* (1). L'héroïne de ce récit — la petite Hédi — n'est autre que la reine elle-même, qui n'avait pas toujours eu à se louer de la douceur et de la patience des gouvernantes auxquelles elle avait été confiée.

Avec la nouvelle intitulée *Dans les Karpathes*, extraite du volume allemand *In der Irre* (2) (A l'aventure), nous nous trouvons de nouveau transportés dans cette féerique région des Karpathes où se complaît la vive et enthousiaste imagination de Carmen Sylva. Elle y a placé, non plus, comme dans le *Pic aux regrets*, une merveilleuse légende poétique, mais une scène, qu'on dirait vécue, du temps présent, une très simple et très triste histoire, d'une observation minutieuse, d'une délicatesse achevée, d'un intérêt poignant, et telle que pouvait seul la concevoir son cœur de femme et de mère. Plus d'une larme involontaire mouillera les yeux de tous ceux qui liront ces pages, empreintes d'une morne mélancolie et

Paul Ollendorff, 1899, in-18 de 181 pages. Illustrations de Minartz. *Collection Ollendorff illustrée.*
(1) Page 18.
(2) *Bonn, E. Strauss.* 1888, in-8 de 371 pages.

toutes vibrantes d'une communicative émotion.

Traduite par Mme A. Chevalier, qui a bien voulu nous autoriser à reproduire ici sa traduction (revue et corrigée par elle-même), cette nouvelle a paru pour la première fois en français dans le volume ayant pour titre *Marié* (1).

C'est Pierre Loti qui a traduit *Mosh et Baba*, un petit tableau de mœurs populaires roumaines, une réminiscence transposée de *Philémon et Baucis*. Cette aventure, qui ne doit rien à la fiction, avait été racontée à la reine Élisabeth par le grand poète roumain Vasile Alecsandri. Carmen Sylva a su en faire très habilement son profit. *Mosh et Baba* figure dans le recueil allemand *Durch die Jahrhunderte* (2) (À travers les siècles). La traduction de Pierre Loti, que M. C. Lévy a bien voulu nous autoriser à réimprimer dans notre anthologie, a été publiée dans le volume intitulé *Qui frappe ?* (3).

Les deux épisodes — ou plutôt les deux légendes — qui suivent sont empruntés à l'histoire même de la Roumanie. Dans l'un, Carmen Sylva évoque, d'après une vieille tradition populaire, le souvenir d'Étienne le Grand, l'un des plus illustres princes qu'ait eus la

(1) *Paris, Perrin et Cⁱᵉ*, 1892, in-18 de 271 pages (p. 229). — Voyez une autre traduction de cette nouvelle dans le volume *Carmen Sylva. Trois nouvelles traduites de l'allemand par Léo Bachelin et J. Brun. Évreux, Ch. Hérissey, imprimeur*, 1892, in-18 de 278 pages (p. 243).
(2) *Bonn, E. Strauss*, 1895, in-8 de 360 pages.
(3) *Paris, C. Lévy*, 1889, in-18 de 2ᶜˢ pages.

b

Moldavie. Ce conte héroïque, intitulé *Dans la Vrancea*
— et dont la traduction est inédite (1) — est extrait
du volume *A travers les siècles*, ci-dessus mentionné;
l'autre morceau, qui a pour titre *Halte ! Qui vive ?* a
été imprimé pour la première fois dans les *Contes
d'une reine* (Märchen einer Königin) (2) : nous en avons
donné, dans notre *Bibliographie des œuvres de Carmen
Sylva* (p. 230), une traduction inédite, que nous repro-
duisons dans ce nouveau recueil. C'est le récit — très
mouvementé et très émouvant — des batailles qui
furent livrées autour de Plevna, pendant la guerre
turco-russo-roumaine de 1877-1878. La fiction s'y
mêle d'une façon très heureuse et très saisissante à
la réalité. « La reine — dit à ce sujet un récent cri-
« tique de Carmen Sylva — campe fièrement les
« ombres de ces rois épiques qu'on nomme Étienne
« le Grand et Michel le Brave se tenant debout, à
« côté du roi Charles Ier, pendant la bataille de
« Grivitza, pour porter bonheur à ses armes... (3). »

La Femme roumaine, qu'on lit après *Halte ! Qui vive ?*
est un des rares articles que Carmen Sylva ait écrits,
en langue française, pour un périodique français. Il
a paru dans le numéro 1017 *bis* des *Annales politiques et
littéraires*, intitulé *la Beauté féminine dans l'uni-*

---

(1) Elle avait paru dans notre *Bibliographie des œuvres de
Carmen Sylva*, p. 203.

(2) *Bonn, E. Strauss*, S. M. (1901), in-8 de 344 pages. Figg.

(3) Hélène de Golesco. *Carmen Sylva intime* dans *la Femme
contemporaine* (Paris. Lethielleux), livraisons d'août et de septembre 1907.

rers (1). Carmen Sylva y décerne à ses sujettes — enfants, jeunes filles, femmes et mères — la palme de l'intelligence et de la beauté, et elle le fait en termes à la fois simples et profonds, avec cette expérience de la vie et cette bonne grâce pleine d'indulgence et d'autorité qui donnent tant de saveur au moindre de ses écrits.

Les problèmes philosophiques ont attiré de tout temps l'esprit sérieux et réfléchi de Carmen Sylva, qui a hérité de son père un goût tout particulier pour les spéculations métaphysiques. Nourrie dès sa jeunesse dans l'étude des philosophes allemands (2), elle s'est toujours complue dans l'analyse des idées abstraites, et c'est pour suivre ce penchant naturel qu'elle a fait paraître, en 1903, le premier volume d'un ouvrage intitulé: *Geflüsterte Worte* (3) (Paroles murmurées), dont nous avons extrait un chapitre sur *l'Ame* (4). On y trouvera, à côté d'une connaissance approfondie des différentes théories émises au sujet de l'âme par les philosophes anciens et modernes, quelques aperçus personnels qui ne manquent ni de pénétration, ni de finesse.

Enfin les derniers morceaux en prose de notre re-

(1) 21 décembre 1902.
(2) Voyez ce que nous disons au sujet de ces études philosophiques de la reine dans notre ouvrage *Carmen Sylva intime* p. 32.
(3) *Ratisbonne*, W. *Wunderling*, in-16 de 213 pages. — Le second volume est de 1906.
(4) Traduction inédite, qui avait paru dans la *Bibliographie des œuvres de Carmen Sylva*, p. 240.

cueil : *Moïse et les Juifs, Bucarest*, la *Servitude de Pé-lesch, Mon plus triste jour de l'année, Comment j'ai ac-compli ma soixantième année*, peuvent se classer dans la catégorie des récits auto-biographiques, auxquels la plume de Carmen Sylva sait donner un si vif attrait et un si puissant intérêt personnel, et qui seront pour les historiens futurs une source précieuse d'in-formations et de documents non seulement sur la reine elle-même, mais sur une foule de personnages et d'événements importants du long et glorieux règne du roi Charles Ier de Roumanie.

Moïse et les Juifs est un chapitre détaché des mé-moires mêmes de la reine, mémoires dont une revue allemande a entrepris récemment la publication sous ce titre : *Mes Pénates* (1). *La Revue* (ancienne *Revue des Revues*), du 15 mars 1907, en a offert la primeur à ses lecteurs. A un moment où le sémitisme et l'anti-sémitisme sont partout à l'ordre du jour, et ont le don d'échauffer au plus haut degré les esprits, en pro-voquant des discussions et des polémiques sans fin, on ne manquera pas de lire avec curiosité ces pages de Carmen Sylva, discutables peut-être, mais em-preintes à coup sûr d'une grande élévation de pensée et à travers lesquelles on sent passer comme une large inspiration et comme un souffle puissant des idées chères à l'esprit philosophique du dix-huitième et du dix-neuvième siècles.

Notre anthologie eût été incomplète, si nous n'y

(1) Cf. notre *Bibliographie des œuvres de Carmen Sylva*, p. 119.

avions pas recueilli un choix de pensées et de poésies de Carmen Sylva.

On sait le retentissement qu'eurent à Paris, vers
1882, *les Pensées d'une reine*, que l'Académie française
jugea dignes, en 1888, d'une de ses plus hautes récom-
penses. L'éloge du livre n'est plus à faire, parce qu'il
a été fait excellemment et définitivement, d'abord par
Louis Ulbach, le premier éditeur de ces *Pensées*, puis
par Camille Doucet, qui disait dans son rapport an-
nuel de 1888 :

« Ces pensées étaient bien *les Pensées d'une reine*,
« d'une reine amie des lettres et des arts, philosophe
« et poète ; femme avant tout, qui semble parler d'elle-
« même quand elle dit : « Il y a des femmes majes-
« tueusement pures comme le cygne ; froissez-les,
« vous verrez leurs plumes se hérisser pendant une
« seconde ; puis elles se détourneront silencieusement
« pour se réfugier au milieu des flots. »

Nous remercions M. C. Lévy d'avoir bien voulu
nous autoriser à reproduire dans notre recueil quelques-unes de ces *Pensées*, qui révèlent chez Carmen
Sylva un grand fonds d'observation et d'expérience
de la vie, beaucoup de philosophie jointe à une man-
suétude sans bornes, de l'originalité, de l'enjouement,
parfois une pointe de malice, et par-dessus tout la
sincérité d'une âme droite, loyale, généreuse, aimant
à planer dans les régions sereines de l'idéal, de l'art
et de la poésie.

La poésie ! voilà le domaine incontesté et le principal titre de gloire de Carmen Sylva. Ses œuvres poétiques comptent parmi les plus célèbres de l'Allemagne moderne. Nous avons extrait, des vingt et quelques volumes qu'elle a écrits en vers, une cinquantaine de pièces, choisies parmi les plus belles, et nous avons essayé — entreprise assurément téméraire — de les mettre en vers français. Nous ne nous dissimulons pas, ainsi que nous l'avons déjà dit dans l'*Introduction* placée en tête de notre *Bibliographie des œuvres de Carmen Sylva*, les difficultés et les périls de cette tentative.

Comme l'écrivait récemment notre éminent ami, le grand poète Haraucourt, précisément à propos de ces essais : « La traduction et le vers ne sont-ils pas « incompatibles par définition? Traduire, c'est resti- « tuer strictement, mathématiquement, la personna- « lité d'un autre, et, par conséquent, abdiquer la « sienne, s'oublier soi-même, substituer un autre à « soi-même.

« Or le vers est par excellence l'émanation de la « personne et l'affirmation de la personnalité; il « n'existe et ne vaut que par cette affirmation-là ; tout « poète véritable possède un vers qui lui est propre, « et la signature au bas des poèmes est une chose à « peine utile, car les belles strophes, aussi bien que « les belles peintures, sont signées par leur beauté « même, qui ne ressemble pas à une autre beauté et « qui a la valeur d'un nom. En d'autres termes, le « vers doit traduire et traduit l'âme de son auteur. « Comment pourrait-il, en même temps et du même

« coup, traduire une seconde âme, ou les traduire
« fidèlement toutes les deux à la fois ? Le vers a des
« ailes et la traduction a des chaînes. Comment les
« associer ? Si le vers du traducteur est beau, la tra-
« duction risquera fort d'être parjure ; si le traduc-
« teur est, au contraire, un esclave respectueux,
« comme il doit être, son vers en souffrira d'autant
« et se tordra dans l'impuissance d'une tâche irréa-
« lisable.

« Est-ce à dire, cependant, qu'il n'a point de valeur ?
« Il en a une qui est toute morale, et touchante, vrai-
« ment. Faute de se pouvoir manifester comme une
« œuvre de grand art, il apparaît du moins comme
« un acte de piété, de respect, d'amour, comme une
« prière qui chante ; dans l'abnégation de son moi,
« il s'agenouille devant autrui ; il s'humilie et se re-
« nonce pour célébrer une gloire plus haute ; il est
« l'altruisme dans l'art, le suicide offert en holo-
« causte, le suprême hommage d'une individualité
« spirituelle qui s'abdique pour se donner.

« Cette impression, presque émouvante, se dégage
« du livre que publie M. Georges Bengesco, et dans
« lequel il nous présente, en vers français, les vers
« allemands du poète Carmen Sylva — de S. M. la
« reine de Roumanie » (1).

Nous souhaitons que nos lecteurs jugent nos traductions versifiées des poésies de Carmen Sylva avec
la même bienveillante indulgence qu'Edmond Haraucourt, et nous avons hâte de lui laisser la parole

(1) *Le Gaulois*, du 4 décembre 1903.

pour dire, ou plutôt pour répéter, ce qu'il a si admirablement dit de la Reine poète et de son œuvre
dans ce même article du *Gaulois :* ce jugement est
l'hommage le plus sincère et le plus mérité qui ait
jamais été rendu à Carmen Sylva.

Paris, décembre 1897.

GEORGES BENGESCO.

INTRODUCTION

Le présent recueil, dû aux soins de M. G. Bengesco, le bibliographe et l'historien de la Reine poète, ne contient pas, et il s'en faut de beaucoup, toutes les œuvres complètes de Carmen Sylva : la Reine a publié jusqu'à ce jour dix-neuf recueils de vers et vingt-trois volumes en prose. L'ouvrage que voici n'est donc, en réalité, qu'une sorte d'anthologie, une sélection destinée à montrer sous leurs aspects divers cette œuvre et cet esprit, ce qu'on pourrait appeler une table psychologique des matières, avec illustration de poèmes.

L'ouvrage est, par cela même, du plus rare intérêt, parce qu'il permet de mieux constater l'ensemble d'une personnalité typique, d'en saisir les aspects multiples, de la suivre à travers ses phases, d'en comprendre, à la fois, l'évolution et le total. Kaléidoscope d'une âme royale, il nous montre une existence entière de princesse et de reine au dix-neuvième siècle, et l'on peut imaginer qu'il sera, pour les critiques et les historiens futurs, un des plus curieux documents de la psychologie moderne.

Moderne, bien que le livre ait déjà, par endroits, quarante années de date. Mais les poètes sont des précurseurs ; qu'ils soient les reflets du monde, rien n'est plus incontestable; mais ils reflètent leur époque moins que l'époque qui va naître. Conscients ou non de leur double-vue, ils regardent dans l'avenir ; on dirait plus justement qu'ils sentent dans l'avenir. A la différence des romanciers qui peignent les hommes d'aujourd'hui, les poètes, sans même y prétendre, expriment et formulent les idées de demain. Ils parlent avec un demi-siècle d'avance. Ils annoncent, ils préparent. En latin, le même mot de *vates* désignait les prophètes et les poètes.

C'est ainsi que nous allons voir une princesse, malgré sa naissance trop haute et malgré l'espèce d'isolement que le trône crée autour des âmes, éprouver et traduire, pendant la seconde moitié du dix-neuvième siècle, les idées qui seront l'essence du vingtième : ce que les peuples commencent seulement à mettre en pratique, ce que les gouvernements se prennent à concevoir, ce que les tribuns se mettent à déclamer, une tendre voix d'enfant, de femme, de reine l'a chanté longtemps avant eux, parce que cette enfant, cette femme, cette reine était un poète, et nous la voyons obsédée pendant toute sa vie par les quatre besoins primordiaux de l'époque nouvelle : appétit de retourner vers la nature, intense fièvre du travail, constante préoccupation d'améliorer le sort des humbles, prêche perpétuel pour la fraternité des peuples et pour l'apaisement des haines nationales.

.:.

Elle a trois patries : l'Allemagne, où elle est née, pays de ses ancêtres, de son enfance, et qu'elle adore, tout de suite après Dieu ; la Roumanie, où elle règne, et qu'elle chérit d'une tendresse maternelle, mère ici comme là-bas elle était fille; la France, où elle se re-, connaît et qui la charme, artiste chez nous comme elle est reine chez son peuple.

« Ah ! s'écrie-t-elle, si le mot brutal d'ennemi héré-
« ditaire pouvait être remplacé dans des bouches
« allemandes par cette belle expression « pays de frè-
« res », alors mon travail aura été facile et ne m'aura
« donné que de la joie. »

Elle imprime ces lignes en allemand, comme préface de *Pêcheurs d'Islande*, traduit par elle, et qu'elle tient pour le plus beau livre de la littérature moderne. Ailleurs, cette Hohenzollern écrit en français : « Tout ce qui peut contribuer à rapprocher les deux peuples, je voudrais le tenter ; j'y emploie tout ce qui peut être utilisé. La pensée que la race latine et la race germanique sont faites pour se compléter l'une l'autre est positivement devenue chez moi une idée fixe... »

Cette double citation d'une même pensée écrite dans les deux langues n'est-elle point caractéristique ?

Chez ceux de sa propre race et chez les adversaires de sa race, le poète au cœur généreux tient le même langage avec la même audace et la même sérénité. Parlant du haut d'un trône, elle sait que ses paroles auront un retentissement insolite, et elle le souhaite : elle ne croit point manquer à son pays en confessant qu'elle en aime un autre, à côté du sien, et qu'elle les unit dans son cœur, faute de pouvoir les unir davantage. Ici la poésie confine à la philosophie sociale et devient presque de la politique. Il n'importe : la lyre anonyme échappe au contrôle des chancelleries, et le poète Carmen Sylva peut crier ce que la reine Élisabeth ne saurait proférer sous son nom royal.

Carmen Sylva dit ce qu'elle pense, parce qu'elle le pense. Jamais elle n'a menti, jamais elle n'a fardé. Elle croit ce qu'elle croit, et aime ce qu'elle aime, plaçant par-dessus tout les devoirs de sa conscience, et estimant que sa vocation de poète et son rang dans le monde lui ont conféré doublement la mission d'un apostolat.

∴

Elle le remplit. Au treizième siècle, on l'eût comparée à sainte Élisabeth de Hongrie : car la Reine poète est en même temps la Reine évangélique, tout amour et pitié. Il faut se rendre compte ici d'une optique un peu spéciale, assez inconnue de nos jours, et qui n'a rien de commun avec la mentalité ordinaire des gens de lettres.

Carmen Sylva tient à ses idées beaucoup plus qu'à son talent ; la valeur artistique de son œuvre la préoccupe moins que le réconfort puisé dans le travail ; elle écrit pour se formuler, non pour être admirée ; elle veut gagner les cœurs aux causes qu'elle croit bonnes, et non point gagner les esprits à la constatation de son mérite : elle met ses poèmes en actions, prêchant de parole et prêchant d'exemple : la joie qu'elle y recueille est tout ce qu'elle ambitionne, et elle n'aspire à rien de plus. L'œuvre faite ou à faire, n'est point pour elle un chemin qui mène à la gloire, mais un moyen de se rapprocher des hommes dont sa royauté l'éloignait, de communier avec eux, avec le monde, avec la vie, un moyen de répercuter en soi tous les fris... ns de la Misère et de la Nature, ces autres reines, et de se vivifier par eux, c'est-à-dire de rester jeune.

— « La Providence me conservera-t-elle, dans sa « bonté, le don de poésie ? Je veille sur ce don « comme sur une relique, et je m'efforce de n'en « pas tirer vanité. Je demande seulement qu'il ne « s'affaiblisse pas avec l'âge et que je garde la fraî- « cheur de sentiments nécessaire pour mettre toute « mon âme dans mes vers... Adieu, belle année, et « toi, année nouvelle, luis douce et souriante dans « ma chambrette et dans mon cœur !... »

Un charme d'exquise simplicité se dégage de ces paroles. Dites par une souveraine, elles se font plus belles. A chaque page de son œuvre, cette tendresse émue s'exhale en des mots de bonté, des mots qu'on n'invente pas et qu'on ne peut écrire que s'ils ont jailli spontanément d'un cœur loyal et sûr, éprouvé par la vie.

« Je suis tout étonnée de voir combien je sais
« mieux aimer qu'autrefois... »

.˙.

Elle a souffert, on le devine.

Dans les âmes mauvaises, souffrir est l'enseignement de haïr, mais dans les belles âmes, souffrir est l'école d'aimer. Pour nous apprendre que l'existence fut amère à la Reine poète, ses biographes n'ont pas besoin de nous citer les faits, ses poèmes n'ont pas besoin de nous donner les cris, ses *Pensées* n'ont pas besoin de formuler une sagesse triste et dénuée de rancune. Il nous suffit, pour supposer la douleur, de connaître cette alliance d'un sceptre et d'une lyre, et de savoir qu'ici-bas toute anomalie, quelle qu'elle soit, engendre la souffrance. Le poète n'est pas fait pour les trônes : non pas que les grandeurs lui messiéent, car toujours il y tient dignement son rôle : Lamartine, Gœthe, Pétrarque, Dante l'ont prouvé. Le poète est chez lui partout et partout à sa place, parce qu'il s'assimile instantanément toute noblesse et toute beauté, mais, dans la prison de ses grandeurs, il souffre de ne pas être libre, car les grandeurs lui sont trop petites.

Jeté dans l'action, il souffre : comment accommoder l'idéal qu'il porte avec la réalité qu'il coudoie, et qui sont inconciliables ? — Le poète est, par essence, sincère, solitaire et candide. On dit que les poètes mentent et qu'ils déguisent la vie ou qu'ils outrent leurs sentiments ? C'est faux. Un poète n'a jamais menti, il s'illusionnait, voilà tout. Lorsqu'un poète ment, il cesse d'être poète et n'est plus qu'un artiste. Mais se taire quand les réalités blessent son idéal, le peut-il sans torture ? Peut-il ne pas souffrir des silences et des raideurs protocolaires ? — Le poète, par goût du recueillement, est solitaire : alors, quelle géhenne et quel ennui, le constant apparat des cours ! — Le poète par avidité de croire est candide : alors, quelle lassitude, parmi les brigues et les cabales, et quelles déceptions au lendemain des confiances !

Cette misère morale apparaît grande, certaine et pitoyable. Il faut plaindre les Reines qui sont poètes, les poètes qui furent Rois ; par providence le cas est rare. Mais lorsqu'il se présente, le malheureux aède à lyre couronnée ne trouve sur terre que deux refuges, le travail et la nature : chanter, — et c'est *Carmen* ; se cacher dans les pois, — et c'est *Sylva*.

> Carmen est la chanson et Sylva la forêt.

Puis, descendre vers les humbles et vers les souffrants, pour soulager le mal, et c'est là le meilleur de ce que S. M. la reine Élisabeth appelle son « métier de Souveraine ».

Pour le reste, Elle nous a donné, après trente-cinq

ans de règne, la conclusion qu'Elle tire de la vie : « Il
« n'y a qu'un bonheur, le devoir ; il n'y a qu'une
« consolation, le travail ; il n'y a qu'une jouis-
« sance, le beau. »

EDMOND HARAUCOURT.

ŒUVRES CHOISIES

I

LE PIC AUX REGRETS (1)

(Conte roumain.)

Il y eut jadis à Sinaïa (2) une hora (3) comme on n'en avait jamais vu ; car c'était jour de grande fête, et les moines du couvent avaient distribué des vivres à pleines écuelles. Chacun avait mangé tout son soûl. On était venu de très loin, d'Izvor et de Poïana, de Comarnic et de Prédéal, et même d'au delà des montagnes.

Les rayons d'un soleil éclatant embrasaient si fort le fond de la vallée que les jeunes filles enlevaient leurs fichus de dessus leur tête et que les gars rejetaient sur la

(1) A paru en 1882 dans le volume intitulé : *Pelesch-Märchen* (Contes du Pélesch), *Bonn, E. Strauss*, in-8. — Traduit par MM. A. Odobesco et G. Bengesco, et imprimé à *Montpellier* (*Hamelin frères*), 1884, in-4 de 21 pages. Encadrements en couleur. Papier vergé. Figure représentant le sujet principal du conte, gravé par Gillot, d'après le tableau du peintre roumain, G.-A. Miréa.

(2) Village de Roumanie, situé dans les Carpathes, près d'un couvent du même nom, et à peu de distance du château royal de Pélesch.

(3) *Hora*, danse roumaine qu'on exécute en formant une ronde.

1

nuque leurs chapeaux à grands bords, couverts de fleurs, tant on était échauffé par la danse.

Tout autour, les femmes mariées étaient assises sur l'herbe et allaitaient leurs nourrissons. Les voiles qui les enveloppaient brillaient au loin, blancs et délicats comme des arbres en fleurs.

C'étaient des trépignements, des cris de joie, des transports d'allégresse parmi les danseurs !

Les jeunes filles semblaient flotter dans l'air, et leurs pieds mignons, que l'on entrevoyait sous leur cotillon étroit, effleuraient à peine la terre. Leurs chemises, richement brodées de mille couleurs, mêlaient leurs paillettes d'or aux sequins des colliers.

La ronde s'agitait sans relâche, comme le sang dans les veines, comme les vagues sur l'eau ; elle ondulait, immense ou resserrée, aux sons de l'infatigable musique des *lautari* (1).

Non loin de là, se tenait un beau berger ; appuyé sur son long bâton, il regardait la danse avec des yeux aussi noirs que la mûre sauvage ; sa taille était élancée comme un jeune pin. Ses cheveux, s'échappant de son bonnet de fourrure blanche, retombaient en boucles noires sur ses épaules. Sa chemise de toile grise était retenue sur les hanches par une large ceinture de cuir ; il avait aux pieds des sandales.

Ses regards n'avaient erré qu'un instant, et aussitôt, ayant trouvé ce qu'ils cherchaient, ils s'étaient fixés radieux sur une jeune fille qui ne semblait même pas le remarquer.

C'était une belle jeune fille, plus belle que la plus merveilleuse des fleurs, plus belle encore que la rose alpine

(1) *Lautari*, nom que l'on donne, en Roumanie, aux musiciens ambulants, d'origine tzigane.

et que la gentiane printanière, plus délicate que la blanche immortelle des cimes neigeuses (1).

Dans ses yeux brillait une double flamme : l'une jaillissait de sa noire prunelle, l'autre du cercle brun qui l'entourait. Ses dents étincelaient toutes les fois qu'elle entr'ouvrait ses lèvres de corail. Ses cheveux étaient noirs comme l'abîme d'où s'élance une source aux sillons lumineux, et les fleurs dont elle couronnait sa tête ne se fanaient jamais, tant elle leur donnait de fraîcheur et de vie. Son corps était si souple, qu'on l'eût brisé, semble-t-il, dans la main ; et cependant on vantait partout sa force.

Oui, Irina était bien belle, et Ionel, le jeune berger, la contemplait avec ravissement.

Enfin, il entra, lui aussi, dans la ronde, et saisit la main d'Irina. Les jeunes filles les regardèrent et sourirent ; Irina rougit.

⁂

Soudain, la musique des *lautari* s'arrêta sur une note stridente ; les gars, levant les bras, firent pirouetter autour d'eux leur danseuse, tandis qu'Ionel tirait brusquement à lui la main d'Irina. Ce geste en disait long ; mais elle haussa les épaules et se mit à rire.

— Irina, dit-il tout bas, vois-tu les feuilles déjà jaunies sur les hêtres ? Le moment est venu ; je dois conduire mes brebis dans la vallée, là-bas, aux steppes du Baragan, et peut-être même dans la Dobroudja. Je ne te reverrai plus jusqu'au printemps. Dis-moi une bonne

(1) Plante des régions alpines, que l'on nomme *Edelweiss* en allemand et *Albuméla* en roumain. Son nom scientifique est *Gnaphalium leontopodium*. Nous ne lui connaissons pas de nom spécial dans la langue française.

parole, pour que mon cœur n'ait pas à trembler, quand je penserai que tu regardes les autres jeunes gens !

— Que te dire ? Tu ne m'aimes pas, et tu m'auras bientôt oubliée !

— Je mourrai, plutôt que de t'oublier, Irina !

— Ce ne sont que des mots, et je n'y crois pas.

— Que dois-je faire pour que tu me croies ?

Les yeux d'Irina pétillaient et, jetant sur le berger un regard furtif, elle lui dit :

— Ce que tu dois faire ?... Précisément ce que tu ne peux pas !

— Je puis tout !... répondit lentement Ionel, comme s'il n'avait pas conscience de ce qu'il disait.

— Allons donc ! Tu ne peux pas vivre sans tes brebis, et tu te passerais plus difficilement d'elles que de moi.

— Vivre sans mes brebis ?... reprit Ionel, et il soupira.

— Tu vois bien ! répliqua Irina en riant, tu ne peux pas faire la seule chose que je te demande : c'est de rester là-haut, à la montagne, sans tes brebis... Ce sont des mots, te dis-je ; ce ne sont que des mots !

— Et si pourtant je le faisais ? répondit Ionel, pâle et grinçant des dents.

Les jeunes filles et les gars s'étaient rassemblés autour d'eux, pour écouter leur entretien : « N'y va pas ! — Vas-y ! » Ces mots, répétés tour à tour, se croisaient de toutes parts.

Alors un vieux berger, aux longs cheveux argentés et aux sourcils touffus, posa la main sur l'épaule d'Ionel.

— Envoie donc les filles promener ! lui dit-il avec rudesse. Elles te briseront le cœur et puis elles riront de toi. Ne sais-tu pas qu'il doit mourir, le berger qui abandonne ses brebis ?

Et, menaçant Irina de son poing fermé :

— Et toi, t'imagines-tu, parce que tu es belle, que tu peux tout oser et que rien ne punira ton fol orgueil ?... Sache-le bien : le mal que tu fais, c'est toi qui en pâtiras !

Irina se prit à rire : « Il n'a qu'à ne pas y aller ; je n'ai pas besoin de lui ! » Et, tournant brusquement sur ses talons, elle s'enfuit vers le couvent pour boire à la fontaine.

.·.

Ionel, lui, n'écoutait plus personne ; il reprit le chemin de la montagne, le visage pâle, les lèvres serrées. En passant auprès d'Irina, il ne fit qu'un signe de la main.

— N'y va pas ! lui cria-t-elle, en riant aux éclats avec ses compagnes. Les échos du Pélesch répétèrent sourdement :

— N'y va pas ! n'y va pas !...

Mais Ionel n'entendait plus rien ; il montait, montait toujours, sous le soleil de midi ; à travers les clairières inondées de clarté et les pins gigantesques, que six hommes peuvent à peine embrasser, à travers les ombreuses forêts de hêtres, il arriva enfin à la bergerie. Ses brebis dispersées reposaient à l'entour, et ses chiens vinrent à sa rencontre avec des aboiements joyeux.

Il promena la main sur leur poil hérissé, et, dans la langue comprise de ses brebis, il appela à lui sa *Miorilza* (1) : « Brrr, *Oïlza*, brrr ! » Elle accourut avec son agneau, et il glissa dans sa toison un œillet, qu'il avait dérobé à Irina.

Il pria les autres bergers d'emmener avec eux ses brebis, et leur dit qu'il les rejoindrait plus tard, parce

(1) *Miorilza*, jeune brebis mère. — *Oïlza*, petite brebis.

qu'il avait fait un vœu et qu'il devait d'abord l'accomplir. Tous l'écoutaient avec étonnement.

— Et si je ne reviens plus, ajouta-t-il pour en finir, dites que les Regrets m'ont convié à des noces merveilleuses (1) !

Il prit son grand cor en bois de merisier et gravit le sommet de la montagne, d'où sa vue s'étendait, par delà le Danube, jusqu'aux Balkans. Là, il s'arrêta ; il approcha le cor de ses lèvres, et le fit résonner plaintivement dans le lointain.

Alors son chien le plus fidèle vint à lui en courant ; il sautait autour de son maître, avec des gémissements lamentables, et le tirait par les pans de sa chemise, pour l'entraîner dans la vallée, si bien qu'Ionel, ne voulant pas se laisser attendrir, dut, les yeux mouillés de larmes, employer les menaces et les pierres pour le chasser. C'est ainsi qu'il éloigna de lui son dernier ami !

.•.

Et, maintenant, il restait seul, dans le désert sauvage de la montagne. Deux aigles décrivaient d'immenses cercles sous ses pieds. A part cela, tout était silencieux !

Ionel s'étendit sur l'herbe menue, et il soupira si fort que sa poitrine faillit éclater. Enfin, accablé de regrets et de douleur, il s'endormit.

A son réveil, les nuages flottaient autour de sa tête, en

(1) Allusion à la ballade populaire roumaine *Mioritza*, dans laquelle un berger, sur le point de mourir, annonce à ses brebis qu'il va se marier « à une reine superbe, la fiancée du monde »; qu' « à ses noces, une étoile doit tomber »; que « le soleil et la lune lui serviront de témoins »; que « les pins et les trembles seront ses conviés, les montagnes ses prêtres, les oiseaux ses musiciens, et les étoiles ses flambeaux ».

se rapprochant de plus en plus; poussés d'abord par des courants impétueux, ils s'arrêtèrent tout à coup et l'enveloppèrent d'un épais brouillard, qui l'empêchait de voir à un pas devant lui.

Soudain, les nuées semblèrent prendre des formes étranges; on eût dit des femmes, merveilleusement belles, dont les blancs vêtements étincelaient comme la neige. Elles se tenaient par la main et se balançaient autour d'Ionel.

Il se frotta les yeux, car il croyait rêver encore; mais il distingua leurs chants, qui résonnaient comme un écho doux et lointain, et il les vit tendre vers lui leurs bras de lys :

— Beau berger ! Sois à moi !... Sois à moi !... Viens à moi !...

Ces appels retentissaient de toutes parts. Mais Ionel secouait la tête, en signe de refus.

— Ne nous dédaigne pas ! s'écriait l'une d'elles, nous voulons te rendre si heureux que tu oublieras à jamais la vallée !

Alors, de sa main, elle fendit le brouillard, et aussitôt apparut, sur la montagne, une clairière toute couverte de fleurs, comme il n'en avait jamais vu, et, dans cette clairière, une cabane bâtie en feuillage de roses, avec une source qui parsemait la mousse épaisse de mille perles humides.

— Viens ! c'est là que nous demeurerons ! disait la belle fée de sa voix argentine.

— Non, viens à moi ! répliqua une autre.

Et, avec des nuages, elle édifia devant lui un palais qui, doré par le soleil, ressemblait à un arc-en-ciel. A l'intérieur, tout était moelleux, comme si parquets et murs avaient été revêtus de la plus fine toison. Du faîte découlaient des gouttes d'arc-en-ciel, qui n'avaient pas plus tôt touché la terre qu'elles rejaillissaient en verdure et en fleurs.

— C'est ici que nous habiterons ! disait la belle jeune fille, et je veux te parer comme je suis parée moi-même.

Et, en parlant ainsi, elle cherchait à lui ceindre la tête et le cou de colliers formés de gouttelettes radieuses. Mais Ionel les rejetait loin de lui :

— Il n'y a qu'une femme qui ait le droit de me parer, murmura-t-il avec un air sombre : c'est seule ma fiancée !

— Alors c'est moi qui serai ta fiancée ! s'écria une troisième. — Regarde, voici ma dot !

Et, saisissant les nuées, en un tour de main, elle en faisait des brebis, et encore des brebis, et toujours des brebis, si bien que toute la montagne, tous les monts d'alentour et le ciel tout entier étaient couverts de brebis. Elles resplendissaient de blancheur; elles portaient au cou des clochettes d'or et d'argent, et l'herbe croissait sous leurs pas.

Le visage du pauvre délaissé eut un éclair de joie; mais aussitôt il repoussa du geste cette vision enchanteresse, et dit :

— Je n'ai qu'un seul troupeau, le mien, et je n'en veux point d'autre !

⁘

Mais, tout à coup, les nuées devinrent épaisses et sombres, et bientôt Ionel se trouva enveloppé dans une vapeur dense et noire, que sillonnaient, près de lui, les éclairs et où le tonnerre roulait avec fracas. Alors, au milieu de l'orage, il entendit ces mots :

— Audacieux enfant de la terre, tu as osé nous dédaigner. Tu es condamné à périr !

Le tonnerre retentit de nouveau, formidable, comme si toute la montagne allait s'écrouler ; et, tandis qu'en grondant il se perdait dans la vallée, la neige, en légers flocons, se mit à tomber sur Ionel. D'abord très menue, puis toujours plus épaisse, elle finit par couvrir toutes les montagnes voisines, et, avec elles, la capote, les cheveux et les sourcils du berger.

Et de ces vastes amas de neige sortirent, encore plus claires, ces mêmes voix mélodieuses, qui vibraient maintenant dans une ample harmonie et qui mêlaient leurs chants aux flûtes des bergers et aux cors des montagnards.

.·.

Puis, devant lui, des mains invisibles élevèrent dans la neige un palais si éblouissant, qu'il fut d'abord obligé de fermer les yeux. Quand il les rouvrit, la lune et les étoiles étaient réunies dans ce palais, dont les murs semblaient transparents, tant ces astres les inondaient de clarté.

La lune trônait sur un lit élevé et moelleux ; elle regardait les étoiles, qui, se donnant la main, dansaient une ronde. A mesure que le ciel s'obscurcissait, le nombre des étoiles augmentait, et chaque fois que la lune faisait un signe, une petite étoile se précipitait du ciel pour entrer dans le palais.

Il y avait aussi des étoiles, mignonnes comme des enfants, qui se bousculaient les unes les autres, en riant et en jouant aux pieds de la lune. D'autres s'avançaient majestueusement, laissant tomber leurs traînes sur le sommet des montagnes, dans toute la longueur des *Bucegi* (1). Ces traînes étaient portées par une infinité de petites étoiles, revêtues de cottes étincelantes, avec des couronnes et des guirlandes d'un rare éclat. Les portes du palais s'élargissaient d'elles-mêmes, lorsque ces étoiles magnifiques faisaient leur entrée.

L'une d'elles ordonna à la lune de descendre de son trône pour la servir. Puis elle fit un signe à Ionel et lui dit :

— Viens, enfant de la terre ; sois mon époux ! Tu parcourras avec moi le monde entier. Mes étoiles seront tes esclaves, et toi-même, étoile éblouissante, tu resplendiras de lumière !

Ionel s'était avancé, sans le savoir, jusque sur le seuil de la porte ; il prêtait l'oreille à cette musique céleste, que les autres étoiles accompagnaient d'un mélodieux murmure. La lune, ayant levé la tête, le regarda bien en face. Elle ressemblait si fort à Irina qu'Ionel comprima son cœur avec force en s'écriant :

— « Le monde entier fût-il à mes pieds, je le donnerais à Irina ! »

Il se fit alors un bruissement, un tumulte et enfin un fracas épouvantables. Les étoiles s'élancèrent au ciel, dans d'interminables traînées de feu. Le palais s'écroula sur ses fondements et ensevelit Ionel sous ses décombres... tandis que, là-haut, la lune blafarde contemplait tristement ces immenses monceaux de neige.

⁂

Cependant, les nains des cavernes, ayant entendu ce

_____

(1) *Bucegi* (prononcez *Boulchédgi*) est le nom qu'on donne à une partie des Carpathes de la Valachie.

bruit formidable au-dessus de leurs têtes, étaient sortis, en rampant avec peine, du sein de la montagne, pour s'assurer que leur demeure ne courait aucun danger. Ils découvrirent des ruines colossales : c'étaient les pierres précieuses de toute sorte qui avaient formé le palais. Ivres de joie, ils se mirent à ramasser ces merveilleux trésors et à les traîner dans les profondeurs de la montagne, où ils les entassèrent sous des voûtes gigantesques.

C'est ainsi qu'ils retrouvèrent le malheureux Ionel. Comme il donnait encore quelques signes de vie et qu'il était plus beau qu'aucun d'entre eux, ils en eurent pitié, et, l'ayant poussé à grand'peine, lui aussi, dans leurs grottes, ils l'étendirent sur un lit de mousse toute fraîche.

Ils puisèrent de l'eau à leurs sources chaudes et à leurs sources froides, le lavèrent et le baignèrent ; puis ils le portèrent sur les bords du grand lac souterrain, qui alimente toutes les eaux du monde.

A peine l'y eurent-ils plongé une fois, qu'il se réveilla sain et sauf, et, regardant autour de lui avec étonnement: « Où suis-je ? » dit-il enfin.

∴

Et, en effet, il avait de quoi s'étonner. Au-dessus de lui s'élevait, en forme de voûte, un énorme rocher aux miroitements étranges, et dont la hauteur vertigineuse disparaissait dans la nuit. A ses pieds s'étendait un lac sans bornes, qui, de sa vaste immensité, semblait remplir tout l'intérieur de la terre et qui s'enfonçait dans un lointain obscur.

Tout près, sur la rive, se trouvaient des milliers de gnomes, avec de longues barbes et portant tous de petites

lumières, qui à la ceinture, qui sur la tête; les uns restaient assis, d'autres couraient ou grimpaient. Il y en
avait qui, divisés en files d'une longueur infinie, pous-
saient devant eux les pierres précieuses et les lavaient dans
le lac, ce qui rehaussait encore leur éclat ; puis ils les em-
pilaient dans des galeries et les rangeaient en tas énormes.
Beaucoup d'entre eux arrivaient montés sur des radeaux
et apportaient des pierres tout à fait inconnues. D'autres
enfin chargeaient leur embarcation comme pour un long
voyage, et naviguaient loin de la rive.

Sous cette voûte imposante régnait une telle confusion
de voix et de lumières, qu'Ionel en fut complètement
étourdi ; et cependant chacun semblait vaquer avec soin
à sa besogne, sauf les nains qui entouraient le berger et
qui ne savaient trop qu'en faire.

Quant à lui, il fut pris du désir soudain de s'en aller
avec eux dans ces régions lointaines et obscures, et il
s'élança sur l'un des radeaux qui étaient prêts à démar-
rer.

A ce moment, du sein des ondes surgit une fée superbe,
qui ressemblait à Irina comme une sœur, et qui tendait
ses bras vers Ionel. Il s'écria : « Irina ! » et voulut se jeter
dans les flots ; mais vingt bras puissants le saisirent et
vingt autres, tout aussi robustes, se mirent à le frapper
avec violence.

Il se débattait de toutes ses forces, tandis que la belle
fée l'appelait encore du geste ; mais les gnomes ne lâ-
chaient point prise et, dans leur colère, ils commencèrent
à le lapider.

Alors, couronne en tête, se présenta devant lui un
pygmée étrange ; il demanda qu'on fît trêve, et parla
ainsi au berger :

— « Tu te trompes, Ionel ; ta fiancée n'est pas ici. Elle

est'là-bas, qui soupire après toi, dans la vallée. Celle que tu vois ici est ma promise, et voilà nombre d'années que je brûle pour elle ! »

La belle fée le regarda avec dépit, ce qui lui allait à ravir ; et, après lui avoir fait un geste de menace, elle se replongea dans les ondes.

Le petit roi poussa un soupir ; Ionel en fit autant, et tous les pygmées de suivre cet exemple, en bons et loyaux sujets. Toutefois, ils gardèrent en main les pierres dont ils s'étaient armés, pour le cas où la mort d'Ionel serait chose résolue.

Mais le roi, s'étant pris à regarder avec compassion le beau berger, donna ordre qu'on le lavât avec l'eau des sources bienfaisantes, pour étancher le sang qui coulait de ses nombreuses blessures, et, après qu'on lui eut rendu la jeunesse et la beauté, il le fit reconduire sur le faîte de la montagne où il avait été découvert. En prenant congé de lui, il lui dit :

— Ionel, tu as gravement failli ! Une jolie femme t'a fait oublier le devoir de la vie. Tu lui es demeuré fidèle ; c'est beau, c'est grand !... Mais ton infidélité à ton devoir est encore plus grande. Bien que je comprenne le sentiment qui t'égare, je ne puis te soustraire au châtiment irrévocable qui t'attend !

.·.

C'est le cœur ulcéré qu'Ionel posa le pied sur le sommet désert de la montagne, autour duquel mugissait l'ouragan.

La tourmente redoublait à chaque instant de violence, comme si, de cette hauteur, elle eût voulu précipiter cet être humain, perdu dans son isolement, et le briser en

mille morceaux. Ionel s'accrocha à une saillie du roc et
regarda autour de lui avec des yeux égarés, dans l'horrible appréhension de nouveaux ennemis, de nouveaux
dangers, de nouvelles épreuves.

Il lui paraissait que la tempête l'écrasait contre le sol,
qu'elle lui déchirait et lui broyait la poitrine, et qu'il allait
enfin mourir de douleur. Il se cramponna encore plus
fort au rocher, qui semblait vaciller sous son étreinte.

Et, à travers ce bruit et ce tumulte, il distinguait autour
de lui des menaces, des caresses, des appels, prononcés
tantôt par plusieurs voix et tantôt par une seule. Puis ce
furent de formidables éclats de trompette, qui lui ébran-
lèrent entièrement le cerveau.

Soudain alors, son amour pour Irina se changea en
une haine amère et cuisante ; car c'était elle qui, le sourire aux lèvres, l'avait envoyé à la mort. Néanmoins il
résolut de rester sur place, immuable dans sa fidélité. Il
se promettait qu'au printemps il redescendrait auprès
d'Irina, dans la vallée ; qu'il lui dirait un adieu plein de
dédain et qu'il ne la reverrait plus jamais ; aucune autre
femme ne posséderait plus son cœur, et il le réserverait
tout entier à son troupeau, qu'il avait si lâchement
abandonné.

Mais, du fond des rochers, sortit une voix grave et
retentissante.

— Enfant ! dit-elle, tu m'appartiens ! Rien ne peut t'arracher à moi ! Tu es en mon pouvoir pour l'éternité !

Et, au même instant, la roche prit la forme d'une
femme, à la stature gigantesque, qui, de ses bras de pierre,
étreignit Ionel et le baisa de ses lèvres de marbre.

Saisi d'épouvante, il se débattait, sans pouvoir lui
échapper :

— Qui es-tu ? s'écria-t-il. Est-ce donc que tout l'enfer

est conjuré contre moi? Qui donc es-tu, si tu n'es pas Vèlva, la déesse impitoyable qui déchaîne les tourmentes dans la montagne?

La femme était redevenue rocher, et dans l'ouragan retentissaient ces paroles :

— Je suis le Regret ! Tu es à moi, et mes lèvres sont les dernières que tu auras baisées !

٭٭

En un clin d'œil, tout rentra dans le silence, et le soleil se montra de nouveau. Ses rayons éclairèrent un pâle jeune homme qui, appuyé sur son cor des montagnes, regardait fixement dans la vallée, jusqu'au Danube. Il ne soupirait plus ni ne remuait; les battements de son cœur ne soulevaient plus ses bras, croisés sur sa poitrine. A peine le lent mouvement de ses lourdes paupières trahissait-il le reste de vie qui était en lui.

Alors, tout ce qui l'entourait commença à se mouvoir. La neige et la glace fondaient et s'écoulaient dans la vallée, tandis que, sur leur passage, l'herbe poussait dans sa verte nouveauté.

Mais Ionel demeurait insensible !

Le bois secoua son feuillage desséché; les bourgeons se gonflèrent de sève.

Ionel semblait ne rien voir !

Le gazouillement des oiseaux envahit la montagne, et, dans la forêt, les torrents se mirent à bruire, grossis par les tièdes ondées.

Ionel n'entendait pas !

On eût dit que tout ce qui vivait s'était rassemblé autour de lui pour le réveiller... Efforts superflus ! Immobile et les yeux obstinément attachés sur la vallée du Danube, il paraissait être en pierre.

Tout à coup, ses traits s'animèrent; son regard brilla; une faible rougeur colora ses joues, et, les bras tendus, le cou en avant, il prêta anxieusement l'oreille aux aboiements des chiens et au tintement des clochettes qui se rapprochaient...

Plus de doute, c'était bien son troupeau qu'il voyait reluire au soleil!... Il posa les lèvres sur son cor des montagnes, et en sonna la bienvenue à ses brebis! Mais, presque au même instant, il porta brusquement la main à son cœur et s'écria:

— Je me sens mourir! et il tomba inanimé sur le sol.

.˙.

Ses chiens eurent beau lui lécher les mains et le visage, sa chère *Mioritza* bêler plaintivement près de lui, les bergers l'appeler par son nom; il gisait étendu, avec un sourire de félicité divine sur ses traits amaigris, et il ne répondait plus à personne.

Le cor des montagnes, que tout à l'heure son souffle avait animé, était brisé maintenant, et rien à l'entour ne révélait les luttes que le vaillant jeune homme avait eu à soutenir.

Les bergers l'enterrèrent à l'endroit même où ils l'avaient trouvé, et ils appelèrent cette montagne: le *Pic aux Regrets* (1).

. . . .

J'y suis souvent montée, j'y ai vu son tombeau, et les brebis y broutent encore.

(1) En roumain : *Vêrfoulcou dor.*

II

UNE LETTRE (1)

(*Nouvelle.*)

Oh ! comme on frappe fort à la porte ! Quelle mauvaise habitude ! Voilà, voilà, j'arrive ! encore me faut-il le temps de déposer mon ouvrage... C'est à réveiller un mort ! Oui, oui, me voilà, je viens ! La bonne est sortie, il faut que j'aille voir moi-même qui est là. Comment ! c'est le facteur ! Qui peut donc m'écrire ? Il y a si longtemps que je n'ai plus reçu de lettre ! Il est vrai que moi non plus je n'écris pas... Écriture inconnue, mais qu'il me semble bien pourtant avoir vue quelquefois. Le cachet est effacé ; il n'a pas demandé beaucoup de peine à celui qui l'a appliqué. Lieu d'origine illisible : la main qui a expédié cette lettre ne s'est pas donné beaucoup de mal. Qu'y a-t-il là-dedans ? Sûrement quelque nouvelle désagréable.

(1) A paru en 1884 dans le volume intitulé *Handzeichnungen* (Esquisses), Berlin, A. Duncker, in-8. A été traduit plusieurs fois en français, en dernier lieu par M. Georges-A. Mandy (voyez le volume intitulé : *Par la loi*. Paris, Société d'éditions littéraires et scientifiques, 1899, in-8. Illustrations de Minartz. Collection Ollendorf illustrée). — La librairie Ollendorf avait bien voulu nous autoriser à reproduire cette traduction : nous en présentons à nos lecteurs une autre, qui est inédite.

2

Que peut d'ailleurs vous apporter une lettre, sinon une nouvelle désagréable. Ah! c'est de Sophie Lehn! Pas possible! il y a seize ans que nous avons cessé toute correspondance : que peut-elle avoir à me dire ?

« MA CHÈRE AGATHE.

« La vie nous a tellement éloignées l'une de l'autre que nous nous sommes complétement perdues de vue. Dieu sait comme nous nous trouverions changées l'une et l'autre! Ta dernière lettre m'apprenait que tu avais une fillette. Elle doit être grande aujourd'hui, et tu dois lui avoir donné plusieurs sœurs et frères.

« Moi, j'ai perdu tous mes enfants, à l'exception d'un garçon et d'une fille. C'est précisément ce garçon que je veux envoyer à N... et que je désire recommander à ton bienveillant accueil. Peut-être consentiras-tu à avoir pour lui des yeux de mère, et tu souriras sans doute, mais tu ne te fâcheras certainement pas, si j'ajoute que je nourris au fond du cœur l'espoir qu'il pourra ne pas déplaire à ta fillette.

« Nous avons toujours aimé à faire des plans ensemble, et aujourd'hui que nous avons vécu déjà une bonne partie de notre vie, et qu'un fil argenté sillonne par ci par là nos cheveux, nous voilà encore livrées à la même occupation. Peut-être ces nouveaux projets iront-ils rejoindre ceux d'antan; peut-être auront-ils plus de consistance.

« Te souvient-il que mon rêve éternel était d'épouser un Don Juan riche, maigre, pâle, constamment en lutte avec lui-même et avec le monde, et que j'aurais ramené à la vie?... Eh bien, j'ai uni mon sort à celui d'un homme plein de santé, à la face rubiconde, et dépourvu de toute poésie! Toi, tu voulais te marier avec un être doux et bon, dont tu aurais été la première et l'unique passion, et tu es tombée sur un époux d'un caractère remuant et ayant du vif-argent dans les veines. Je cherchais à faire un bon parti, même en laissant de côté l'amour, et je perdis la tête pour un homme sans fortune, lequel, grâce à Dieu et aussi à l'esprit d'économie de sa petite femme, est arrivé, par son travail, à une belle situation. Toi, tu rêvais d'une chaumière et d'un cœur, et tu as épousé, pour être agréable à tes parents, un richard ; c'est toi qui as fait le bon parti. Chez moi, l'amour a sombré dans les soucis du pain quotidien : peut-être est-il survenu, chez toi, après la naissance de ton premier enfant. Le désir d'être mère se manifestait et résonnait, au début, comme une triste mélodie, dans tes lettres, qui se sont de plus en plus espacées. Après que tes vœux eurent été comblés, je n'ai plus eu un mot de toi. Le bonheur maternel t'a fascinée au point de te faire tout oublier, et, après s'être fait trop longtemps attendre, il est devenu chez toi une véritable passion.

« Tu me ferais plaisir en m'écrivant une longue lettre, bien détaillée. La nature t'a prodigué ses faveurs beaucoup plus qu'à moi, et certainement ta vie a été plus intéressante et plus remplie que la mienne, qui s'est passée à travailler et à peiner. Te rappelles-tu encore ta belle naïveté de jadis ? Je suppose qu'avec sa vivacité ton mari t'en aura vite guérie ; mais j'aime à croire que tu as gardé ta beauté et ta sagesse. A notre âge, quand les enfants ont grandi et que les soucis ont diminué, nous aimons à causer plus encore avec la plume qu'avec la parole, parce que nous n'avons à nous préoccuper ni de l'expression de la physionomie, ni des réponses de notre interlocuteur.

« Nous écrivons à un être imaginaire que, depuis notre

enfance, nous connaissons sous le nom d'*ami*, et nous laissons se dérouler devant nous nos souvenirs tristes et gais, ne pouvant douter de l'intérêt qu'y prendra le lecteur.

« Je te demande donc, ma chère Agathe, une longue lettre en même temps que je sollicite un accueil bienveillant pour mon fils, qui, au dire de tous, est un second moi-même, et par conséquent ne pourra pas te sembler un étranger.

« Ta fidèle

« SOPHIE. »

Ah ! dois-je répondre ? J'ai envie de faire semblant que je n'ai pas reçu cette lettre... Mais non, cela est impossible ! Son fils va arriver et demandera à me voir. Si je lui cache la vérité, il écrira et racontera, d'après les ouï-dire, Dieu sait quoi ! Il faut immédiatement lui sortir de l'esprit que je suis encore riche : peut-être renoncera-t-elle alors à ses idées de mariage, sans que j'aie besoin de lui en dire davantage.

Mais pourquoi envoient-ils leur fils précisément ici ? Je ne puis pas courir derrière lui pour me faire sa gardienne, et, s'il vient chez moi, j'ai la conviction que sa première visite sera aussi la dernière.

N'aurais-je pas, en ce moment même, le temps de causer une petite heure ? Tout le monde dort ; je vais mettre une bûche au feu et m'installer près de la cheminée. La lampe, elle aussi, donne un peu de chaleur. Là, voilà qui est fait. Jetons encore ce vieux châle sur mes jambes pour ne plus avoir froid. A présent tout marche bien, sauf ma plume : ils ont joué avec aujourd'hui, ont barbouillé tout le papier qui leur est tombé sous la main, et ont négligé bien entendu de l'essuyer après. En voici une meilleure. Allons, commençons : à la grâce de Dieu !

« Ma bien-aimée Sophie... »

Mauvais début, quand on est restée vingt et un ans sans écrire à quelqu'un. Prenons une autre feuille.

« Ma chère Sophie,

« Ta lettre m'a fait d'autant plus plaisir... »

Cela n'est pas vrai ;

« qu'elle m'annonce l'arrivée de ton cher fils... »

Cela n'est pas vrai non plus. Pour une simple conversation avec une vieille amie, voilà, dès le début, deux gros mensonges.

« Je puis m'imaginer avec quel chagrin tu le vois partir et combien est vif ton désir de le confier à une amie qui lui tienne lieu de mère. Seulement, tu as mal choisi cette amie — non pas que je ne sois disposée à témoigner à ton fils la plus vive affection, ni que je n'éprouve une très grande joie à le voir dans ma maison ; mais je me trouve dans des circonstances telles qu'un jeune homme n'aurait aucun plaisir à venir chez moi. Et cependant ce serait là la première condition pour exercer sur lui une bonne influence et l'éloigner, par exemple, de certaines sociétés que tu dois surtout redouter, et qui sont si nombreuses dans notre ville, où abondent tant de distractions. »

Jusqu'ici ma plume me fait bien dire ce que je veux et, à franchement parler, je n'aurais rien d'autre à ajouter, si ce n'est le conseil d'envoyer son fils ailleurs. Car, pour entrer dans le moindre détail, il faudrait remonter trop haut. Elle fait allusion à notre jeunesse, à mon mariage, mon mariage avec cet homme riche, remuant comme du vif-argent, selon sa propre expression. Mais que ne dit-elle pas dans sa lettre ? Où en étais-je restée ? Ah ! oui : «... tant de distractions.

Malheureusement, j'ai eu l'occasion de constater souvent tout le mal que cause la richesse. Ce mal, je l'ai vu de bien près, et j'en ai été moi-même la victime. Tu parles des fils d'argent de tes cheveux. Les miens ont blanchi depuis longtemps dans la lutte que je soutiens depuis ma jeunesse et au milieu de souffrances qui ne finiront qu'avec ma vie... »

Par où commencer à les lui raconter? Lui avouerai-je que la « triste mélodie » de mes lettres n'était pas due seulement au manque d'enfants; que Renaud ne m'avait jamais rendue heureuse; qu'il était toujours si emporté, si violent, que je tremblais devant lui, et qu'il m'arrivait même de me cacher, dès que j'entendais son pas. Comme il était beau! Les femmes se retournaient pour le regarder et parlaient de ses yeux admirables. Sophie elle-même me jalousait, sans s'apercevoir peut-être que Renaud était ce Don Juan qu'elle aurait voulu réconcilier avec le monde. J'ai été si naïve toute ma vie que c'est à peine si au bout de quelques années je parvenais à pénétrer le sens des événements qui m'étaient arrivés. Que de temps ne m'a-t-il pas fallu pour m'apercevoir que Renaud était jaloux! Nous ne rentrions jamais de soirée sans qu'il s'emportât et me cherchât querelle toute la nuit. Je le vois encore, dans ma chambre, sur le petit divan bleu, retirant lentement ses gants blancs de ses doigts longs et effilés et me reprochant ma coquetterie ainsi que le peu de distinction de mes manières, et ajoutant que je me croyais belle, par-dessus le marché!

Il me disait cela, un soir, précisément au moment où je venais d'enlever les fleurs qui ornaient ma tête, et où mes cheveux défaits étaient retombés sur mes épaules, en m'enveloppant comme d'un manteau :

« Veux-tu que je les coupe », lui dis-je, et j'avais même saisi les ciseaux.

Il se redressa, et, me les arrachant des mains, il les jeta dans un coin. Il était si furieux que je crus qu'il allait me battre. Je tombai toute tremblante sur une chaise. Alors il s'agenouilla devant moi, posa sa tête entre mes bras, et ne cessa de s'accuser : « Misérable que je suis! Je ne puis plus croire à l'innocence et à la pureté! Je suis si brutal et si injuste que je fais peur à ma chère petite femme! » J'essayai de l'apaiser; il me répondit que j'étais son bon ange gardien, que tout ce qu'il avait de bon en lui, c'est moi qui le lui inspirais. Une autre fois, il me dit que je n'avais pour lui aucune affection : « Si tu m'aimais seulement comme tu aimes ton image reflétée dans cette glace, tu m'aurais donné jusqu'à présent un fils! » Alors je me mettais à pleurer, me demandant jusqu'à quel point il fallait aimer pour avoir un enfant! Si les sentiments qu'il me témoignait étaient de l'amour, j'eusse préféré m'en passer toute ma vie. Dès lors, quoi écrire ?

« ... Je ne parlais à personne de mes souffrances, et la tristesse de mes lettres n'était que le faible écho des pensées qui m'obsédaient jour et nuit. J'étais très jeune et très inexpérimentée : je ne voulais toutefois initier personne aux misères de ma vie conjugale. Je croyais que tous les hommes étaient faits de même; bientôt Renaud ne me laissa plus aller nulle part, et, par jalousie, il m'empêcha de voir mes amies et d'écrire à âme qui vive. »

Grand Dieu ! quelles scènes ne me faisait-il pas ! Que de fois n'a-t-il pas fouillé toute la maison pour y trouver le rival imaginaire que je devais y avoir prétendument caché ! « Est-ce que je ne le vois pas, celui qui s'est introduit chez moi pour me ravir ma femme » ! s'écriait-il.

Nous avions un personnel nombreux et hardi. Je vis bientôt que nos domestiques se moquaient de nous. Ils ne nous aimaient pas. Renaud leur lançait les assiettes et les couverts au visage, et j'étais impuissante à les défendre; ces pauvres gens étaient même persuadés que c'était moi qui l'indisposais contre eux — ce qui, Dieu m'en est témoin! ne me vint jamais à l'esprit, car pour moi la paix passe avant tout!

« ... A âme qui vive. Cependant lui-même n'était jamais à la maison. J'ignorais où il allait; mais je le voyais toujours prendre de l'argent dans le coffre-fort, sans jamais en remettre. »

Au début, tout le monde avait vanté mon bonheur; bientôt on me jugea fière, pleine de complaisance pour moi-même, enfin exaltée; on plaignait l'élégant cavalier qui avait épousé une femme si peu présentable, et qui, ne pouvant supporter la vie qu'elle lui faisait chez lui, en était arrivé à jouer toute la nuit, pour oublier son malheur et pour s'étourdir.

On le trouvait fort à plaindre, très bien élevé, parce qu'il ne se plaignait jamais de sa femme et qu'il supportait son sort avec dignité!

«... Sans jamais en remettre. Il rentra un jour dans un état d'excitation extraordinaire; il courait par toute la chambre et parlait de gens qui le persécutaient et le harcelaient de près. Soudain, il poussa un cri strident, et tomba, l'écume à la bouche. »

Je vois encore le médecin, qui venait chez nous pour la première fois, répondre à la question qu'il lisait dans mes yeux par cette demande : « A-t-il eu déjà de ces accidents, madame? Vous auriez dû m'appeler plus tôt. » Je lui répliquai : « Je ne l'ai jamais vu dans cet état. Qu'a-t-il?

— Une convulsion qui, vraisemblablement, se renou-
vellera plus d'une fois. Il ne faut pas le laisser sortir seul,
sans surveillance.

— Comment le surveillerais-je, docteur? il ne le souf-
frirait pas. »

Le docteur me regarda sans rien ajouter.

« Qu'ai-je donc. dit Renaud, en se voyant étendu sur
son lit.

— Tu t'es évanoui. Tu t'excites trop. Tu ferais bien de
rester plus souvent à la maison. Même si tu t'y ennuyais
fort, très fort, cela vaudrait mieux pour ta santé ! »

Et, en effet, il resta quelques jours chez lui, évitant
même de s'approcher de la fenêtre. Chaque fois qu'on
sonnait, une sorte d'inquiétude s'emparait de lui. Il était
devenu si doux, si prévenant envers moi, que je me
disais : « Comme je l'ai mal jugé ! Il a du cœur et il
tient à moi ! »

Il se reprochait de m'avoir rendue malheureuse et
disait que tout cela allait changer : « Ne me laisse
plus sortir seul, ajoutait-il ; tu es ma petite Providence !
Il fait plus beau chez toi que partout ailleurs. Tu es
ravissante, sais-tu bien ? Tu es ma divinité, une divinité que j'entends cacher à tous les yeux, afin d'être
seul à l'adorer. »

Il m'avait prise dans ses bras, tout en me parlant
ainsi, et il jouait avec mes mains. Je n'avais plus peur
de lui, bien que ses yeux inquiets brillassent encore de
lueurs étranges.

Puis vint un jour où je lui rappelai que lui-même
m'avait enjoint de l'empêcher de sortir. Je lui parlai
d'abord sur un ton plaisant, caressant, puis avec la plus
grande énergie. Alors, il s'emporta soudain d'une façon
effroyable, me repoussa si violemment que j'allai tomber

à quelques pas plus loin, enfin sortit sans avoir vu ce qu'il avait fait, car il ne s'était pas même retourné ! Il resta absent longtemps, longtemps, tout un siècle ! J'étais dans des angoisses mortelles ; je ne savais que faire. Quand il revint, il était pâle, faible ; il m'apprit qu'il s'était encore évanoui, sans vouloir me dire où, ni si cela lui était arrivé dans la rue, chez un ami ou au cercle.

« Mais je n'en sais rien. Pourquoi toutes ces questions ? Depuis quand es-tu devenue ma gouvernante ? »

Parfois, lorsqu'il était sorti, des gens venaient qui l'attendaient pendant des heures entières ; il avait avec eux des scènes violentes, après lesquelles il se trouvait toujours mal. Mais je continue ma lettre :

«... Pendant longtemps, j'ignorai le nom de la maladie de mon mari, car le médecin ne voulait pas me le dire. Mais un jour, je lus dans un journal la description du haut-mal. J'étais dès lors fixée. Quant à lui, il ne se doutait de rien ; il ne savait pas non plus combien ses crises étaient épouvantables à voir. J'eus, vers cette même époque, un pressentiment qui, s'il me fût venu plus tôt, m'eût causé une joie indicible, mais qui, à l'heure présente, me remplissait de crainte et de terreur, surtout quand j'eus entendu le médecin me dire : « Pauvre enfant ! » De qui voulait-il parler ? De moi, ou du petit être que je portais dans mon sein ? Peut-être des deux !

« Mon mari était enchanté, mais il manquait de patience quand il me voyait souffrir, bien que je m'efforçasse de lui cacher le plus possible mes souffrances.

« Il consulta le médecin pour savoir si nous pouvions entreprendre un voyage, et nous rendre dans une petite station balnéaire dont il avait lu le nom dans un journal, et dont la description lui avait plu. Le médecin haussa les épaules en disant que cela ne me ferait aucun mal, à

condition d'y mener une existence paisible. Mais il ne
pouvait être question de tranquillité pour moi ; au moment
même où je faisais mes préparatifs de voyage, il ne me
laissait pas rester en place, et à peine étions-nous ins-
tallés depuis dix jours dans un endroit qu'il manifestait
le désir d'aller ailleurs. Je ne défaisais plus mes malles. »

Comment pouvait-il demeurer, des heures entières,
abîmé ainsi dans ses tristes pensées ? Que de peine ne me
suis-je pas donnée pour le distraire ! Je lui parlais de
l'avenir de notre cher enfant, du bonheur qu'il allait
nous apporter. Il se contentait de répondre : « Oui, oui » ;
ou bien il me regardait tout-à-coup — ce qui ne lui arrivait presque plus — en disant : « Comme tu maigris !
ne t'imagine pas au moins que cela t'aille bien. » Quant
à lui, il devait se trouver très beau, car il passait des
journées entières à se regarder dans son miroir ; puis il
se caressait la barbe, lissait ses cheveux, ou bien restait
en contemplation devant la blancheur et la finesse de ses
mains, devant la beauté de ses ongles ; puis il se mirait
de nouveau dans sa glace, et si fixement que ses yeux
s'agrandissaient, puis se voilaient. Je me détournais parfois, seulement pour ne plus les voir. Je pensais à la destinée de cet homme, qu'on avait surnommé Don Juan,
dont tout le monde avait vanté la vivacité et l'esprit, et
qui maintenant était là, inerte, le regard attaché sur son
miroir, ou qui, la nuit, se roulait jusque sous mon lit
au milieu de ses crises épouvantables.

Dès que je le voyais devenir rêveur, je congédiais régu-
lièrement le domestique ; puis je l'aidais à s'habiller, et je
demeurais ainsi une heure ou deux dans sa chambre,
attendant silencieusement que la fantaisie lui prît de me
regarder. Du moins, personne ne pouvait le voir dans cet
état, ni en parler aux autres baigneurs.

Lorsqu'enfin nous partîmes pour rentrer chez nous, nous n'étions pas seuls dans le wagon; il y avait avec nous un étranger qui fixait avec étonnement la vue sur Renaud, puis me regardait à la dérobée. Bientôt mon mari commença à donner des signes d'impatience. Je me doutais bien de ce qui allait arriver, mais je ne supposais pas que cela serait aussi terrible: trois crises en un jour! Notre compagnon de voyage n'ouvrit pas la bouche; il m'aida à relever Renaud et à l'étendre sur la banquette. Une seule fois, il me demanda : « Est-ce votre mari ? » — Je voyais qu'il avait pitié de moi.

Je n'oublierai jamais son regard! C'était le premier regard de compassion chaleureuse, qui tombait sur moi depuis tant d'années pendant lesquelles j'avais vécu seule avec mes souffrances, seule dans ce vaste monde si peuplé! J'aurais voulu tendre la main à cet étranger et lui dire : « Venez à mon aide ! » Aujourd'hui encore, je m'étonne comment je ne l'ai pas fait !

Peut-être devina-t-il mon intention, car il m'aida sans hésiter, sans témoigner la moindre répugnance devant cette horrible maladie. D'abord, je crus qu'il profiterait du premier arrêt du train pour changer de voiture. Mais il n'y pensait même pas; au contraire, il baissa les rideaux pour nous dérober à la vue des gens du dehors. Je l'en remerciai à voix basse, mais j'ignore s'il m'entendit, car il ne me regarda point. Ce fut pour moi un doux soulagement de voir que quelqu'un me venait en aide. Ce sentiment qu'un être humain s'occupait de moi, je ne l'avais jamais éprouvé jusque-là. En ce moment, j'aurais pu raconter à cet étranger toute ma vie et toutes mes misères, afin d'alléger le poids qui oppressait mon cœur. Il avait les yeux sincères et confiants de ces grands et bons chiens du mont Saint-Bernard, et sa force était telle qu'il soulevait Renaud sans le moindre effort, en m'empêchant de l'aider. Son regard glissa tout le long de mon corps, et j'en rougis, mais il ne s'en aperçut pas; il n'était occupé que de Renaud, qui semblait à moitié inconscient et regardait fixement devant lui, avec ses pupilles si démesurément dilatées que ses yeux en paraissaient tout noirs, tandis que les yeux châtain clair de l'étranger étaient comme un foyer de pensées nobles et généreuses. Jamais les yeux de mon mari ne m'avaient semblé plus sombres que sous la lumière indécise de ces rideaux bleus !

Le mouvement cadencé du train s'accordait étrangement avec mes pensées qui murmuraient, dans ma tête, comme un chant au rythme mélodieux. Tout me semblait autre, ce jour-là : Renaud, la vie, l'univers, tout était transformé, dans cette lumière bleue à laquelle je n'étais pas habituée, dans cette course précipitée à travers d'immenses espaces que je ne voyais pas. Nous n'avions pas le temps de parler, et d'ailleurs toute conversation, qui, apparemment, eût dû rouler sur des sujets d'une grande banalité, eût rompu le charme de cette douce harmonie. Je pensais à part moi : « Ah ! si nous ne pouvions jamais arriver ! Si nous pouvions rouler ainsi des jours, des semaines, des mois entiers ! » — Au même moment le train s'arrêta; nos domestiques vinrent ouvrir la portière et nous annoncer que notre voiture nous attendait. Renaud ne pouvait marcher sans être soutenu. L'étranger le prit dans ses bras et le porta jusqu'à la voiture, où il l'installa; puis il m'aida à monter. Je lui tendis la main en lui disant : « Jamais je n'oublierai vos bontés ! » Il disparut, et nous rentrâmes chez nous. Alors seulement je me souvins que j'avais oublié de lui demander son nom, et je m'écriai : « Oh ! que je suis sotte !

— Laisse donc, cela vaut mieux ainsi, dit Renaud;

autrement, on est tenu à de la reconnaissance, et Dieu sait à qui l'on peut avoir affaire. »

Un mot méchant me vint sur les lèvres, mais je ne le prononçai point, me souvenant que Renaud avait été sans connaissance pendant la moitié de la journée, et qu'il ne s'était pas rendu compte des soins que lui avait prodigués l'étranger. J'étais travaillée par l'idée de ne pouvoir adresser à celui-ci le moindre remerciement. Mais à la première promenade que nous fîmes après le rétablissement de Renaud, nous le rencontrâmes. J'allai droit à lui, entraînant mon mari qui me donnait le bras. Il nous regarda l'un après l'autre, en disant : « Vous ne savez même pas qui je suis, car, autant qu'il m'en souvient, je vous ai laissé ignorer mon nom. » Il me tendit une carte de visite, sur laquelle je lus : Herbert Krause. Je lui demandai s'il voulait nous faire le plaisir de dîner avec nous, dès le lendemain. Il me répondit, en voyant le visage rembruni de mon mari, qu'il lui serait impossible d'accepter, parce qu'il était trop occupé et qu'il ne sortait que très rarement. Je ne sais ce qui me poussa à insister jusqu'à ce qu'enfin il eût accepté. Renaud m'en gronda plus tard : « Vous autres, femmes, me dit-il, vous êtes toutes les mêmes. Dès qu'un homme est poli avec vous, vous vous familiarisez outre mesure. Que lui trouves-tu donc de si agréable ?

— Il a été si bon pour nous, Renaud !

— Qui sait dans quel but !

— Voyons, Renaud, vous autres, hommes, vous êtes si méfiants !

— Parce que nous nous connaissons les uns les autres.

— Mais ne peut-il y en avoir un de bon ?

— Il t'a longtemps parlé, pendant le voyage ?

— Non, pas du tout ; il a été très réservé.

— S'il avait été réellement poli et bien élevé, il nous aurait laissés seuls, en voyant que j'étais souffrant ! »

Et il continua longtemps sur ce ton maussade et désagréable ; mais je ne répondais rien, pour ne pas l'exciter davantage. Avant même d'être rentrée à la maison, je regrettais amèrement l'invitation que j'avais faite. Quel supplice pour moi si Renaud allait par hasard manquer de politesse à M. Krause.

C'est sans le moindre plaisir que je m'occupai des apprêts du dîner : ils me donnèrent quelque mal, parce que j'avais perdu depuis longtemps l'habitude de recevoir. La table était chargée de fleurs, parmi lesquelles se dressaient les verres et s'étalait l'argenterie. Le service était en vieux saxe, ainsi que les manches des couverts ; comme vins, les meilleurs crus ; enfin le cuisinier avait promis de se surpasser. Puis, ce fut le tour de la toilette. Pour dissimuler ma taille, je jetai sur moi une draperie en dentelles, que je fixai sur l'épaule avec une rose d'un rouge foncé. Une autre rose ornait ma tête ; je mis autour du cou un collier de perles. Je me regardai dans ma glace, sans me juger trop laide. Sur ces entrefaites, survint Renaud. Il ne trouva rien à son goût : la table avait été mal mise ; on avait brûlé je ne sais quel parfum dont il ne pouvait supporter l'odeur et qui lui donnait déjà mal à la tête, et le reste à l'avenant.

J'étais épouvantée ; mes joues brûlaient comme du feu, et lorsque j'entendis le pas de M. Krause, mon cœur battit à se rompre.

Je pensai un instant à fermer précipitamment la porte et à faire dire à notre hôte que mon mari avait été pris de nouveau d'un malaise subit. J'étais déjà près de la porte lorsqu'elle s'ouvrit pour livrer passage à notre invité. Il

entra d'un pas tranquille et assuré; ses yeux brillaient
d'une flamme chaude et pénétrante qui se répandit dans
toute la maison, si bien que mon cœur battit avec moins
de violence et que je fus envahie par un sentiment de
calme et d'apaisement intérieurs. Renaud restait plongé
dans un profond silence. Cela ne parut pas trop gêner
l'étranger, qui tint avec beaucoup d'adresse et d'aisance
le dé de la conversation. Il contait bien. Nous fîmes
ensemble un peu de philosophie sur la destinée bizarre
des hommes et sur les difficultés avec lesquelles ils sont
aux prises ; mais il se hâta d'abandonner ce chapitre, en
voyant que Renaud commençait à s'impatienter et répondait sur un ton brusque et nerveux. Ce fut la seule fois
que mon mari prit part à notre entretien ; le reste du
temps, il demeura immobile, les yeux fixés à terre, buvant
beaucoup, mélangeant tous les vins, si bien que j'étais
devenue inquiète et fiévreuse. L'étranger amenait, avec
beaucoup de tact, la conversation sur des sujets de plus en
plus indifférents, mais Renaud ne s'en montrait pas moins
de plus en plus irrité. Je proposai alors, sous prétexte
que j'avais chaud, de passer au salon, où il faisait plus
frais. Mais à peine la porte s'était-elle refermée sur nous
que soudain — oh, l'horrible cauchemar ! — mon mari
fut pris d'un accès de fureur. Au paroxysme de la rage, il
se jeta sur notre hôte, le saisit par le bras, le secoua violemment et commença à l'insulter et à le vilipender, en
disant qu'il me faisait la cour, mais que lui, Renaud,
avait vu clair dans son jeu, avait deviné ses intentions
perfides, et qu'il ne voulait pas devenir l'objet de la risée
publique, après avoir séquestré pendant tant d'années
sa jeune femme et l'avoir dérobée à tous les regards.
L'étranger demeurait muet : il avait légèrement pâli,
mais ne m'avait pas une seule fois regardée. Soudain, et

sans crier gare, Renaud le saisit à la gorge : je vois encore ses longues mains le serrer et l'étreindre, en lui faisant affluer tout le sang à la tête. Je crois avoir poussé alors un grand cri. Mais, avec la rapidité de l'éclair, Renaud avait été couché à terre, tandis qu'Herbert disparaissait après m'avoir dit ces simples mots : « Pardonnez-moi, madame ! » Avant même que Renaud se fût relevé, j'avais fermé la porte, dont j'avais retiré et mis la clé dans ma poche. Je ne me souviens plus bien de ce qui se passa ensuite. Ce fut une lutte pour la clé, des rugissements, un bruit infernal : je crois même qu'il me battit. Soudain la rage fit chez lui place à la peur ; il s'accrocha à ma robe jusqu'à ce qu'il l'eût mise en pièces ; il me suppliait à genoux de le défendre, lorsqu'on viendrait l'attacher avec des cordes. Il se reprochait d'être un misérable, de me tromper tous les jours, d'avoir perdu toute notre fortune au jeu : « C'étaient les femmes, ajoutait-il, oui, les femmes qui l'avaient mis dans cet état... »

Mais où en étais-je de ma lettre ? « ... La santé de mon mari empirait tous les jours. Bientôt — surtout depuis une tentative de suicide — il me fut impossible de garder le moindre doute sur le dérangement de sa raison.

« Tentative de suicide !... Dans une lettre, cela n'a l'air de rien. Mais je vois, je revis cette heure de ma vie ! Les cheveux se dressent encore sur ma tête, je suis saisie du même frisson d'horreur que celui dont je fus secouée le jour où, en entrant dans la chambre de mon mari, je le vis pendu au lustre ! »

Je dois marcher un peu dans la chambre, autrement je ne pourrais plus continuer ma lettre. Il me semble que des fantômes se dressent devant moi. Et que sont les fantômes comparés à la réalité, qui vous glace tout le sang dans vos veines ? Où ai-je alors trouvé la force de desserrer le nœud qui l'étreignait ? Quelqu'un sans doute, accouru à mes cris, m'aura aidée. Je le pris dans mes bras : il respirait à peine. Le médecin, au moment de son arrivée, avait déjà été mis au courant de ce qui s'était passé. Jusque-là je n'avais point encore tremblé, mais lorsqu'il voulut m'interroger, je fus prise tout à coup d'un tremblement général et d'un claquement de dents dont, jusqu'à ma délivrance, je ne pus me rendre maîtresse qu'au prix d'une force de volonté extraordinaire. Dès que je ne me maîtrisais pas, je commençais à trembler. Je serrais les dents jusqu'à en souffrir, uniquement pour ne pas les entendre claquer ainsi. Quand Renaud revint à lui, son désespoir fut immense :

« Pourquoi ne vous êtes-vous pas fait la charité de me laisser mourir, cruels que vous êtes ! Quel plaisir trouvez-vous à me martyriser et à vous réjouir de mes souffrances ? Pardonne-moi, oh, pardonne-moi, Agathe ! Je n'ai pas voulu te donner une atteinte ; mais que veux-tu, je ne pouvais te voir infidèle sous mes yeux mêmes, et c'est pour cela que je t'ai maltraitée. Mieux eût valu nous étran;ler tous deux, car nous sommes voués désormais à la honte et à l'opprobre — oui, à la honte et à l'op-pobre ! »

C'est ainsi qu'il divaguait pendant des heures entières. Je craignais que le médecin n'ajoutât foi au dire de Renaud et qu'il ne m'attribuât la cause de sa folie. J'étais si faible que je pensais encore, en ce moment-là, à moi-même et à mon honneur ! Je n'osais plus lever les yeux. Le médecin me prit doucement par la main, me fit sortir et referma la porte derrière moi. Mon Dieu ! comme j'ai encore tremblé alors ! Mes dents claquaient avec tant de bruit que j'en étais tout étourdie. Lorsqu'au bout de

deux heures le médecin entra dans ma chambre, il me
trouva appuyée à la cloison : j'étais à moitié évanouie. Il
me força de me coucher, me frictionna les mains et,
après m'avoir bien enveloppée, il me dit : « Comment
pouvez-vous trembler ainsi ? Si vous ne faites pas preuve
de plus d'énergie, nous devrons envoyer votre mari dans
une maison de santé ! »

Je cessai de trembler :

« Non, non, docteur, pour l'amour de Dieu, non !
Vous ne savez même pas toute la force dont je suis
capable.

C'est aujourd'hui seulement que vous me voyez ainsi
déprimée. Que de fois n'a-t-il pas été au plus mal, et
pourtant je ne me suis jamais départie de mon calme, un
calme absolu, et tel que vous ne sauriez vous le figurer.

— Je le sais, et nous ne devons rien brusquer. Seulement, il faut envisager le moment où nos soins lui
deviendraient peut-être insuffisants, où la vie avec nous
pourrait lui faire plus de mal et notre vue l'exciter davantage.

— Mais il se trompe du tout au tout en ce qui me con-
cerne ; est-ce qu'il ne va pas abandonner ces idées ?

— Je crains qu'il n'y persiste, dit le docteur ; les
malades de son espèce renoncent rarement à leurs idées,
et ils prennent en grippe précisément ceux qui leur tou-
chent de plus près. Et puis n'oubliez pas, mon enfant,
que vous n'appartenez pas seulement à votre mari ; vous
portez en vous une autre existence, que vous n'êtes pas en
droit de priver de ses forces. »

« Tu peux t'imaginer aisément avec quel soin je cachais
à tout le monde l'état de mon mari, ainsi que tous ces
affreux événements, et à quel point je désirais être seule
à le soigner.

« Pendant de longues semaines, je ne pus consentir à me séparer de lui, car il avait encore quelques intervalles lucides, et le médecin dut insister longtemps pour m'amener à le laisser partir. Hélas ! je n'avais pas tardé à me convaincre de l'insuffisance de mes forces, de l'antipathie que je lui inspirais ainsi que de l'irritation que lui causait ma vue. Je réussis à lui faire quitter la maison, sous le prétexte d'un petit voyage entrepris pour aller consulter une sommité médicale. Pendant toute la route, et jusqu'à notre entrée dans la ville, il se tint tranquille ; mais il paraît que la vue des maisons et des gens l'excita, car il faillit m'échapper. Je lui dis alors que ma vie était menacée, s'il m'abandonnait, parce qu'un ennemi s'était mis à ma poursuite. C'est ainsi que je l'amenai jusqu'à la porte de la maison de santé. Dès qu'il en eut franchi le seuil, la grande porte se referma sur lui, et je restai seule au dehors. Je m'appuyai contre la muraille, car je me sentais défaillir.

« Notre médecin, qui nous avait devancés pour attendre et recevoir Renaud, sortit, me mit en voiture avec ces simples mots : « Ça va bien, tout à fait bien », puis me ramena en toute hâte à la maison. Il n'était que temps : je ressentis, dans la nuit même, les premières douleurs et, deux jours après, ma petite Hény était dans mes bras. Je fus longtemps sans me rendre compte de ce qui se passait autour de moi, et je restai ainsi plusieurs semaines entre la vie et la mort. Ce fut pour moi un temps salutaire, une époque d'oubli absolu, dont je ne sortis que lentement et de plus en plus à même de comprendre ma situation. J'appris alors avec la plus complète indifférence qu'on avait tout vendu, terres, maison, robes, bijoux. On me dit pourtant que le nouveau propriétaire avait bien voulu me donner à loyer une autre

partie de la maison, afin que je ne fusse plus en contact
avec aucun souvenir du passé. Ce fut mon médecin qui
m'apprit la chose. Quand je voulus remercier le propriétaire, le docteur m'imposa silence et me dit que désormais mon unique souci devait être d'admirer ma fillette,
si mignonne et si belle, et dont les grands yeux bleus
avaient une expression étrange de profonde réflexion.

« Que j'étais sotte ! Il ne m'était même pas venu à
l'esprit de demander qui avait acheté la maison à assez
bon prix pour que je pusse y vivre, sans être obligée de
gagner mon pain en travaillant.

« Je m'accommodais de tout ; je trouvais tout bien : et
mes cheveux qu'on avait coupés, et ma jolie chambrette
avec une autre pièce attenante pour Hény et sa bonne
(deux chambres claires, gaies, ayant vue sur le jardin),
et les conseils et prescriptions du médecin qui, au prix des
plus grands soins, m'avait arrachée à la mort et me trai-
tait à présent comme un petit enfant irréfléchi. Toutes
mes pensées étaient pour Hény, toujours couchée à mes
côtés. Je passais des heures entières à contempler ses
lèvres rouges, si bien dessinées, ses petites mains aux
ongles effilés et modelés en amande, ses petons roses, ses
cheveux presque blancs, enfin, et par-dessus tout, ses
yeux. Mon Dieu ! quelle belle enfant !

« Tant qu'a duré ma longue convalescence, je n'ai vu
personne en dehors du médecin et de la nourrice. J'avais
congédié tous les domestiques. Les nouvelles que je recevais de mon mari étaient tout aussi mauvaises qu'au
début, et je ne pensais même pas qu'il me serait permis
d'aller le voir. Souvent le bon docteur disait qu'il me
faudrait des distractions ; je me bornais à lui montrer
l'enfant et à répondre : « Quelle meilleure distraction
pourrais-je avoir ! » Au bout de quelques mois je m'aperçus

qu'il regardait Hény avec beaucoup d'attention, puis je
le vis secouer la tête. Naturellement, j'en fus fort alarmée :
Je lui demandai pourquoi il avait fait ce mouvement de
tête; il me répondit qu'il avait voulu jouer avec l'enfant.
Le fait que ma fille n'avait jamais essayé de se soulever
ne me préoccupait aucunement, car je n'avais jamais vu
d'autres enfants. La beauté de ses yeux me consolait de
tout : leurs regards promettaient tant ! Il semblait que
des trésors d'intelligence et d'amour fussent cachés dans
ce petit être, qui était tout mon bonheur, toute ma
consolation. Tu m'as promis d'être patiente, et tu sais,
en mère expérimentée, qu'une fois que nous commençons
à parler de nos enfants, il devient impossible de nous
arrêter.

« Et pourtant, pourtant... je devrais plutôt m'arrêter ici.
Enfin un jour le docteur me dit que le propriétaire dési-
rait faire ma connaissance et demandait à m'être présenté.
J'hésitais à le recevoir, mais le docteur se fâcha, en
disant que je ne devais point méconnaître à ce point
les lois de la politesse et que, dans ma reclusion, j'avais
perdu complètement l'habitude de vivre en société.

« Force fut de m'habiller. Je devins d'une nervosité
extrême, comme je le deviendrais peut-être aujourd'hui
encore, si je devais entrer en relation avec du monde. Je
crois même, Dieu me pardonne ! que je me regardai à
ma glace. Mes cheveux avaient recommencé à boucler
autour de ma tête; mais j'avais horriblement maigri. Je
mis l'enfant dans son berceau bleu, que je tirai tout près
de ma chaise, afin que l'étranger pût l'admirer, même
s'il n'en avait pas envie. Soudain, je me rappelai que
j'avais omis de m'enquérir de son nom, et une vive
crainte s'empara de moi.

« Comme mon visage s'empourpra, lorsque tout à coup

j'entendis frapper à la porte. Et qui vis-je entrer ? Herbert Krause lui-même.

« C'est vous, dis-je, tout effrayée : je n'en savais rien ! » Il me regarda, comme surpris de l'accueil étrange que je lui faisais. Je crois n'avoir jamais été aussi sotte de toute ma vie qu'en ce moment, et il me semble que j'éprouve aujourd'hui encore le sentiment bizarre que j'éprouvai alors.

« J'étais à la fois pénétrée de reconnaissance et outrée ; j'aurais voulu l'embrasser et lui dire en même temps quelque chose de déplaisant, et, comme d'habitude, je ne savais pas pourquoi. Ce n'était d'ailleurs qu'un sentiment tout à fait passager. Je n'eus même pas le temps de le lui laisser voir, car il se mit à me parler d'une foule de choses agréables, et telles qu'on doit en dire à une personne malade. Il était arrivé depuis longtemps déjà, mais il n'avait pas encore regardé le berceau. Or voilà que soudain Hény ouvre les yeux et commence à le fixer, comme si elle le comprenait. Sous ce regard, il devint de plus en plus agité ; pour moi, j'étais fière de voir que ma fille, avec ses beaux yeux profonds, ne pouvait passer inaperçue. Enfin Herbert se leva, et, s'approchant de l'enfant, il lui caressa les joues, puis, sans me dire un seul mot de ma fillette, il prit congé de moi. Je me fâchai de nouveau ; néanmoins, j'espérais qu'il reviendrait, et c'est ce qui arriva. Il vint me voir, d'abord une fois par semaine, puis deux fois, enfin tous les jours.

« J'aurais moins de raisons que d'autres mères de parler de mon enfant, car il se passa deux ans sans que Hény eût fait le moindre effort pour se tenir debout et pour parler.

« Je ne m'en montrais pas surprise, parce que je ne voyais pas d'autres enfants, jusqu'au jour où l'idée me

vint de demander à la femme du concierge quel âge avait
son enfant, qui courait seul par toute la maison et appelait les gens par leur nom, bien qu'il fût plus jeune que
Hény. « Il a un an et demi », me répondit-elle, en regardant fièrement son vaillant petit gars. Il me sembla que
la foudre m'avait frappée au cœur. J'écrivis aussitôt au
médecin en le priant de venir bien vite. Hélas! il ne
devait m'apporter aucune consolation !

« Dès qu'il entra, je le saisis par le bras :

« Docteur, mon enfant n'est pas comme tous les
enfants ! »

« Il ne me répondit rien et me regarda avec compassion ;
quant à moi, je me mis à pleurer, à pleurer pour la première fois au cours de ces longues et terribles années,
et je pleurai comme si mes larmes n'avaient jamais,
jamais dû s'arrêter. Ah ! comme je voudrais pleurer
encore comme alors ! J'avais la sensation d'un déchire-
ment, d'une meurtrissure de tout mon être; je croyais
que je n'aurais pas pu survivre à ma douleur.

« Le docteur continuait à garder le silence.

« Docteur, il n'y a donc pas le plus léger espoir ?

— Je ne saurais l'affirmer.

— Et depuis quand l'avez-vous remarqué ?

— Depuis plus d'un an et demi.

— Et vous ne m'avez rien dit ! Comment avez-vous pu
être cruel à ce point ?

— Eût-il mieux valu vous priver de la courte joie que
vous avez eue ? Je ne le pense pas.

— Mais je ne saurais vivre ainsi !

— Vous avez toujours été forte et courageuse; il faut
encore faire appel à toute votre énergie. Vous êtes le seul
soutien de deux créatures déshéritées. »

« Mes larmes ne cessaient de couler.

« Mais, docteur, comment se peut-il que dans ces
beaux yeux, sous ce front si intelligent, il n'y ait pas tout
un monde de pensées ?

— Oui, ces yeux sont profonds comme la mer et lim-
pides comme le ciel ; mais, comme le ciel, ils garderont
leur secret.

— Ne parlez pas ainsi, docteur. Je n'en puis plus, je
n'en puis plus ! Pourquoi ne m'avez-vous pas laissé
mourir, puisque vous saviez combien j'étais malheureuse.

— Parce que vous n'avez pas le droit de mourir, parce
que vous êtes encore trop indispensable. Qui sait ce que
la destinée a encore à vous demander ?

— Ainsi je dois vivre seule parmi des morts ! Mais, docteur, j'ai un cœur, j'ai du sang qui coule dans mes veines,
et personne, jamais personne ne pourra répondre à
toute ma tendresse ! Je ne puis plus, non, je ne puis plus
vivre ! »

« Je n'ai pas été brave ce jour-là ; je luttais avec le sort
inexorable qui s'acharnait sur moi avec tant de cruauté.
Je me révoltais, je me débattais ; toutes les forces de ma
jeunesse se révoltaient contre ma destinée : jour et nuit,
un perpétuel *pourquoi* errait sur mes lèvres. Que de fois
ne voulons-nous pas jeter au loin la coupe, avant de l'avoir
vidée à moitié ; il est même heureux que nous ne sachions
pas qu'elle devient de plus en plus amère. Mais une main
invisible la retient sur nos lèvres. C'est en vain que nous
essayons de résister : ce que nous appelons le désespoir
n'est que de l'impatience. Ah ! comme j'étais impatiente
alors ! mais cela n'a pas duré longtemps.

« Tu comprendras aisément qu'après ce premier coup
effroyable je me sois remise à espérer une amélioration
possible. Je m'efforçais donc de cacher l'état de l'enfant
pour que, plus tard, lorsqu'elle serait redevenue comme

tout le monde, cet état fût à jamais ignoré. Tu comprendras aussi que, dans de pareilles circonstances, je n'aie plus écrit à personne ; vraiment, je n'avais rien à raconter. »

Ce dont je ne pouvais point parler, c'était d'Herbert. Comme il a été bon pour moi pendant tout ce temps ! Quelle patience angélique il m'a montrée ! Les larmes aux yeux, il m'exhortait à la résignation, à l'espérance ; il me disait combien sa vie avait été morne et vide jusqu'au moment de notre rencontre ; quel prix il attachait à mon amitié ! Il me parlait de ses anciens jours de tristesse, de son isolement, en ajoutant que l'existence n'avait eu de charme pour lui que de l'heure où je lui avais permis de vivre près de moi, et de se fortifier au contact de mon énergie.

Quand je l'entendais parler ainsi, j'avais honte de ma faiblesse et j'essayais d'affronter, comme jadis, la tempête déchaînée sur ma vie. Nous nous livrions tous deux à de perpétuelles tentatives pour faire jaillir un mot des lèvres de l'enfant ; mais le médecin nous ordonna de cesser, en disant que nous devions la laisser tranquille, que, cette fois encore, je devais me résigner, et me soumettre, comme j'avais fait jusque-là, aux coups de la destinée. O Hény, Hény ! peu d'enfants ont été entourés jour et nuit d'autant d'affection que toi ! D'autres se développent admirablement, qui sont pourtant des fleurs privées de soleil et qui pourraient dépérir faute d'amour. Mais moi, je t'ai donné, vainement, hélas ! des trésors de tendresse. Parfois, elle semblait me reconnaître, elle paraissait vouloir étendre vers moi ses petits bras ; mais c'était comme une lueur de conscience : elle demeurait de nouveau immobile, avec ses yeux bleus et calmes, avec sa bouche muette, belle comme un ange, et, comme

un ange, étrangère à ce monde. Sans Herbert, jamais je
n'aurais pu traverser ces épreuves. C'est lui qui a su donner quelque attrait à mon existence par son amour
plein d'abnégation. O Herbert! cœur fidèle, que tu as
été mal récompensé!

Je ne cherchais pas à analyser ce qui se passait dans
mon cœur. Je mettais sur le compte de l'amitié le sentiment que j'éprouvais pour Herbert, et lui, de son côté,
se comportait avec moi comme un frère rempli d'atten-
tions. Avec quelle impatience, avec quel plaisir je l'attendais! Et il venait tous les jours, m'apportant chaque
fois des fleurs, hiver comme été. C'était là son seul
cadeau : j'y trouvais d'autant plus de charme que, ne
quittant jamais ma chambre, j'aimais à sentir autour de
moi leur parfum pénétrant. — A l'âge de trois ans, Hény
ne pouvait ni marcher, ni parler, mais elle commençait,
me semblait-il, à se soulever un peu. Je ne m'en souviens plus très bien. Sur ces entrefaites, Herbert entreprit un long voyage, qui le retint éloigné pendant plusieurs mois.

Pendant son absence, Hény, qui faisait ses dents, fut
à deux doigts de la mort, et c'est depuis lors qu'elle
commença à grincer des dents et à tordre ses petites
mains, au point d'émousser ses dents et d'user ses
ongles. Le bruit que faisaient ses dents me transperçait
de part en part. Malgré cela, l'enfant devenait de plus en
plus belle; elle avait de longs cheveux, abondants et
épais, mais sans nul éclat : tel du lin ; son visage était
rose, sa peau fine et transparente.

Je la quittai un jour pour essayer de voir Renaud. Mes
genoux tremblaient lorsque j'entrai dans sa chambre:

« Chère âme ! me dit-il, en me pressant sur son cœur
M'aimes-tu encore? »

Je répondis : oui, en faisant signe de la tête, car il m'était impossible de parler.

« Si jamais tu me pardonnes, nous pourrons encore être heureux ensemble, mais jusqu'alors je dois rester ici, prisonnier entre les mains de ceux qui me martyrisent. »

Puis il se remit à divaguer et à avoir peur.

Le médecin qui le soignait espérait beaucoup le voir se rétablir. Il me prêchait la patience et la résignation. On demande parfois beaucoup de résignation aux femmes.

Cruelle destinée, d'aller ainsi de l'enfant au mari, puis de revenir à l'enfant, dont le regard ne savait même pas me dire que j'avais été regrettée ! Lui du moins me reconnaissait.

Je reçus enfin une lettre d'Herbert, par laquelle il m'annonçait son retour. Je me pris à pleurer de joie, lorsque je le vis entrer chez moi, en me tendant les deux mains. Comme sa respiration était haletante ! Il me semble entendre encore les battements de son cœur !

« Que nous sommes restés longtemps séparés ! me dit-il ; et sa voix tremblait.

— Oui, bien longtemps. Et vous m'avez si mal habituée, Herbert, que je n'ai plus la force de vivre quand je suis seule. »

Ce jour-là, je l'appelai par son nom. Il fit un mouvement, se lissa la barbe, puis ouvrit la bouche comme s'il avait voulu dire quelque chose, mais je lui coupai la parole :

« J'ai été voir mon mari, Herbert. » Il fronça les sourcils ; « Il m'a reconnu et le médecin a beaucoup d'espoir.

— Le médecin est fou ! » s'écria Herbert avec force.

Je ne l'avais jamais vu aussi violent.

« Ainsi donc, vous croyez qu'il soit possible de guérir d'une pareille maladie ?

— Je n'en sais rien, mais je dois croire le médecin et sa grande expérience.

— Au diable son expérience ! J'y vais moi-même pour lui demander de me parler en toute conscience.

— Je ne comprends pas pourquoi, car rien ne serait changé à ma vie.

— Ah ! vraiment ! rien n'y serait changé ! »

Il arpentait la chambre à grands pas ; pendant un moment, on n'entendit plus que son souffle précipité et le grincement des dents de la petite, dans son lit.

« Mais qu'est-ce donc ! dit-il en s'arrêtant brusquement.

— Que voulez-vous qu'il y ait ?

— Quel est ce bruit étrange ? »

J'y étais, moi, tellement habituée que j'avais oublié qu'Herbert n'était au courant de rien, et je crus qu'il devenait fou à son tour. »

J'étais consternée, et tout mon corps se glaçait d'épouvante. Quant à lui, il s'approcha du lit.

« Ah ! c'est toi ! A-t-elle donc l'habitude de se tordre ainsi les mains et de grincer des dents ?

— Oui, cela lui est venu avec ses premières dents.

— Et sans doute pour elle aussi le médecin a bon espoir, » ajouta-t-il brusquement et avec amertume.

Je secouai la tête, et je le regardai avec un tel sentiment d'effroi qu'il revint à lui :

« Pardonnez-moi, dit-il, je vous ai fait de la peine ; mais je ne puis plus vous voir souffrir : je ne suis pas, comme vous, un héros, un martyr, et tout mon être se révolte contre votre destinée, contre qui je voudrais lutter jusqu'à ce qu'elle change.

— Si mon unique ami faiblit, que vais-je devenir ? Ne me demandez pas des choses au-dessus des forces humaines.

— Moi ! mais, je ne vous demande rien de surhumain ;
au contraire... ».

Il me prit la main, y porta ses lèvres, et disparut sans
avoir achevé sa phrase. Il fut plusieurs jours sans venir
chez moi. Je me demandais avec inquiétude ce que j'avais
pu faire pour le froisser ; je repassais en moi-même notre
conversation ; je pensais à sa façon d'être, mais je ne pouvais rien découvrir. Enfin, j'entendis de nouveau son pas
bien connu. Je me levai précipitamment pour courir
au-devant de lui. Son visage était si sombre que j'eus
peur.

« J'ai été à la maison de santé, dit-il.

— Eh bien ? »

Mon cœur battait violemment, comme s'il eût voulu
briser ma poitrine :

« Il y a encore de l'espoir, ajouta-t-il en suffoquant.

— L'avez-vous vu ?

— Non, il va sans dire que non ; mais j'ai vu le médecin.

— Et qu'a-t-il dit ?

— Il a dit que s'il ne survenait pas de nouvelle crise, il
pourrait se rétablir. »

Si ! un pareil « si » est un instrument de supplice, une
roue sur laquelle on vous étend jusqu'à ce que vous ayez
tous vos membres arrachés. Et il faut, par-dessus le
marché, se tenir coi et remercier d'être ainsi torturé.
C'est un genre d'espérance plus épouvantable que le
désespoir !

Qu'est-il arrivé après ?

Tout s'embrouille dans ma tête. De longs jours me
paraissent plus courts qu'une heure, et une seule heure
dure des mois entiers. Je sais seulement qu'Herbert m'était
devenu de plus en plus cher ; que dis-je ? beaucoup trop
cher, hélas ! Que sa voix était pleine et pénétrante, lors-

qu'il me faisait la lecture, ou lorsqu'il me donnait quelque
conseil, mêlé de gronderie câline ou de douce réprimande.
Quand il me tendait la main, un frisson de fièvre parcou-
rait tout mon être. Je reconnaissais son pas entre cent
autres. Parfois ma conscience se réveillait, et je me demandais tout bas à moi-même quelle était la nature du sentiment que j'éprouvais pour Herbert ; mais je faisais taire
cette voix de ma conscience, en refermant sur elle porte
et verrous, car l'idée de renoncer à lui m'était intolérable.
Je faisais mal sans doute en cherchant ainsi à lier son
sort au mien ; je faisais mal en ne me décidant pas à rester
seule dans mon malheur. Que de nuits n'ai-je point
passées à genoux, voulant me résoudre à l'éloigner de
moi, puis, quand revenait le jour, guettant son pas avec
anxiété et délices. Que n'a-t-on pas raconté sur nous ?
Pourtant je n'en ai rien su. J'étais trop jeune, trop isolée,
trop inexpérimentée pour me laisser prendre à ce que
pouvait dire le monde.

Je me persuadais parfois que je l'aimais d'un amour
fraternel, pas autrement ; que je n'étais ni séduisante,
ni dangereuse, ni belle, ni jeune — vingt-huit ans environ
— non, sûrement non, il ne pouvait pas m'aimer ! Comment advint-il qu'il m'ouvrit les yeux, au point de ne plus
me laisser le plus léger doute à cet égard ? Il ne m'a jamais
fait ce qu'on appelle une *déclaration*, une de ces décla-
rations solennelles, véhémentes et passionnées, telles
qu'on en voit dans les romans : mais il y en avait une
dans chacune de ses paroles, dans chacun de ses regards,
dans le moindre de ses mouvements. Je feignais de ne
pas le comprendre, lorsqu'enfin il me dit :

« En cas de folie incurable, le divorce entre époux est
permis et ne peut pas être considéré comme un crime ! »

Je sens encore le trouble violent qui m'enfiévra des

pieds à la tête ! Je me levai en tendant les mains vers lui, et, surmontant mon émotion, je murmurai :

« Ne dis pas ces choses-là ! non, ne les dis pas ! car alors tout doit être fini entre nous. Je ne pourrais plus tenir à toi, si je devenais infidèle. »

Lui aussi avait parlé fort lentement, la tête inclinée sur un livre; il la releva, me regarda, et, appuyant son front sur sa main, il dit :

« Il y a encore de l'espoir pour lui, et il n'y en a plus pour moi : lequel est le plus à plaindre de nous deux ?

— O Herbert, tu me déchires le cœur !

— Et toi, le mien !

— J'ai juré, Herbert.

— Oui, tu as juré.

— Et il n'a plus que moi au monde.

— Et moi, qui ai-je donc ?

— Toi... toi, tu as beaucoup trop, beaucoup plus que je n'aurais dû te donner : tu as toute mon âme ! »

Un cri, à la fois plaintif et joyeux, s'échappa de sa poitrine. Il se leva et me serra dans ses bras ; je le repoussai doucement, tout doucement jusqu'à ce qu'il se décidât à s'en aller. Je refermai la porte derrière lui, et je tombai à genoux près de mon enfant, qui dormait :

« Mon Dieu! que dois-je faire? O ma fille ! dis-le moi. » Hény se réveilla, ouvrit ses grands yeux et grinça des dents. De quelle autre réponse avais-je besoin? Il ne m'était point permis de lui imposer la charge de cette enfant. J'avais cru remarquer plusieurs fois qu'elle lui était antipathique et qu'il ne pouvait souffrir ce grincement de dents. Il lui arrivait souvent de prendre dans ses mains les menottes de ma fille, et de les serrer avec rudesse, comme pour les faire rester en repos, tandis qu'un pli profond se creusait entre ses sourcils.

Et si le père de mon enfant allait pourtant revenir, et qu'il ne me retrouvât plus ? Et si Herbert ne pouvait pas souffrir l'enfant. — Je les aurais rendus tous les trois malheureux. Et voici que de nouveau le devoir se dresse devant moi, non pas d'une façon confuse, non, mais dans la grande et éclatante lumière du jour : il ne m'était plus permis de fermer les yeux pour ne pas remarquer sa présence. Quelle lutte atroce ! Le bonheur s'offrait sur ma route, avec un doux sourire, dans un rayonnement splendide. Et sur cette même route, je voyais les deux êtres dont le sort était lié au mien. Je désespérais un galant homme ; mais il était plein de vie et de force, et il pouvait lutter contre la destinée ; il pouvait — mon cœur se serrait anxieusement à cette pensée — m'oublier et chercher ailleurs le bonheur, tandis que je poussais au désespoir mes deux infirmes et les vouais à un irrémédiable malheur. J'avais perdu le sommeil et, dans ce temps d'épreuves, mes cheveux étaient devenus tout gris. Herbert voyait l'état où j'étais réduite. Tantôt il se montrait doux et caressant, tantôt rude et violent. Il me disait qu'il ne pouvait plus vivre de la sorte, qu'il devait se créer un intérieur, avoir une femme et des enfants.

Je maigrissais terriblement, et je me tordais les mains jusqu'à ce qu'elles me fissent mal. Je lui disais :

« Si, encore on pouvait m'assurer qu'il ne me reconnaîtra plus jamais, que jamais plus il ne redeviendra ce qu'il était ! — mais dans l'état actuel des choses !... »

Je négligeais même Hény. Je la laissais des heures entières avec sa bonne, en m'imaginant qu'il m'était devenu impossible d'entendre ses grincements de dents. Oui, j'ai manqué alors de courage. Les autres pouvaient m'en trouver, moi non. Certes, il est malaisé de voir ce que ressent l'arbre dans ses racines, lorsque l'ouragan secoue son faîte. On l'admire parce qu'il reste debout, même après avoir perdu toutes ses branches. Comme j'aurais voulu me voir brisée, déracinée, desséchée par la tempête, uniquement pour ne plus être, pour ne plus souffrir !

J'appelais à grands cris la douleur corporelle, pour ne plus sentir la douleur intime qui me dévorait. J'écrivis alors à la maison de santé, pour annoncer que je viendrais tel jour, et cela dans le seul but de me fortifier contre moi-même.

Non seulement Renaud me reconnut, mais il m'embrassa avec beaucoup de tendresse.

« Tu es tout mon soutien, me dit-il, et il ajouta : Bientôt je guérirai, et alors tu seras payée de toutes tes peines, ô ma compagne fidèle ! J'entends encore des voix, mais maintenant je les connais et elles ne me font plus peur. Encore un peu de patience pour que je te revienne et pour que nous vivions heureux ensemble, heureux au delà de toute expression ! »

Chacune de ces paroles me perçait de part en part, comme une lame de couteau. Renaud se sentait encore malade, il m'aimait et avait mis tout son espoir en moi, son refuge et son port de salut !

Je devais être fort pâle, à mon retour, car tout le monde, effrayé, me demanda s'il allait plus mal :

« Non, non, il va bien », leur disais-je à tous. En ce moment Herbert entra et m'entendit. Il se maîtrisa tant que nous ne fûmes pas seuls, puis il éclata. Il était au comble du désespoir. Il divaguait, arpentant à grands pas la chambre, les yeux fixés au plancher. Il mit la main sur la bouche de Hény pour la faire taire, et, ne pouvant lui imposer silence, il la porta dehors. Je ne soufflai mot, je le regardais, et le laissais faire tout ce qu'il voulait. Je demeurais immobile, appuyée contre une table. Soudain je fus prise d'une telle lassitude que tous mes membres se raidirent :

« Va-t'en, lui dis-je ; j'ai besoin de sommeil ; il m'est impossible de prononcer une parole : va-t'en ! »

Je tombai sur un canapé, sans pouvoir remuer. C'était comme une espèce de paralysie. Je ne pouvais ni ne voulais bouger, car j'avais complètement oublié de quelle façon je devais lever la tête et faire usage de mes mains.

La langue elle-même refusait son service, et je devais faire des efforts pour pouvoir articuler un mot. Mes yeux se fermaient, mais il m'était impossible de dormir. Je serais restée sans manger, si Herbert ne m'y avait décidée, à force de cajoleries et de caresses. Il était très bon très doux avec moi, et ne me parlait jamais de choses qui auraient pu me troubler. Une ou deux fois par jour, il m'amenait Hény, qu'il mettait tout à fait contre mon visage pour que je puisse l'embrasser, car nous ne pouvions aller l'une à l'autre !

Au lieu de semaines, peut-être serais-je demeurée dans cet état des mois ou des années, car mon état ne s'améliorait pas. C'est alors que le sort me fit sentir l'aiguillon qui m'avait manqué jusque-là. Je reçus une lettre m'annonçant que la crise tant redoutée chez Renaud venait de se produire ; qu'on m'appellerait à l'approche de l'heure fatale, mais pas avant, pour ne pas l'inquiéter. A peine avais-je lu cette lettre, que j'étais déjà levée et habillée, allant et venant dans ma chambre, au milieu d'un trouble extrême. Ma faiblesse et mon agitation me faisaient chanceler et me jeter d'un bout de la pièce à l'autre, sans même m'en rendre compte.

C'est dans cet état que me trouva Herbert, accompagné du médecin : tous deux, fort surpris, paraissaient plus inquiets que joyeux de me voir levée. J'étais dans un tel oubli de moi-même que leur exclamation pleine d'étonnement me surprit :

« J'ai été assez longtemps malade, leur dis-je ; à présent je n'en ai plus le temps. »

Ni Herbert ni moi, ne faisions la moindre allusion à ce qui nous intéressait plus que tout au monde. Il ne cessait de me lire ; mais ni lui ne savait, ni moi n'entendais, ce qu'il me lisait. Le reste du temps, je me promenais dans ma chambre, comme une lionne dans sa cage.

« Bientôt, lui disais-je, j'arriverai dans le même état que Hény ; je ne puis plus rester tranquille !

— Cesse de parler ainsi », répliqua Herbert en me regardant avec des yeux qui m'ôtèrent l'envie de répéter une pareille phrase. Tout ce temps me parut mortellement long et triste ; je ne recevais plus aucune lettre. C'est seulement à présent que j'en goûte toute la douceur. Ce fut mon dernier printemps, avec des orages et des tempêtes, avec des nuages menaçants et des rayons de soleil, avec des tapis de fraîche et jeune mousse. Et aujourd'hui encore je me sens rajeunir quand j'y pense. Il semble que le destin ait voulu me donner du répit pour mesurer toute la grandeur de mon sacrifice. Nous ne parlions ni l'un ni l'autre de l'avenir ; nous ne parlions que du passé. Je remerciais Herbert des heures radieuses qu'il m'avait données, et lui me remerciait d'avoir été l'étoile qui l'avait guidé ici-bas.

Un jour, je reçus de la maison de santé une lettre dont la vue me frappa de stupeur. L'écriture, bien qu'indécise et altérée, était celle de Renaud. En la prenant, mes doigts tremblaient si fort que j'eus à peine la force de l'ouvrir.

Voĭci son contenu :

« MA CHÈRE ET FIDÈLE FEMME,

« Je remercie du plus profond du cœur le bon Dieu qui m'a sorti des ténèbres épaisses de la nuit et m'a rendu à la lumière.

« Dans deux jours je serai dans tes bras.

« A toi pour toujours.

« RENAUD. »

A cette lettre en était jointe une autre, du directeur de la maison de santé. « Renaud a été guéri comme par miracle, et il insiste tant pour rentrer chez lui que nous ne pouvons nous opposer à son retour. Avec beaucoup de calme et beaucoup de prudence, il pourra être maintenu dans son état actuel. »

J'ai relu plus de dix fois cette lettre, et pendant que je lisais, tout prenait autour de moi l'aspect d'un immense désert avec son excédente monotonie. Oui, c'était mal à moi de penser en un pareil moment plus à Herbert qu'à mon mari. Mais je ne suis pas une héroïne, mes chères âmes; il ne faudrait pas le croire. Il est encore heureux qu'on ne puisse pas lire toutes les pensées cachées sous notre front, que les lèvres puissent se taire et ne pas trahir toutes les appréhensions du cœur. Dieu seul et moi savons ce que j'ai souffert en ce moment-là. Aujourd'hui tout a été enseveli, très profondément, et une lourde pierre recouvre pour toujours le passé. A l'arrivée d'Herbert, je lui tendis la lettre, sans ajouter un mot. Il la parcourut en un clin d'œil, la froi... la déplia de nouveau, la relut plusieurs fois : ses mains tremblaient et une larme, tombée de ses yeux, vint mouiller le papier. Je me jetai dans ses bras, et je demeurai longtemps

appuyée contre sa noble poitrine. A cette heure suprême,
ni l'un ni l'autre ne pouvions prononcer une parole. Ses
baisers séchaient les pleurs intarissables que je versais,
et il soupirait comme si son cœur s'était brisé. A plusieurs reprises, il essaya vainement d'articuler quelques
mots : il secouait la tête et souriait du sourire de ceux
que la mort attend. Et maintenant, le voici près de la
porte. Il se retourne une dernière fois, me fait un signe
de la main, puis il disparaît, et moi je tombe à genoux
à la place même où j'étais, aveuglée par mes larmes. Et
cependant je ne suis pas morte; il paraît que j'avais en
moi une source abondante de vie. La douleur me perçait
le cœur de ses flèches ardentes comme du feu. Je mis la
main sur ma bouche, pour ne pas crier. Soudain j'entendis, comme un bruit lointain, le grincement des dents
de Hény, et, rouvrant les yeux, je vis ma fille, debout,
dans l'encadrement de la porte, et cette vision réelle et
vivante s'avançait sur la pointe de ses petits pieds jusque
dans mes bras que je lui avais tendus; elle balbutiait
quelque chose qui ressemblait à « Maman ». La bonne,
qui la suivait, tout heureuse de voir que la surprise avait
si bien réussi, eut peur de mon trouble extrême; puis elle
se mit à raconter comment elle avait fait pour réaliser ce
miracle.

Je préparai pour Renaud la chambre de Hény, qui
désormais devait coucher avec moi. De ce jour, je n'eus
plus de nerfs : ils avaient disparu à jamais ! La bonne, la
femme de chambre et la cuisinière me dévisageaient avec
surprise; je profitai d'un moment où j'étais restée seule
pour me regarder dans la glace : mes cheveux avaient
complètement blanchi !...

Oui vraiment, je voulais écrire une lettre, mais où en
étais-je ?

« Tu t'expliques maintenant mon silence. » Si elle connaissait tout dans les moindres détails, peut-être se l'expliquerait-elle encore mieux.

« Que te dirai-je de toutes ces années, semblables les unes aux autres, entremêlées d'espérance et de crainte, qui se sont écoulées jusqu'au jour où Hény a commencé à marcher et où Renaud, guéri, est revenu à la maison. Tu ne peux te figurer les émotions indicibles par lesquelles nous passâmes alors. C'était déjà un vieil homme et il regardait avec désolation mes cheveux blancs. Lorsqu'il vit Hény, il demanda : « Es-ce là notre... » ; il ne put continuer, et se prit à pleurer si fort que j'en fus tout effrayée. Je craignais un anévrisme, une attaque de paralysie, ou bien un retour de son atroce maladie. Mais la tempête passa sans conséquences funestes. Au contraire, quelque chose paraissait s'être détendu et adouci en lui, tellement il était devenu bon et aimant.

« Je le vois encore lorsqu'il prit pour la première fois Hény dans ses bras. Comme il appuyait la petite tête de l'enfant contre sa poitrine, tandis que de la main restée libre il pressait ses menottes, mais tout autrement que ne l'avait fait Herbert.

« J'entourai alors de mes bras mon grand et mon petit enfant, en leur demandant pardon, au fond de moi-même, d'avoir failli les oublier un moment.

« Depuis, il ne s'est plus rien passé de remarquable dans mon existence. Hény est devenue grande et belle, et peut prononcer quelques mots que son père et moi sommes seuls à comprendre. Renaud se promène des heures entières à mon bras. Nous regardons les fleurs et les papillons, nous nous réchauffons avec joie aux rayons du soleil ardent, et, quand il fait froid, nous trouvons du plaisir à voir la neige et les feuilles jaunies dispersées

par le vent. Nous inventons même de beaux contes, de
belles histoires en rapport avec nos impressions, et,
lorsque les passants nous regardent, je les regarde, moi
aussi, bien en face, jusqu'à ce qu'ils se décident à s'en aller.

« Nous lisons aussi beaucoup; souvent il s'endort, et
je continue ma lecture pour ne pas le réveiller. Nous
jouons au domino, au loto, et nous nous berçons de
l'espoir que nous pourrons bientôt apprendre à Hény à
faire sa partie avec nous.

« L'un des grands plaisirs de Renaud est de peigner
Hény. Il faut voir avec quel ravissement il défait sa
magnifique chevelure, qui descend jusqu'à terre; comme
il la lisse, comme il la natte, pour la défaire ensuite de
nouveau. Ils sont si heureux alors l'un et l'autre que je
puis vaquer, pendant ce temps-là, aux soins du ménage,
dont, en véritable « homme d'affaires » que je suis devenue, j'ai pris moi-même la direction.

« Tu le vois, ma maison n'est pas faite pour un jeune
homme, ma vie est monotone et pas intéressante. Aussi,
excuse cette longue lettre. C'est toi qui me l'as demandée,
et peut-être n'auras-tu pas la patience de la lire jusqu'au
bout. Mais que veux-tu, je suis une vieille femme, qui
bavarde d'autant plus volontiers et d'autant plus longuement qu'elle a moins souvent l'occasion de le faire.

« Je te souhaite une bonne santé, et je te prie de m'envoyer ton portrait par ton fils, pour que je puisse voir
comment tu es à présent. Je te remercie du fidèle souvenir que tu m'as gardé, tu m'as fait beaucoup de bien.

        « Ta vieille amie,

                          « AGATHE ».

III

FACHEUSE AFFAIRE (1)

(*Nouvelle.*)

Ce qu'il y a de meilleur et de plus beau dans notre vie terrestre, c'est l'époque des vacances. Il semble que le ciel soit descendu sur la terre, mais en réalité, il n'en est pas tout à fait ainsi : sur ce ciel plane, en effet, un nuage, qui devient de plus en plus gros, de plus en plus noir, à mesure qu'approche le terme de ce temps fortuné.

Ce nuage s'appelle les devoirs de vacances.

Mais lorsque le programme des vacances comprend un voyage en Angleterre et un séjour à Londres, précisément à l'époque de la première grande Exposition, alors le bonheur aurait la magie d'un conte de fées, s'il n'y avait pas à la surface du ciel le fatal petit nuage.

Que de merveilles ! Un vrai palais de cristal, visible, palpable, et dans lequel on peut entrer, un palais avec de vrais arbres à l'intérieur, avec un chêne surtout de toute

(1) A paru en 1884, sous le titre : *Schlimme Geschichte*, dans le recueil intitulé : *Handzeichnungen* (voyez ci-dessus, p. 17). — Traduction inédite.

Sur cette nouvelle, voyez notre ouvrage : *Carmen Sylva intime* (*Paris, Juven*, 1905, in-18), p. 18.

beauté, enclos dans l'enceinte même de l'édifice où il a été planté.

On y voit aussi l'histoire entière de compère Renard, le rusé, avec les animaux de la fable, tous empaillés, mais auxquels il est malheureusement défendu de toucher.

Et voici encore le bazar public, où l'on peut acheter pour quelques shillings une petite poupée avec son petit lit recouvert d'indienne rose, et regarder aussi tout à son aise les grandes poupées qui ressemblent à s'y méprendre à de vrais bébés.

Mais le plus beau de tous les spectacles, c'est encore le Jardin zoologique.

Ah ! quel agréable frisson vous saisit lorsque, vous sentant à l'abri de tout danger, vous entendez rugir et gronder les fauves, qui ne feraient de vous qu'une bouchée, s'ils parvenaient seulement à briser l'un des barreaux de leurs cages.

La nuit, vous revoyez, les yeux fermés, tout ce qui vous est arrivé dans la journée, par exemple, comment vous avez caressé le serpent à sonnettes, que son gardien retenait ferme, et vous vous dites que, s'il ne l'avait pas ainsi retenu, le serpent se serait sûrement enroulé autour de vous et vous aurait étouffé.

Il est tout naturel qu'avec de pareilles pensées on ne puisse que s'assoupir à peine.

Et cependant la maison ne manque pas de confort, bien que l'on se sente un peu dépaysé à Sussex Place. Cette maison ressemble à un vaste palais, mais elle en a seulement l'apparence, car, en réalité, ce sont plusieurs demeures réunies donnant toutes sur un grand jardin. Là jouent une vingtaine d'enfants, qui courent de tous côtés, ensemble ou par bandes.

La petite Hédi ne regrettait pas de ne pouvoir prendre part aux jeux de ces enfants étrangers : elle n'en était même pas contrariée, car elle avait un frère avec lequel elle jouait merveilleusement à toutes sortes de jeux : à la guerre, aux voleurs, aux bateaux et au chemin de fer.

C'étaient deux petits héros.

La réalité n'était rien, comparée à leurs exploits du jardin. Mais le nuage, le vilain petit nuage en question, planait aussi sur la tête bouclée de la petite Hédi, la fillette aux grands yeux bleus et aux joues roses comme la pêche. Elle était si vive que ces yeux dansaient et étincelaient dans son visage comme s'ils avaient voulu s'en élancer et se mettre à courir encore plus vite que ses petits pieds, lorsqu'ils prenaient le galop en la faisant ressembler à une flèche échappée de l'arc.

Comment voulez-vous que de pareils yeux puissent rester attachés sur des mots allemands et anglais, même quand on a la ferme intention de bien observer sa petite main potelée, afin de ne pas faire des taches d'encre sur le papier ?

D'impatience, on en tire une langue démesurée. Et puis, dans cette vallée de larmes qui s'appelle la terre, il n'y aurait certainement pas de pleurs, s'il n'y avait pas aussi l'arithmétique.

C'est avec l'arithmétique que l'homme a perdu le Paradis, et non pas avec la pomme de l'arbre. Des larmes et des soupirs, quand on est punie, uniquement parce que quelqu'un a dit qu'il faut savoir le calcul, afin de pouvoir compter ce qu'on a et ce qu'on n'a pas !

Oh, bien certainement ! le calcul est le germe et le commencement de tous les maux.

Et voici maintenant qu'une autre punition, et non des moindres, menace la petite Hédi si ses devoirs ne sont pas mieux faits, si ses leçons ne sont pas mieux sues.

Il n'y a pas longtemps que dans la maison est arrivée une vieille et forte Anglaise, qui n'est pas gouvernante, mais qui s'occupe de l'éducation des enfants, précisément parce qu'elle a elle-même une ribambelle d'enfants.

L'Anglaise a inventé une foule de nouvelles punitions, telles que l'imagination enfantine la plus hardie ne saurait en concevoir.

Aujourd'hui encore, quel pénible travail ! Dans une heure l'Anglaise va venir, et si les leçons ne sont pas apprises, gare à la punition terrible, inconnue. Sera-t-elle pire que les coups ? Mais que peut-il y avoir de pire que les coups ? A l'œuvre donc, et vite, les doigts allongés sur la plume, la langue hors de la bouche, la tête inclinée, de façon à ce qu'un œil seulement puisse lire sur le papier.

Mais, grand Dieu ! lorsqu'on n'a que six ans, les tentations sont si nombreuses, et la volonté si faible ! Il va sans dire que lorsqu'on est grand, les tentations disparaissent, et qu'on ne fait plus rien, absolument rien de mal ; mais encore, cela est-il bien possible ?

Hédi se trouvait dans le salon du premier, dont les trois fenêtres en arcades donnaient sur le jardin.

Soudain dans ce même jardin retentissent des voix d'enfants.

Hédi ne voulait pas regarder, mais elle regarda quand même. Les enfants de Sussex Place étaient tous rassemblés sous sa fenêtre, les yeux dirigés vers elle.

Hédi savait bien qu'elle ne devait pas leur parler ; elle se pencha donc sur sa table pour ne plus les voir.

Des éclats de rire jaillirent de toute part. Hédi devait bien regarder ce qui provoquait ces rires : elle se dissimula donc dans l'embrasure de la fenêtre, d'où elle pouvait, avec ses yeux malins, voir les figures joyeuses des enfants qui l'examinaient. Après quoi elle se pencha de nouveau sur sa table.

Et les cris de recommencer :

— *Come up, little girl !* criaient les enfants, *come up, little girl !*

Elle se cacha.

— *Go down, little girl !* clamèrent de nouveau une foule de voix.

Hédi ne releva pas la tête.

— *Come up, little girl ! go down, little girl !*

Et c'est ainsi que, sans discontinuer, s'entre-mêlaient les : venez, petite fille ! descendez, petite fille. C'était charmant.

Hédi éprouvait une joie intime à dominer de sa petite personne toute cette troupe d'enfants. Et cependant l'horloge sonnait de toutes ses forces, mais Hédi ne l'entendait pas. Le cadran et les aiguilles marquaient l'heure aussi exactement que possible, mais Hédi ne les voyait pas. Enfin, après tous ces vains avertissements, l'heure sonna encore une fois, et très fort. La sonnerie, cette fois, fit son effet. Hédi se retourna : Elle n'avait plus que deux minutes.

Elle laissa les enfants crier jusqu'à ce que, de guerre lasse, ils se dispersèrent, et elle se mit à écrire : mais à peine avait-elle écrit deux mots qu'elle fit un immense pâté, car elle avait entendu le bruit d'une porte qui tournait sur ses gonds, des pas dans le corridor ; puis la porte du salon s'ouvrit pour laisser passer dans toute sa hauteur et dans toute son épaisseur l'horrible Anglaise aux yeux noirs qui semblaient vous transpercer.

Celle-ci ne fit que jeter un coup d'œil sur le cahier ; puis, sans même prononcer une parole, elle l'emporta.

Hédi attendait, l'épouvante dans l'âme : elle se mit à la fenêtre, regarda dans le jardin, mais à présent tout lui paraissait morne. De nouveau, un bruit de pas se fit entendre, et Hédi reçut l'ordre de monter :

— Hédi, qu'avez-vous fait pendant toute cette heure ?

L'enfant tremblante se taisait.

— Je vous demande ce que vous avez fait ?

— Rien.

— Oui, je le vois bien ; mais pourquoi ?

— J'ai regardé par la fenêtre.

C'était la pure vérité.

— Vous savez que vous allez être punie, mais punie de façon à ne jamais l'oublier.

Hédi tremblait : elle allait être certainement frappée. Elle pensait à la cravache de son père et son cœur battait avec violence.

— Descendez : vous verrez.

Ce fut un miracle qu'elle pût quitter la chambre et sût trouver les marches de l'escalier. Si elle ne tomba pas, c'est que l'Anglaise la tenait par le bras, de toute la force de ses griffes.

Une fois dans sa chambrette, Hédi dut se déshabiller. On lui donna sa chemise de nuit, et on lui dit :

— Lorsque les enfants ne font pas leurs devoirs, c'est qu'ils sont malades, et lorsqu'ils sont malades, ils doivent rester couchés et ne prendre qu'un peu de bouillon.

La porte se referma sur ces paroles, et Hédi demeura seule : son sang bouillonnait ; on n'entendait dans le silence de sa chambre que les battements de son cœur. Elle était au lit, les rideaux tirés, par une belle journée d'été, tandis que brillait un soleil radieux, sans un nuage au ciel.

Soudain, son pouls s'arrêta brusquement, après avoir

battu avec violence comme au fort de la fièvre. Elle était comme pétrifiée. D'abord, elle ne sut que penser : elle ne pensait d'ailleurs à rien. C'était là pour elle une punition si nouvelle, si étrange !

Être malade ! mais Hédi ne l'avait jamais été. Rester couchée en plein jour ! cela ne lui était jamais arrivé. C'était vraiment inconcevable. Comment ? Cette petite créature vive et pleine de force, qu'on pouvait à peine maîtriser, se voir condamnée à rester immobile dans un lit !

Elle songea un moment à ce qui serait arrivé si elle avait prêté l'oreille aux *come up, little girl*, c'est-à-dire, si elle avait désobéi. Elle n'essaya même pas d'en mesurer les conséquences. Cependant, sa conscience lui demandait avec sévérité — comme la conscience d'une grande personne — si elle avait bien dit vrai ; si cette phrase : je me suis mise à la fenêtre et j'ai regardé — était l'expression de la pure vérité, alors qu'elle n'ajoutait pas ce qu'elle avait vu par cette fenêtre. Je n'ai pas prononcé une seule parole, cela est certain ; mais j'ai joué, c'est-à-dire... joué, non, non. Ce n'est pas jouer que de ne pas courir et de ne point parler. — Pardon, mais quand tu t'amuses à pencher la tête sur la table, cela ne veut-il pas dire que tu joues ? Et puis, pourquoi ces enfants étaient-ils venus là ? de vilains enfants, fort mal élevés ! Maman ne nous permet pas de jouer avec eux. Ils doivent être sales, ils crient, ils rient à pleine gorge, et non comme des enfants bien élevés.

Hédi avait la sensation qu'elle avait été pour eux un véritable jouet, et cela lui donna la fièvre.

Rester ainsi au lit en plein jour, il y a de quoi en suffoquer de chaleur. On se retourne à droite, à gauche, et on a toujours chaud. Et plus on se retourne, plus la chaleur augmente : c'est intolérable. Du coup, on ne trouve plus dans son lit un seul coin un peu plus frais : les jambes vous brûlent comme du feu. On essaye de mettre la tête au pied du lit, et les pieds sur l'oreiller du chevet puis dessous. Rien n'y fait : on n'est bien nulle part. On appuie les pieds sur la muraille, on les sent se glacer, tandis que les joues s'allument davantage, que la tête vous brûle : quelle misère ! quel supplice !

Pour tuer le temps, Hédi voulut se rappeler quelques-uns des contes qu'elle savait; mais ce fut en vain : son imagination si vive était complètement engourdie.

C'est pour cela qu'elle entendit de nouveau sa conscience lui faire une morale sévère.

— Écoute-moi bien ! sais-tu qu'aujourd'hui encore tu as été une vilaine gourmande. Tout le monde l'ignore. Puis, tu as donné à manger au chien, et tu l'as toi-même bourré de gâteaux. Personne ne t'a vue, excepté moi. Et te souvient-il encore que tu as tiré la langue à l'Anglaise, et que, lorsque celle-ci s'est retournée de ton côté, tu as repris ton visage habituel ? Et pendant que vous jouiez ensemble, ton frère et toi, tu as fendu l'oranger avec un éclat de bois, et le propriétaire qui s'en est aperçu s'est mis à frapper furieusement à la vitre en vous mena-çant du doigt.

Mon Dieu ! se disait Hédi, quelle peur nous avons eue ! nous ne l'avons raconté à personne.

Hédi s'attendait chaque jour à ce que ce terrible proprié-taire vînt la chercher pour la conduire en prison ; chaque nuit, pendant plusieurs années, elle le vit, courant après elle, un gros bâton à la main.

En se rappelant tout cela, elle se sentit glacée de la tête aux pieds. La tête lui brûlait de plus en plus.

Bientôt elle vit se mouvoir devant elle les figures di-

verses représentées sur les tentures : il y en avait de belles,
de laides, de déplaisantes. Oh, les insupportables personnages ! Hédi n'avait jamais pu souffrir les tentures, mais
cette fois-ci, elles lui rendirent le service de la distraire
de ses remords.

Tandis qu'elle restait ainsi, silencieuse et immobile,
la porte s'ouvrit, et la grosse Anglaise entra de nouveau,
une assiette de bouillon à la main :

— Oh, quelle honte ! Quelle vilaine petite fille, pares-
seuse, inappliquée, couchée dans un lit !

Après le départ de l'Anglaise, nouvel assaut de la conscience recommençant sa morale, et ne laissant même pas
à Hédi le temps de déguster son bouillon :

— Ainsi, tu as à moitié menti !

Le soleil allait se coucher : la vilaine chambre était devenue encore plus sombre. Le jour, en plein midi, il y
faisait déjà noir, parce que les rideaux étaient tirés. Mais
maintenant ! Oh, comme elle s'ennuyait ! comme elle
s'ennuyait à mourir, la malheureuse Hédi. Au dehors, on
percevait de temps en temps quelques bruits, puis le rou-
lement des voitures, toujours et toujours le même. Quelqu'un descendit l'escalier ; une voiture avança ; la porte
cochère s'ouvrit ; on entendit un bruit de verrou ; puis
la porte se referma, et il se fit de nouveau un si profond
silence que l'infortunée Hédi eut peur de remuer.

Elle ferma les yeux et voulut s'endormir. Mais ce fut
en vain, elle n'y parvint pas. Ces longues heures de l'après-
midi étaient vraiment interminables ; elle se sentit presque
malade.

Enfin on entendit de nouveau dans la maison les bruits
accoutumés, mais Hédi demeurait toujours seule.

Un sentiment d'amertume l'étreignit ; elle fit grincer
ses petites dents, serra les poings, et se mit à frapper les

murs, d'abord très fort, puis faiblement, parce que cela lui faisait mal.

L'obscurité avait commencé à envahir la maison ; Hédi avait toujours redouté l'obscurité, mais, en ce moment, elle la craignait plus que jamais, car elle était seule.

Tous les soirs, il lui semblait que les meubles se mettaient en mouvement et marchaient sur elle. Ces imaginations la hantaient encore plus aujourd'hui. Tout entrait en branle, et il lui paraissait que l'armoire était déjà à ses côtés.

Hédi se cacha sous sa couverture. Son cœur battait, ses oreilles bourdonnaient, elle croyait entendre quelque chose grincer et glisser autour de son lit.

Elle était toute moite de peur. C'était affreux ! Elle préféra mettre la tête dehors pour ne plus entendre tous ces horribles bruits.

L'obscurité devenait de plus en plus épaisse ; tout paraissait plus grand, tout avait des formes étranges ; des objets familiers, un peignoir, une robe, une chaise, prenaient un autre aspect et se mettaient en mouvement.

Hédi regardait fixement, et plus ses yeux demeuraient immobiles, plus les visions fantastiques se multipliaient devant elle.

Enfin il se fit nuit, et à force de vouloir pénétrer fixement l'obscurité, il lui sembla que les étoiles glissaient et étincelaient sous ses yeux. Elle eut d'abord peur, puis elle prit plaisir à ce spectacle, et elle tint ses regards ainsi rivés jusqu'à ce que les yeux lui firent mal. Elle avait envie de pleurer, mais Hédi ne pleurait jamais.

Au bout de quelque temps, on entra avec de la lumière. Hédi ferma les yeux.

— Elle dort, dit-on à voix basse.

Les veines de son cou battaient à se rompre. On attendit,

on murmura encore quelques mots, Hédi ne bougea pas.
Enfin on s'en alla; mais Hédi ne fut pas obligée de de-
mander pardon, car demander pardon était impossible à
Hédi.

IV

DANS LES CARPATHES (1)

(*Nouvelle.*)

Dans les grands bois des Carpathes, la tempête de neige
fait rage. Il y a des hurlements à travers les gorges étroites,
des sanglots dans les pins, des craquements et des déto-
nations sur la Prahova, dont les glaçons, emportés à toute
vitesse, vont se heurter à ceux de la Doftana. Les eaux
montent et débordent de leur lit de pierre, comme un torrent puissant. Avec un bruit de tonnerre, elles tourbillon-
nent à chaque angle, arrachant des mottes de terre, des
rocs, des sapins et des hêtres qui se laissent emporter on
ne sait où. De toutes les hauteurs, se précipitent des cas-
cades, dont l'écume se congèle en tombant. Tout ce que
la main des hommes a édifié, à force d'art et de travail, la
tourmente le détruit en quelques instants; le pont de la
Doftana chancelle et s'écroule, comme si ses pierres de
taille n'étaient que du mortier, et les rails du chemin de

(1) A paru en 1888, sous le titre de : *Ein Begräbniss in den Kar-
pathen* (Un enterrement dans les Carpathes), dans le recueil
intitulé : *In der Irre* (A l'aventure), *Bonn., E. Strauss*, in-8.

    Traduit par Mme A. Chevalier et publié dans le volume
Marié (*Paris, Perrin et Cⁱᵉ*, 1892, in-18).

    Reproduit avec l'autorisation de la traductrice et de l'éditeur.

fer pendent en l'air comme de simples fils d'archal. Les
arbres ploient et se tordent, leurs racines presque arrachées ;
de grands sapins, qui ont défié bien d'autres tempêtes, se
voient aujourd'hui découronnés ; leur verdure sombre
s'ensevelit dans la neige, bientôt recouverte par les flocons
pressés qui tombent toujours. Les petits chalets d'été
semés sur les pentes de la montagne sont ébranlés jusqu'aux fondements et semblent prêts à s'écrouler. Un seul
paraît habité ; une lumière luit à la fenêtre, colorant la
neige d'un rouge reflet, à travers l'obscurité croissante, et
vacille en dépit des carreaux bien fermés comme si elle
sentait le souffle de la tempête.

Cette lumière rouge éclaire une figure plus blanche que
la neige et d'une indescriptible beauté. C'est dans un cercueil qu'elle repose, avec ce calme solennel, si paisible,
dirait-on, qu'un souffle va soulever cette jeune poitrine et
ces narines transparentes. Les longs cils sombres semblent
se relever et projettent leur ombre sur les joues. Mais non
ils ne se relèveront plus jamais !

Pas un bruit, pas un mouvement dans cette chambre.
La tempête secoue toujours la petite maison, et accompagne de son chant funèbre le désespoir d'un homme,
muet, immobile près de la table, la tête entre ses mains,
regardant la morte. Ses traits sont fins et nobles, ses yeux
bleus sombres ; dans ses cheveux blonds, s'enfoncent ses
doigts crispés ; ses lèvres se compriment comme si elles
ne voulaient plus jamais s'ouvrir, l'angoisse suprême ayant
achevé son œuvre et glacé tout ce qui vivait et aimait en
lui. Il ne tourne pas la tête ; ses paupières restent immobiles, pendant que la tempête ébranle les vitres et que les
flammes des cierges, aux quatre angles du cercueil blanc,
s'inclinent et se tordent dans le courant d'air, comme des
êtres souffrants.

Au bout de l'étroit corridor, il y a une chambre sombre, éclairée seulement par un jet de flamme échappé d'un grand poêle de faïence, où le feu ronfle, ajoutant encore au tapage extérieur. Près de sa chaleur, se blotissent deux enfants qui frissonnent :

— Entends-tu, Ben, la tempête qui hurle ?

— Oui, Mad ; elle emporte l'âme de maman !

— Mais je croyais que les anges viendraient tout doucement l'emporter dans un petit nuage !

— Sais-tu, Mad ? Dans ce pays étranger, les anges ne savent plus trouver leur chemin. Ils ont cherché maman, là-bas, chez nous ; et puis ils ont envoyé la tempête à travers l'Océan, pensant que la tempête la trouverait bien sûr !

— Est-ce qu'elle souffle jusque dans le ciel ?

— Tu le vois bien aux nuages !

— Mais y aura-t-il d'autres anges là-haut pour recevoir maman ? La reconnaîtront-ils ?

— Les anges reçoivent toutes les âmes ; ils sont au ciel pour cela.

— Et ils les conduisent à Dieu, et Dieu les reconnaît ?

— Naturellement ; il connaît tout le monde !

— A qui ressemble-t-il, le bon Dieu ?

— Tu l'as bien vu, dans la bible de grand'mère, avec une grande barbe, des grands yeux et un manteau. Te rappelles-tu que je voulais toujours peindre son manteau, et grand'mère disait que je ne savais seulement pas de quelle couleur il était.

— Il doit être bleu, comme le ciel !

— Non, rouge comme le soleil quand il descend dans la mer.

La tempête hurlait toujours.

— J'ai peur, Ben, dit la petite, se serrant contre son

frère, et leurs boucles blondes se mêlèrent en flots d'or.

— Oh ! Maddy, peut-on avoir peur !

Mais le petit garçon tremblait. Tous deux regardaient le feu, sans oser retourner la tête. La fillette avait des yeux gris, le garçon, des yeux bleus comme le ciel du Midi, l'un et l'autre des cils ombrés, des cheveux d'or, ceux de Ben lui tombant jusqu'aux épaules, ceux de sa sœur jusqu'à la ceinture noire qui serrait son tablier blanc.

— Je l'ai vue, Ben !

— Et je l'ai embrassée, Mad ; mais elle avait si froid, si froid !

Les yeux dilatés de l'enfant s'attachaient sur sa sœur.

— Pourquoi a-t-on froid quand on est mort, Ben ?

— Parce qu'on ne respire plus.

— Cela réchauffe de respirer ? Je respire et pourtant j'ai froid, si froid !

Ses yeux gris, profonds comme la mer, devinrent d'un vert noirâtre sous l'effort de la pensée.

— Je ne veux pas que tu meures, ma Maddy ! s'écria passionnément le petit frère, entourant de ses bras nerveux la forme délicate de la fillette, et la serrant contre lui avec un emportement de tendresse.

Tous deux pleurèrent ensemble, sans oser bouger, parce qu'ils avaient peur, dans cette obscurité, de passer devant la porte de l'autre chambre. La tempête augmentait toujours. Bientôt il leur fut impossible de distinguer le son de leur propre voix, et personne ne venait les consoler. Enfin, ils entendirent gratter à la porte, puis un gémissement :

— C'est Buty — s'écria Ben qui courut ouvrir. Le bon gros chien entra, caressa les enfants, se plaignant et gémissant comme un être humain. Ils l'entourèrent de leurs bras, cachèrent leurs petites têtes dans son poil épais, et tous trois pleurèrent ensemble. Personne ne les entendait, grâce à la tourmente; ils s'arrêtaient par instants pour l'écouter, tout muets d'effroi. Le chien dressait ses longues oreilles, penchait la tête de côté et humait l'air; puis il élevait de nouveau sa lamentable plainte, et les enfants recommençaient à pleurer.

Dans la cuisine, une servante attendait, près du foyer, la cuisinière partie pour Comarnic, après avoir promis de rentrer avant la nuit. La jeune paysanne avait jeté son tablier sur sa tête et se balançait, en murmurant des lamentations, tantôt en allemand, tantôt en roumain ou en hongrois, car elle était de Transylvanie. Ses pensées allaient, de sa maîtresse morte, à sa compagne, perdue sans doute dans la tourmente de neige. Elle avait oublié les enfants.

Le feu de la cuisine s'éteignit, puis celui du poêle. Dans la chambre mortuaire, le froid était glacial, mais le veilleur solitaire ne semblait pas le sentir. Ses traits devenaient plus durs et plus accentués, sa main à laquelle brillait l'anneau nuptial se crispait davantage. La tempête le berçait et l'engourdissait, emportant au loin ses pensées. Il revoyait sa demeure des Antilles; il croyait assister au tremblement de terre qui avait englouti la maison de sa sœur, laissant à peine à celle-ci le temps de fuir, tandis que la mer, soulevée comme une muraille, lançait un énorme vaisseau jusqu'au milieu d'un champ d'ananas. Palmiers, tamaris, arbres géants étaient fauchés comme l'herbe; le sol chancelait et se crevassait partout. Mais lui s'était précipité à travers ce bouleversement, pour chercher sa fiancée, son amour de jeunesse, sa compagne d'enfance. Son cœur se gonflait, en croyant entendre encore le cri de joie avec lequel Clarisse, la belle créole, s'était jetée dans ses bras, ne craignant plus de lui montrer toute la force de son amour, car elle l'avait cru mort, tandis que la vieille négresse, à la garde de laquelle ils avaient été souvent confiés, le grondait de s'être exposé à un tel danger.

Puis c'étaient d'autres tableaux : la guerre, la fidélité des nègres qui n'avaient pas voulu abandonner leurs maîtres, quoiqu'on leur eût dit qu'ailleurs ils seraient libres. La guerre finie, ils se trouvaient pauvres, la fortune anéantie. Il avait dû chercher une place d'ingénieur, l'avait obtenue en très peu de temps, et était revenu épouser sa Clarisse. Il évoquait le souvenir de leur mariage, dans ce pays des fleurs et du perpétuel soleil, et il souriait.

La nuit suivait son cours. La servante se rappela les pauvres enfants. A grand'peine, elle poussa la porte, protégeant de la main sa mèche trempée dans l'huile, qui menaçait de s'éteindre. Les deux petits étaient couchés à terre devant le poêle refroidi, les bras enlacés, et le chien les gardait. Des larmes brillaient encore sur leurs joues. La servante les contempla un instant ; ils étaient si beaux !

— Pauvres anges ! murmura-t-elle.

Le petit garçon ressemblait tellement à sa mère, qu'elle en reçut un coup au cœur.

— Allons, enfants ! dit-elle, en saisissant leurs petites mains froides, vite au lit !

— Oui, mère ! fit Ben, tout endormi, tandis que sa sœur poussait un profond soupir et se levait sans dire mot. Ils passèrent devant la porte, sur la pointe des pieds.

— N'irons-nous pas dire bonsoir à papa, Ben? demanda la fillette, au bout du corridor.

— Il est là, Mad ?...

— Oui, elle n'est pas seule !

Les enfants se prirent par la main, revinrent lentement sur leurs pas, et ouvrirent la porte funèbre, non

sans effort. Leur père ne bougea pas ; ses yeux seuls se
tournèrent vers ses enfants, qui regardaient la morte et
n'osaient avancer. Et la mère, dans la mort, semblait leur
sourire.

— Bonsoir, père ! dit enfin la fillette, s'approchant,
ses petites dents serrées de peur et de froid.

— Bonsoir, Magdalen, ma petite Mad. Bonsoir, Benno.
Bonsoir ! Laissez-nous ensemble !

Ils sentirent que leur présence lui était à charge.

Après avoir jeté au cadavre un dernier regard timide,
ils sortirent sans bruit, emportant sur leurs cheveux une
larme du père, dans leur petit lit froid, où personne aujourd'hui ne les écouterait dire leur prière.

Ah ! oui, ils avaient troublé son rêve heureux ! Comme
un blessé dont la douleur aiguë s'est quelque temps engourdie et auquel un pas sur le plancher, quelqu'un heurtant sa couche, causent un nouveau paroxysme, ainsi, la
vue de ses enfants lui avait rendu le sentiment de la réalité ; une tempête nouvelle gonflait sa poitrine.

Il se leva et fit quelques pas à travers la chambre, puis
il se jeta sur la morte, baisa ses mains jointes, ses lèvres,
ses yeux, toucha ses cheveux superbes qui ruisselaient
autour d'elle, sanglota et pleura à se briser le cœur. Alors,
il s'étendit sur la chaise longue, dans un coin de la
chambre, et s'y tordit, sous l'empire de l'angoisse atroce
qui l'étreignait et étouffait sa respiration. Il se redressa
et ouvrit brusquement la fenêtre pour respirer. La neige
et le vent entrèrent par tourbillons et éteignirent toutes
les lumières. Ne pas la voir, durant les dernières heures
où ses yeux pouvaient se reposer sur ses traits aimés, lui
parut intolérable. Il ferma la fenêtre avec effort, et d'une
main tremblante ralluma les cierges. Elle était toujours
là et lui souriait. Sous ses baisers, les lèvres s'étaient en-

tr'ouvertes, laissant briller les dents blanches. Pris de folie, il crut qu'il allait l'arracher au cercueil et la réchauffer sur son cœur. La mettre dans la tombe, celle qui, il y a quelques heures à peine, s'endormait dans ses bras du sommeil de la guérison, croyait-il ! Il n'avait pas bougé, et elle dormait toujours..., peu à peu, il lui sembla qu'elle ne respirait plus, et lorsqu'il appuya ses lèvres sur les siennes pour sentir son souffle, elles étaient glacées !... Il reprit sa marche à travers la chambre, s'arrachant les cheveux. Il se rappelait le jour où il avait reçu la lettre qui lui proposait de venir en Roumanie établir une ligne de chemin de fer. Il avait demandé, en hésitant, à sa femme, si elle aurait le courage de partir seule, avec ses deux petits enfants et lui, pour ce pays inconnu.

— « *Very well, dear !* » avait-elle répondu tranquillement, comme si la chose allait de soi.

Il avait suffi que la frêle petite Mad fût souffrante, que la mère, anxieuse, sautât pieds nus de son lit, par une nuit glacée, pour que ce fatal climat lui donnât la mort ! Comment avait-il pu avoir tant d'imprévoyance ? D'amers remords le torturaient. Il saisit un pistolet sur sa grossière table à écrire de sapin blanc, l'arma et l'appuya sur sa tempe.

Soudain, la pensée de ses enfants lui revint, et il crut entendre à son oreille le mot : « Lâche ! » Il déposa l'arme, en soupirant, et se rassit près de la table, la tête dans ses mains, résolu à supporter cette douleur intolérable. De nouveau, ses yeux voilés revirent son pays natal, revirent sa mère, soutenant dans ses bras sa jeune femme expirante à la naissance de leur premier enfant. Cette fois-là, aussi, il avait été presque fou d'angoisse, mais l'énergie de sa mère l'avait soutenu et fortifié. Et ici, il n'avait personne, personne !

— Oh! mère, mère! si tu savais! sanglota-t-il.

Une énorme masse de neige tomba du toit, avec un bruit sourd, heurtant la fenêtre dans sa chute. C'était une nuit à réveiller les morts. Mais elle ne s'éveillait pas, elle qui était si vivante pourtant, immobile à jamais aujourd'hui! Avec quelle patience n'avait-elle pas supporté toutes ces épreuves, le profond isolement, le long hiver, le langage étranger autour d'elle, l'installation insuffisante. Dans sa demeure paternelle, c'étaient des fontaines et des dalles de marbre, des nègres obéissant à son moindre signe : ici, des planchers couverts de maigres tapis, des murs blanchis à la chaux, et la solitude austère et grave de la montagne. Au lieu des fruits et des fleurs de sa maison des tropiques, quelques airelles sauvages. Se procurer seulement le pain et la viande soulevait mille difficultés. Elle ne s'était jamais plainte, mais elle avait pleuré, le jour où il lui avait rapporté de la ville une corbeille de pêches.

— Clarisse! — murmura-t-il, et il éprouva une sorte de douceur à entendre la tempête couvrir sa voix. Vingt fois, il répéta ce nom, puis, comme effrayé de l'entendre, il se tut.

.˙.

Ainsi s'écoula cette longue nuit d'hiver. La tempête cessa ; les masses de neige, tombant du toit et des arbres, troublaient seules le silence profond. La neige était si épaisse que ni les hommes ni les chevaux ne pouvaient se frayer un chemin au travers. Cependant au monastère de Sinaïa commençait à sonner la cloche qui appelle aux enterrements. Les moines tenaient conseil avec les paysans et les chasseurs : comment faire pour transporter la morte, d'Izvor au cimetière de Poiana-Tzapului, à une heure de distance ? Les paysans déclarèrent que les buffles s'en tireraient mieux que personne, et ils arrivèrent avec deux buffles à la maison de deuil. L'ingénieur Delorme était sur le seuil, calme et froid en apparence ; il regarda avec étonnement les buffles noirs aux grosses cornes retournées, enfonçant jusqu'aux genoux dans la neige. On lui donna une explication qu'il écouta d'un air indifférent, à tel point que les autres crurent ne pas avoir été compris. Il leur fit signe d'entrer. Le moine, en vêtements sacerdotaux, vint auprès du corps et l'aspergea d'eau sainte et de vin blanc, en récitant des prières. Delorme s'était enfui pour ne rien entendre ; les enfants demandèrent pourquoi on donnait de grands coups de marteau chez leur maman. La servante fondit en larmes.

— Tu pleures, Maritza ? fit le petit garçon, dont les joues ruisselèrent. Mad, qui s'était glissée dehors sans être aperçue, rentra fort pâle.

— Ils enferment maman dans une boîte et ils clouent le couvercle ; empêche-les, viens !

Elle tirait Maritza par la main, et, celle-ci refusant de la suivre, elle se précipita de nouveau dans la chambre, bondit sur un des hommes et lui prit son marteau.

— Ma mère est là-dedans ? criait-elle en roumain, les yeux noirs de colère.

— Non, dit un vieux paysan, se signant ; ta mère est au ciel, près du bon Dieu ; elle n'est plus là-dedans. Viens ! je vais te montrer où elle s'est envolée. Là, ce sont de vieux vêtements dont elle n'a plus besoin.

Il prit par la main l'enfant étonnée et la conduisit doucement dans la chambre voisine.

— Regarde cet endroit où les nuages se séparent ; ta mère est montée par là au ciel.

— Je veux y aller aussi, je veux ! cria l'enfant.

Les paysans prirent le cercueil sur leurs épaules ; on fit passer les buffles devant, pour frayer le chemin, puis le prêtre à longue barbe ; derrière lui, le chantre nasillard, avec l'encensoir, enfin le cercueil, et Delorme seul pour l'accompagner, durant quatre longues heures, jusqu'au cimetière de Poiana-Tzapului.

Des nuages noirs voilaient la montagne comme un manteau, percé par les têtes des sapins chargés de neige. Au-dessous, traçant un trait noir dans cette blancheur, la Prahova et ses glaçons. La route était rude, et souvent les porteurs durent déposer le cercueil pour s'essuyer le front. Delorme s'arrêtait dans la neige, seul et silencieux ; un vent léger, mais glacial, agitait ses cheveux et ses habits. Il sentait le froid, après sa nuit de veillée mortuaire. Près du tombeau, le prêtre récita encore quelques prières, pendant que des femmes et des enfants du village, en vestes de fourrure, l'entouraient curieusement. Delorme resta jusqu'à ce que la dernière pelletée de terre eût été jetée ; il couvrit lui-même le tombeau de branches de sapin, sur lesquelles il amassa de la neige, comme s'il ne pouvait assez voiler sa bien-aimée. Puis il reprit aussi vite que possible la route de sa demeure ; cette marche forcée rendit quelques couleurs à son visage.

Il n'était pas encore chez lui, qu'il se vit entouré d'ouvriers, lui racontant en roumain, en italien, en allemand, en serbe, les dégâts causés cette nuit par la tempête, qui avait ravagé les travaux du chemin de fer et transporté des ponts-suspendus à une distance énorme. La Prahova, toujours gonflée, attaquait ses digues. Il fallait que Monsieur l'ingénieur vînt tout de suite. Il voulait prendre son cheval, mais on lui dit que la route était impraticable. Les nouvelles inquiétantes se succédaient...

L'après-midi était avancé quand Delorme rentra chez lui; il trouva ses enfants qui avaient fait pour jouer un cercueil de neige et voulaient s'y coucher tous les deux. Il s'emporta, gronda leur bonne occupée dans la cuisine; elle lui affirma que la cuisinière avait dû périr en chemin. Alors, il se rappela qu'il n'avait rien mangé depuis la veille. Les enfants lui apportèrent son repas et se disputèrent la joie de le servir. Il sourit malgré lui, mais en même temps, ses yeux se remplirent de larmes; il se leva et passa dans sa chambre remise en ordre, et dont toute trace de la funèbre cérémonie avait disparu. Il s'assit à son bureau et s'efforça d'examiner des papiers d'affaires : bientôt, épuisé, il se jeta sur la chaise longue et s'endormit.

De temps à autre, les enfants entraient sur la pointe des pieds, le regardaient dormir et ressortaient sans bruit. La tourmente avait recommencé et menaçait d'ensevelir la maisonnette sous la neige; durant des heures, les enfants, à genoux près de la fenêtre, regardèrent tomber les flocons, riant de les voir s'entasser le long de la vitre et fondre sous leur souffle. Parfois, leur chagrin les ressaisissait; quelques instants après, ils l'oubliaient encore, tant ce jour de silence leur paraissait long.

Vers le soir, Delorme s'éveilla, ressentant une douleur dans la poitrine, et dans les membres, un sourd engourdissement dont il ne se rappela plus d'abord la cause. Il entendit la voix des enfants, et se ressouvint ! Il fut alors pris d'une telle sensation de vide et d'isolement qu'il crut impossible de recharger sur ses épaules le fardeau de l'existence, telle qu'il la voyait devant lui. Il tourna la tête vers ses armes chargées, et la tentation de se délivrer en un clin d'œil de ce poids insupportable grandit rapidement chez lui, jusqu'à devenir irrésistible ! Ses en-

fants... il lui semblait ne plus les aimer : ils étaient un
fardeau, voilà tout ! Ils ne pouvaient pas même partager
sa souffrance actuelle. Ses travaux venaient d'être détruits
par la tempête. Il faudrait recommencer complètement
ce tronçon de ligne, pour qu'il fût encore anéanti en un
quart d'heure ! Le travail même perdait pour lui tout
attrait. Ne plus vivre !

Il posa les pieds à terre. Le moindre mouvement lui
était pénible, comme s'il avait les membres paralysés. Il
demeura donc replié sur lui-même et attendit que l'énergie lui vînt de se redresser et de saisir son arme ; ses pensées ne semblaient plus obéir à sa volonté...

Des cris retentirent ; sa petite fille, bouleversée, se
précipita dans la chambre, et vint cacher son visage sur
ses genoux.

— Non, papa ! Ben ment ! Non !

Ben s'était arrêté à la porte, l'air inquiet ; son père crut
qu'il avait fait mal à sa petite sœur.

— Qu'y a-t-il donc, enfants ? dit-il d'une voix lassée,
craignant d'avoir à gronder ou punir.

— Ben dit, sanglota Mad, que nous ne la reverrons
plus jamais. Ce n'est pas vrai, dis, papa ? Elle reviendra !
Dis que oui, papa !

Elle lui entourait le cou de ses bras, et son père, inca-
pable de répondre, la prit sur ses genoux, caressant ses
cheveux bouclés. Cela aussi lui fut douloureux ; les cheveux de l'enfant semblaient lui brûler les doigts. Ben
s'avança lentement.

— Nous n'avons jamais revu le petit frère que les
nègres ont emporté. Lui aussi, on l'avait mis dans une
boîte et il était tout froid. Je le sais bien.

— Maman est dans le ciel, et elle nous voit !

Il n'en put dire davantage, il se sentait presque coupable d'affirmer cette chose à laquelle il n'osait croire. Lorsque son propre père était mort, c'était pourtant ce que lui avait dit sa mère pour le consoler.

— Mais je veux la voir. Si je suis très... très sage, je la verrai, papa ?

— Oui, si tu es sage toute ta vie.

Il ne put achever ; un sanglot lui coupa la parole. S'il pouvait croire seulement qu'une vie malheureuse sert à mériter le ciel... mais il ne croyait plus. Les enfants, tout effrayés de le voir pleurer, demeurèrent immobiles, le regardant fixement.

— Papa ! dit enfin le petit garçon, en appuyant la main sur son épaule.

Il commençait à faire sombre et ils avaient peur. Delorme chercha à se dominer.

— Il faut aller dîner, enfants !

— Toi aussi, Maritza l'a dit.

— Moi !

Manger ! Il allait refuser, quand il pensa : que dirait-*elle* si, dès les premiers jours, il laissait les enfants seuls ? Il lui avait promis pourtant de prendre soin de ses enfants, qu'elle avait eu tant de peine à quitter !

— Eh bien ! allons dîner, dit-il en se levant.

Il les prit par la main et passa avec eux dans la salle à manger. La lampe éclairait la table toute servie, le feu pétillait, et dans un coin, *son* ouvrage était encore là, comme si elle allait entrer. Le petit garçon murmura le *Benedicite*, puis tous gardèrent le silence. Ce premier repas auquel manque un être aimé est presque intolérable. Il semble que chacun écoute et attend qu'un souffle surnaturel dénonce la chère présence. Plus le silence se prolonge, plus l'angoisse est vive. Jusqu'alors, après le dîner, les enfants regardaient avec leur père un livre d'images,

6

ou leur mère leur racontait des histoires pour les endormir. Ils demeuraient près du poêle, ne sachant que devenir, comme s'ils étaient égarés dans un désert ou dans une tourmente de neige.

Mais, lorsque, dans une maison, personne ne sait plus à quoi se reprendre, l'instinct maternel s'éveille dans tout cœur féminin, dès l'enfance, et une fillette devient, en un instant, la providence du foyer.

Dans les yeux de la petite Magdalen s'agitait tout un monde; ils devenaient sombres ou clairs, à mesure que les pensées se classaient dans sa tête. Il lui semblait découvrir, en quelques instants, ce que des années n'auraient pas suffi à lui enseigner.

— Papa, dit-elle, je vais t'apporter la lampe sur ton bureau.

Ainsi dit, ainsi fait. Puis elle revint.

— Il fait clair dans la chambre, et chaud ! Viens !

Il se laissa conduire par elle, comme s'il devait lui obéir.

— Maintenant, papa, raconte-nous quand tu étais petit, tout petit, chez grand'mère. Je vais m'asseoir sur un de tes genoux, et Ben sur l'autre.

Sans le savoir, elle forgeait le premier anneau de la chaîne qui allait rattacher son père à la vie. Il fallut qu'il prît ses enfants sur ses genoux et leurs questions ne cessèrent plus. Ben avait compris l'idée de sa sœur et la secondait.

— Et tu montais sur le grand palmier, papa ?

— Et grand'mère avait bien peur ?

— Et tu faisais semblant d'être un singe, et tu jetais en bas les noix de coco ?

— Et le nègre qui te portait toujours, papa, tu l'as battu un jour

— Et après, tu l'as bien embrassé, pour qu'il te pardonne ?

Ainsi gazouillaient les voix enfantines, pénétrant le cœur du veuf, comme un baume sur une blessure cuisante. Enfin, Maritza mit la tête à la porte et dit qu'il était temps d'aller dormir.

— Quand nous serons dans nos lits, tu viendras nous faire dire nos prières, papa ? Maritza t'appellera.

— Oui, je viendrai.

L'instant d'après, il regretta cette promesse, mais il la tint pourtant, et aux baisers, aux caresses de ses enfants, il comprit qu'il n'était pas libre de mourir, ainsi qu'il se l'était promis. Mad demeura souriante et sereine tant que son père fut là ; après son départ, elle ensevelit sa tête dans ses oreillers, en pleurant amèrement. Deux grosses pattes se posèrent sur son lit, et un gros museau toucha son visage. Elle entoura le chien de ses bras, l'attira contre elle et s'endormit ainsi. Au milieu de la nuit, Ben s'éveilla tout inquiet et se glissa hors du lit, pour voir si sa sœur dormait. Ses mains touchèrent une fourrure épaisse, et il sentit le chien les lécher. — Tu es là, Buty ! — fit-il à demi-voix. Il se recoucha tranquille ; sa sœur avait un consolateur !

Delorme passa la nuit tout habillé sur le canapé. Il n'avait pas encore pu se décider à rentrer dans la chambre à coucher. Quand, au matin, Mad vint l'éveiller, le lit était intact.

— Maritza, dit-elle, il faut que nous fassions un lit en bas, pour papa.

La servante, stupéfaite, regarda l'enfant et lui obéit comme à sa maîtresse. Sans perdre plus de paroles, un lit fut dressé pendant l'absence de Delorme.

. . . .

Ce fut le dernier ouragan de l'hiver. La neige fondit, et le Pélesch et la Prahova, l'Urlatoare et la Doftana devinrent des torrents écumeux, au bruit de tonnerre, heurtant les rochers, arrachant et entraînant des arbres, pour les abandonner un peu plus loin, sur un autre point de leurs rives, où ils s'efforceraient vainement de reprendre racine. Cyclamens et gentianes, renoncules jaunes et pervenches d'un violet délicat, anémones de montagnes d'un vert métallique, au duvet épais, balançaient leurs têtes dans la rosée. Les nouvelles feuilles des lierres étincelaient comme de petits miroirs, tandis que les jeunes pousses de hêtres se frayaient un passage à travers les feuilles mortes, couvrant le sol de leurs masses serrées, en fraternelle union avec les sapins naissants. Les bergers commençaient à gagner la montagne, conduisant leurs troupeaux, caravanes sans fin, où les agneaux, dont la laine épaisse avait une odeur de thym, se pressaient derrière leurs mères. Les plus jeunes de ces bergers, aux yeux noirs comme des mûres, aux longs cheveux noirs sous leur grand bonnet de peau d'agneau, laissaient errer au loin leurs regards rêveurs ; on eût dit le monde entier trop petit pour eux ; ce qui gouverne, ce qui lutte, souffre, jouit, se lamente en bas dans la plaine, leur importe aussi peu que le vent qui agite les têtes de sapins. Ils ne savent même pas que l'édelweiss et les roses des Alpes sont belles. Ils voient tout cela de trop haut. Le souci ne saurait gravir les hautes montagnes ; il reste à leur pied, et c'est dans les étroites maisons où s'enferment les humains qu'il loge, et là qu'il broie les cœurs.

Un homme était seul dans le petit cimetière, devant une tombe modeste, et pleurait. Il était prêt à accuser la terre d'avoir dévoré ce qu'il aimait, et il lui semblait impossible de se séparer de cette tombe sacrée. Sa tâche était

achevée, la ligne de chemin de fer rétablie et terminée.
A présent, il fallait partir, sans savoir où il irait. Il avait
dans sa poche une lettre de sa mère, qui l'appelait et l'attendait, qui lui parlait d'une amie de jeunesse devenue
veuve. Et sur la table, une autre lettre lui offrait des travaux à entreprendre dans le Caucase. Il était là, près du
tombeau.

— Dis-moi, que dois-je faire ?

Et il lui semble entendre sa voix, comme durant les
derniers jours de sa vie : « Mes enfants, mes chers petits
enfants ! »

Et il choisit le Caucase, la solitude du cœur, le pain
assuré pour ses enfants. Il renonce à tout espoir d'un nouveau bonheur conjugal, il prononce le serment sacré de
ne jamais donner une belle-mère à ses enfants! Peut-être
aurait-il obéi à l'appel de sa propre mère, sans cette
phrase au sujet de l'amie devenue libre !

— Clarisse, je te resterai fidèle, jusqu'à la mort !

Une voiture passe, toute pleine de visages joyeux qui
s'attristent un instant, en apercevant cet homme en larmes
près de cette tombe. Derrière lui, son chien baisse la tête,
comme s'il partageait son deuil. Les passants ressentent
le contre-coup de cette immense douleur, qui jette un
voile sombre sur ce beau jour de printemps.

Peu de temps après, Delorme s'en allait de nouveau
vers l'inconnu, conduisant ses deux enfants vêtus de noir,
et laissant derrière lui son œuvre achevée et son bonheur
enseveli.

V

MOSH ET BABA (1)

(*Traduit par Pierre Loti.*)

Mosh et Baba (le Vieux et la Vieille), ainsi les appelait-
on, tout simplement. Ils étaient si vieux que personne
ne savait plus leurs noms. Ils étaient *le Mosh et la Baba*,
les deux plus âgés du domaine de notre grand poète
Alecsandri Mircesci.

Lui avait autrefois été un postillon, même un célèbre
postillon. Dans sa longue vie, il s'était amassé une fortune : deux cents francs, et, après avoir marié son seul
fils dans un village lointain, il avait, de son côté, épousé
en secondes noces une femme qui n'avait qu'une fille
unique, mariée dans un autre village.

Ils vivaient déjà depuis très longtemps ensemble et
étaient si vieux qu'ils devenaient toujours plus petits et
plus petits, comme s'ils se ratatinaient.

Souvent on les voyait dans la plaine de Mircesci tra-

(1) Extrait du volume intitulé : *A travers les siècles (Durch die
Jahrhunderte). Bonn, E. Strauss*, 1885, in-8. — La traduction
de Pierre Loti a été publiée dans le recueil de nouvelles intitulé : *Qui frappe ? (Paris, Calmann Lévy*, in-18). — Reproduit avec
l'autorisation de l'éditeur.

verser la forêt, puis s'asseoir tout près l'un de l'autre
sous un arbre, et, pendant bien des heures, jouir ensemble de la belle journée, moitié causant, moitié som-
meillant. Ils s'étaient bâti la plus petite et la plus basse
des maisonnettes, et avaient une paire de petits bœufs
pas plus grands qu'un raisonnable âne, et aussi un petit
cheval pas plus haut qu'un chien. Et ils étaient heureux
et satisfaits tant que duraient les jours.

Une fois, il serait presque arrivé un malheur au vieux :
on lui avait donné des oies à garder, et il avait fait un
faux pas et était tombé dans le petit ruisseau de la
prairie. Beaucoup trop faible pour se relever, il se
serait noyé misérablement si quelqu'un ne l'avait vu et
sauvé.

Quand il racontait ses courses comme postillon, alors
seulement il redevenait encore une fois jeune ; alors ses
vieux yeux brillaient et autour de lui tout semblait
s'animer de tintements de grelots et de piaffements de
chevaux ; il se sentait de nouveau en selle, allant jour et
nuit, allant comme le vent.

Il avait aussi beaucoup, beaucoup de souvenirs de
l'histoire du pays :

— *Coconu* (1) Vassili ! (Seigneur Vassili) disait-il souvent à Alecsandri — j'ai voituré dehors bien des princes
et bien des ministres !

C'était sa façon à lui de comprendre et d'exprimer la
fragilité de toute chose.

Il était très jaloux de sa femme : elle ne devait regarder
personne, ne parler à personne. Et, à sa grande contra-
riété, un jeune homme rôdait continuellement autour de
sa maisonnette.

(1) Prononcez *Coconé*.

— Qu'a-t-il à faire ici celui-là? Est-ce qu'il ne rougit pas? disait le vieux, très irrité, — jusqu'à ce qu'enfin il découvrit que c'était pour la belle jeune fille d'un voisin que ce galant venait.

∴

Au milieu de cette paix de leur vie, le vieux vint un jour chez le propriétaire du domaine.

— *Coconu* Vassili! (Seigneur Vassili!) nous voulons divorcer!

Celui-ci, très étonné, s'écria :

— Mais quelle idée as-tu? Tu t'es donc querellé avec ta vieille? Quelle idée t'est venue, — car, enfin, de toute façon, vous n'avez plus beaucoup de temps à rester ensemble!

— C'est justement cela, *Coconu* Vassili. Nous avons réfléchi que nous n'avons plus beaucoup de jours devant nous, et que chacun de nous deux a un enfant, et qu'après notre mort ils se querelleront pour l'héritage. C'est pour que cela n'arrive pas que nous voulons nous séparer avant...

Rien ne put ébranler les deux vieux dans leur décision et, sans délai, ils se mirent à l'exécuter. Les deux cents francs, en pièces d'or, furent mis en petits tas, et le vieux, poussant alternativement une pièce d'or à lui-même et une à sa vieille, disait : « Une pour toi! une pour moi! une pour toi! une pour moi! » jusqu'à ce qu'il n'y en eût plus. Un coussin pour elle, un coussin pour lui; un tapis pour elle, un tapis pour lui. Puis il lui donna les deux petits bœufs et garda son petit cheval avec la petite carriole. Et après ils allèrent à l'auberge pour dire adieu aux gens. Là, ils furent entourés et l'on but à leur santé.

Et on voulait être gai, mais on pleurait pourtant. Ils
demandèrent pardon à tous afin que personne ne pût
garder de rancune contre eux. Enfin ils se mirent en
marche et descendirent jusqu'en bas, jusqu'au pont du
Sèreth. Là ils s'arrêtèrent encore un petit instant, s'em-
brassèrent, pleurèrent et puis chacun alla son chemin,
l'un à droite, l'autre à gauche...

Il est souvent plus facile d'exécuter une grande réso-
lution que d'en supporter les conséquences. Le vieux
s'affaissa tellement qu'il ne fut bientôt plus que l'ombre
de lui-même. Lorsqu'on lui demandait comment il allait,
il disait :

— Je ne peux plus du tout dormir, parce que je ne
sens plus son haleine à mon cou !

Il errait comme un esprit sans repos et cherchait toujours quelque chose qu'il ne pouvait trouver.

Après huit jours, on lui apporta la nouvelle que sa
Baba était très malade. Sans délai, il attela son petit
cheval à sa petite carriole et s'en alla aussi vite qu'il pouvait aller. Mais quand il arriva au village où elle s'était
retirée, on emportait justement son cercueil.

Sans dire un mot il suivit la morte et assista sans plainte
à l'enterrement. Ensuite il retourna directement chez lui
et se coucha. Et le lendemain il était mort.

Maintenant la petite maison tombe tellement en ruine
qu'on n'en voit plus rien — que le chaume et les roseaux
qui couvraient son toit.

Mais Alecsandri ne permet pas qu'on y touche.

VI

DANS LA VRANCEA (1)

(*Légende du temps passé.*)

Le voïvode Étienne le Grand avait perdu la bataille; il
l'avait perdue irréparablement; son armée était détruite
et dispersée; lui-même errait dans les monts de la Vrancea,
solitaire et inconnu. Il allait, marchant toujours, marchant jusqu'à la nuit, absorbé dans ses tristes pensées.
Soudain, il se vit devant une maisonnette, d'apparence
propre, et, sur le seuil, il fut accueilli par une femme
déjà âgée, mais d'une physionomie encore belle. A son
aspect, ses traits quelque peu rudes s'éclairèrent d'un
sourire bienveillant, et elle lui dit : « Qui que tu sois,
étranger, entre; tu trouveras chez moi du lait et un
abri pour la nuit ! »

Le Prince s'assit devant l'âtre, puis se restaura avec du
lait et du fromage de brebis offerts par la vieille qui, fort
discrètement, s'abstint de lui poser la moindre question.
Elle lui prépara une couchette avec des tapis tissés de sa

(1) Plaine située dans le sud-ouest du district de Putna (Roumanie). — Extrait du volume intitulé : *A travers les siècles* (*Durch
die Jahrhunderte*). Traduction inédite.

main, avec des coussins brodés par elle, éblouissants de
blancheur et tout imprégnés du parfum des trèfles sauvages, et le héros, succombant à la fatigue, s'assoupit,
comme tant d'êtres humains sur qui pèsent de lourds
soucis : bientôt il s'endormit d'un profond sommeil.

Il dormit ainsi jusqu'aux premières lueurs de l'aube
lorsque, soudain, il se sentit secoué : « Étienne ! lui criait
la vieille ; prince Étienne ! debout ! »

Surpris de se voir reconnu, le prince se redressa : « Pourquoi cette tristesse ? continua son hôtesse. Ton armée est
détruite ? Eh bien ! Dieu peut t'en faire sortir une autre de
ces sapins et de ces rochers ! Regarde !... »

Et en levant les yeux vers la montagne, Étienne vit en
effet toutes les forêts d'alentour s'agiter et se mettre en
marche vers la vallée.

Les sapins se mouvaient, s'inclinaient, et c'était, sous
les premiers feux de l'aurore, comme un cliquetis d'armes
étincelantes.

« Regarde, disait la femme ; nous avons formé ta réserve.
Toute la Vrancea s'est levée comme un seul homme ;
regarde-les tous descendre du haut de la montagne ; les
sept jeunes gens qui marchent à leur tête sont mes propres fils : prends-les, ils sont à toi ! Et maintenant, vole
à la victoire ! » s'écria la vieille, et ses yeux brillaient.
Pendant la nuit, elle avait expédié ses fils dans toutes les
directions, et ces vaillants, rentrés dès l'aube, ramenaient
des bandes armées.

Avant que l'ennemi eût eu le temps de se reconnaître,
Étienne fondit sur lui du haut des montagnes, et le tailla
en pièces.

Et en signe de gratitude, il donna à chacun des sept fils
de la vieille une montagne qui porte depuis le nom de
chacun des sept héros, et la Vrancea est aujourd'hui

encore une région célèbre en Roumanie, jouissant, comme une véritable république, de grandes franchises et de lois spéciales. Les paysans y sont remarquablement beaux et robustes, libres comme leurs montagnes, avisés et courageux. Et comment n'en serait-il pas ainsi dans un pays qui a su produire de telles femmes ?

VII

HALTE ! QUI VIVE ? (1)

(*Légende du temps présent.*)

C'était pendant la nuit froide, pluvieuse et sombre qui suivit la bataille sanglante de Grivitza (2). Le roi Charles (3) et sa petite armée avaient accompli des prodiges de valeur; par trois fois un feu meurtrier avait repoussé chasseurs et dorobanz (4) des redoutes de Plevna. Le roi, avec son visage grave qui paraissait sculpté dans la pierre et avec ses yeux d'aigle, était au milieu de la mêlée, sous une pluie de balles; et lorsqu'il vit pour la troisième fois ses braves reculer, parce qu'ils avaient laissé la moitié des leurs par terre — plus de deux mille hommes tués — des larmes coulèrent silencieusement le long de ses joues; néanmoins, c'est d'une voix de tonnerre qu'il cria aux sur-

---

(1) Extrait du volume intitulé : *Märchen einer Königin* (Contes d'une Reine), *Bonn, E. Straus*, (1901), in-8 ; figg. Traduction inédite.

(2) Livrée le 30 août (11 septembre) 1877.

(3) Commandant en chef des troupes russo-roumaines qui assiégeaient Plevna.

(4) Nom par lequel on désignait, à cette époque, les troupes d'infanterie roumaine.

vivants : « Où allez-vous ? — Ah ! Sire ! ils nous ont
abîmés. Nul de nous n'en réchappera ! — Comment, nul
de vous ? leur cria le roi. Toi, là-bas, n'es-tu pas sain et
sauf ? Et toi, à côté, cela fait deux. Et puis en voici un
troisième, un quatrième..., j'en compte jusqu'à dix.
Retournez au feu. Vous devez prendre la redoute. Vous
le devez, vous dis-je ! En avant, marche ! En avant, mes
braves ! » C'est ainsi qu'il rassembla lui-même ses troupes
qui s'étaient débandées, et qu'il les conduisit de nouveau
au plus fort de la mêlée, sous une pluie de balles ; et non
seulement la redoute fut prise, mais, pour comble de
bonheur, les Roumains purent s'y maintenir, malgré
une nouvelle attaque des Turcs qui essayèrent de les en
déloger pendant la nuit. Le roi, assis sous sa tente, prêtait l'oreille à la fusillade qui lui annonçait la reprise du
combat, en se demandant si son armée, jeune et sans
expérience, pourrait garder encore toute sa force et tout
son courage, après la dure journée qui lui avait causé
tant de pertes. Il savait en outre qu'au delà de la redoute
de Grivitza il y avait encore Plevna, et que toute une
plaine séparait la redoute enlevée d'assaut de la grande
forteresse. Le roi pensait à tout cela, le cœur gros de
souci. Il ne pouvait s'endormir, et il n'avait rien mangé,
car il partageait toutes les privations de ses soldats. Pendant plus d'une nuit, la neige était tombée sur son lit de
camp, et il faisait, cette nuit-là, une telle tempête qu'il
s'était vu forcé de maintenir, avec des pliants en fer, le
manteau qui lui servait de couverture.

Debout, à l'entrée de la tente, un jeune soldat montait
la garde, le cœur saignant de n'avoir pu aller au feu. Lui
aussi, aurait bien voulu gagner la croix de Saint Georges
et la « Vertu militaire », et il venait de perdre une
magnifique occasion de montrer son courage. Il ne lui

entrait même pas dans l'esprit que lui aussi pourrait, à
cette heure, partager le sort de ceux qui jonchaient le
champ de bataille, de ceux dont les gémissements étaient
plus terribles encore que le silence, et qui, avec leurs
visages livides, prenaient le ciel à témoin qu'ils s'étaient
battus comme des lions et qu'ils avaient lutté, ainsi qu'ils
le disaient eux-mêmes, contre des murailles, tandis que
les Turcs, abrités derrière leurs redoutes, tiraient à coup
sûr dans de la chair à canon. Non, notre brave songeait
simplement à la joie de sa fiancée, s'il avait pu lui revenir la croix sur la poitrine; et ignorant que la prise de
Grivitza n'était pas la prise de Plevna, ne sachant pas
qu'il aurait encore, pendant plus d'une nuit longue et
glaciale, l'occasion de monter ainsi la garde et de geler
dans les tranchées, il tendait la même oreille anxieuse
vers la fusillade bien nourrie dont le bruit retentissait
autour de la redoute, sans se rapprocher ni s'éloigner. Il
comprenait, aussi bien que le Prince lui-même, que si
les Turcs réussissaient à sortir, la tente royale, beaucoup
trop exposée, serait en danger et qu'il deviendrait presque impossible de défendre le roi. Mais le souverain
n'entendait pas rentrer vaincu; il avait sans cesse à l'esprit la vieille devise : « Sur le bouclier ou avec le bouclier » — ne se dissimulant pas que sa défaite serait
la mort même de la Roumanie.

Soudain Stan (ainsi s'appelait le jeune brave) entendit
des pas lourds, et bientôt une apparition étrange se
dressa devant lui. Qui donc portait cet uniforme qu'il
n'avait vu que dans de très anciennes estampes ? Ce n'était
assurément ni un Russe, ni un Cosaque, ni un Tcherkess.
Le nouveau venu était revêtu d'une tunique bleue, à
brandebourgs d'or; culotte rouge et grandes bottes
jaunes. A ses côtés pendait un glaive d'une forme inusitée

et inconnue, qui n'était ni un sabre ni une épée. Le jeune
soldat ne savait que penser de cette ombre imposante qui
avait surgi devant lui. Mais, malgré une appréhension
secrète et involontaire, il croisa la baïonnette et cria
d'une voix forte : « Halte ! Qui vive ? — Roumain,
répondit une voix tonnante. — Connais-tu le mot de
passe ? — Je le connais. — Roumanie, répliqua le soldat.
Étienne le Grand » (1), dit sans hésiter l'étrange visiteur :
— Stan s'écarta et présenta instinctivement les armes,
tandis qu'Étienne portait la main à sa coiffure, d'un geste
noble et impérieux, comme s'il n'avait jamais été habitué
à être salué ni à répondre autrement.

« Le Prince est-il réveillé, demanda l'étranger, prêt à
pénétrer dans la tente. — Il est réveillé, Altesse. — Pourquoi m'appelles-tu : *Altesse ?* Tu me connais donc ? —
Je ne sais, balbutia le soldat, je vous connais comme je
connais mon livre de prières, l'image sainte suspendue
au mur de ma chambre, ou le Christ qui se dresse au
milieu de l'église ; et je jurerais bien que vous êtes Étienne
le-Grand, en personne ! » L'étranger posa la main sur
l'épaule du jeune homme et dit : « Je savais bien que tu
me reconnaîtrais. » En sentant sur lui la main du héros,
Stan tressaillit de joie : il lui sembla que du feu coulait
dans ses veines et qu'il pourrait accomplir des prodiges
d'héroïsme ; car il se considérait comme sanctifié et béni.
Mais son cœur battait si fort qu'il ne put parler.

Étienne continua : « Je suis venu pour vous conduire,
comme toujours, à la victoire. Tant que tu me verras,
pendant la mêlée, aux côtés de ton roi, sache bien qu'il
ne pourra lui arriver malheur et qu'il sera victorieux ; » —
et sur ces paroles, Étienne le Grand disparut dans la tente
du roi.

(1) L'un des plus grands princes de Moldavie, mort en 1504.

Stan demeura pensif, tandis que le passé se déroulait
devant lui : il songeait aux grandes batailles livrées par
le voïvode (1) Étienne le Grand, aux cinquante combats
d'où il était sorti, souvent blessé, mais presque toujours
vainqueur ; aux quarante églises qu'il avait élevées après
chacune de ses victoires. Aussi le vénérait-on comme un
saint, cet Étienne le Grand, à la main puissante, au cœur
énergique soutenu par une foi inébranlable. Et Stan évo-
qua le souvenir de cette nuit lointaine où le voïvode
Étienne, poursuivi par les Turcs jusque sous les murs de sa
forteresse de Néamtz (2), battu, perdant son sang par plus
d'une blessure, était venu frapper à la porte fermée du
château : mais la porte ne s'entr'ouvrit pas, et le prince
n'entendit que la voix de sa mère, lui criant : « Quel est
donc l'étranger qui vient ainsi frapper à la porte de mon
fils ! — C'est moi, c'est moi, ma mère : ouvre-moi ; j'ai
été battu ; mes blessures brûlent mon sang : ma mère,
ouvre-moi : les Turcs sont sur mes talons. — Qui es-tu,
étranger, qui oses prononcer le nom de mon fils, qui
viens me parler avec sa voix ? Les champs de bataille
ne m'ont jamais renvoyé mon fils vaincu ; il est là-bas,
dans la mêlée ; il se bat et met l'ennemi en déroute. Et
si tu persistes à me faire l'affront de te dire mon fils,
sache bien que, vaincu, tu ne rentreras jamais ici. » Et
Étienne, maîtrisant sa colère, rassembla son armée dispersée, chassa l'ennemi hors des frontières jusqu'au delà
du Danube, puis rentra chez lui en triomphateur, salué
par les larmes de joie de sa mère : car cette fois c'était
bien son fils qui lui était revenu.

Une autre fois, à la recherche d'un abri dans la monta-

(1) Nom donné anciennement aux princes roumains.

(2) Située dans le Nord-Ouest de l'ancienne principauté de
Moldavie.

gne, et se croyant déjà réduit à toute extrémité, le héros
avait reçu l'hospitalité chez une belle et robuste paysanne,
et bientôt s'était endormi, épuisé de fatigue. Aux premières lueurs de l'aube, la femme l'avait réveillé, et il avait
vu venir à lui les neuf fils de son hôtesse, suivis chacun
d'une petite armée ; leur mère les avait dépêchés pendant
la nuit pour rassembler des troupes, et grâce à ce renfort,
le prince avait pu marcher de victoire en victoire, jusqu'à
ce qu'il eût refoulé les Turcs hors du pays et conclu avec
le Pape un traité d'alliance par lequel il s'engageait à
défendre la chrétienté contre les infidèles. C'est ainsi
qu'Étienne et son petit État avaient été le rempart contre
lequel était venu se briser le flot des hordes païennes.

Stan, l'arme au pied, revoyait tout ce passé, et lorsqu'on
vint le relever de sa garde, avant que l'ombre de l'illustre
visiteur fût sortie de la tente royale, il s'en alla tout triste
en cédant sa place à regret. A ses camarades qui lui
demandaient comment s'était passée la nuit, il répondit
à voix basse : « Étienne le Grand est là ! » Et les soldats
se mirent à se regarder entre eux, s'imaginant que les
angoisses du jour et les épouvantes de la nuit avaient
dérangé l'esprit du pauvre garçon ; mais lui persista, et
leur affirma qu'ils verraient dans la mêlée le grand voïvode, venu tout exprès pour protéger le roi et le pays. Et
tous se signèrent, pensant que le camarade pouvait bien
avoir dit vrai : qui sait ? c'était peut-être là un de ces miracles dont parle l'Écriture, et qui se produisent surtout en
faveur des petits peuples qui ont à lutter contre un
ennemi dix fois supérieur en nombre.

Lorsqu'au premier chant du coq on vint annoncer au
roi que l'attaque de la redoute avait été repoussée, on le
trouva endormi, la tête dans ses mains. A son réveil, il se
retourna de tous côtés, et demanda si personne n'avait

pénétré dans sa tente. Les serviteurs et l'officier de garde répondirent qu'ils n'avaient vu personne. « Cependant, dit le roi... » ; mais il n'acheva pas sa phrase, pensant que peut-être il avait rêvé, et qu'Étienne lui était apparu en songe pour lui prédire la victoire et lui enseigner longuement la tactique grâce à laquelle il pourrait faire triompher sa petite armée. Le roi aurait bien juré qu'il avait réellement conversé avec le héros : néanmoins il se tut, dans l'idée que ce rêve lui avait été suggéré pour le fortifier et le consoler au cours de ces pénibles épreuves.

Mais quel ne fut pas l'étonnement de Stan, lorsque le lendemain il vit constamment se dresser aux côtés du roi le voïvode Étienne revêtu de son uniforme étrange, embrassant d'un vaste regard le champ de bataille, et écartant du revers de sa main, afin de protéger la personne du prince qu'il voulait conduire à la victoire, les balles et les bombes qui arrivaient à toute volée. Les soldats n'étaient pas sans se dire entre eux que le roi s'exposait beaucoup trop pour un chef d'armée, qui ne doit jamais braver la mort, parce que la victoire dépend de lui : mais Stan savait bien que le roi ne courait aucun danger, car il avait vu Étienne élever sa main tutélaire au-dessus de Charles, et il comprenait qu'au plus fort de l'action pas un cheveu ne tomberait de la tête du roi. Une autre fois, Stan était de garde, pendant la nuit, sous la neige et la pluie, au fond d'une tranchée où l'eau s'était transformée en glace et où plus d'un avait eu les pieds gelés : le voïvode Étienne lui apparut de nouveau et Stan lui présenta les armes : « Demain, lui dit en souriant Étienne, un assaut sera livré : c'est une surprise que ton général veut ménager au roi ; l'assaut sera infructueux ; mais rassure-toi, il ne t'arrivera aucun mal, car je serai là, et vous ne serez pas battus. » Et, en effet, le lendemain, cet assaut malencontreux eut lieu, et Stan, quoique frappé d'une balle et ayant reçu trois autres balles dans son bonnet, était encore debout, car il avait vu Étienne le Grand dans la mêlée, et il savait bien qu'il était à l'abri de tout danger.

Mais voilà que dans la nuit du 10 décembre, Étienne se dressa soudain devant Osman-Pacha, et lui dit : « Tu ne peux pas tenir plus longtemps. Demain, tu tenteras une sortie et tu seras fait prisonnier. Plevna doit tomber. Tu l'as défendue héroïquement, et tu seras traité en héros. Nous réglons aujourd'hui nos derniers comptes : ce que je n'ai pu terminer — car la mort est venue briser ma vie, mon activité et mes efforts — Charles va l'achever maintenant, après plusieurs siècles. »

— Et le dix décembre Plevna tomba, et le roi Charles sortit à cheval à la rencontre d'Osman-Pacha, blessé, en le félicitant d'avoir pu se maintenir héroïquement dans la place au delà de toutes les prévisions. Si le voïvode Étienne n'était venu, ce jour-là, protéger son peuple et son armée, Russes, Turcs et Roumains auraient tous péri ensemble, engloutis dans une violente tempête de neige qui s'était déchaînée ce même jour, une de ces tempêtes telles qu'on n'en voit que dans nos plaines, et qui ensevelissent bêtes et gens. Le thermomètre marquait vingt degrés de froid, et le Danube s'était mis à charrier de tels glaçons que le service des vivres avait été interrompu d'une rive à l'autre et qu'on ne pouvait plus trouver un seul morceau de pain.

Le roi quitta Plevna et entreprit la plus sinistre chevauchée de sa vie ; mais Stan vit de nouveau Étienne galoper aux côtés de son souverain, et il ne broncha pas.

Toute la route de Plevna à Nicopolis et jusqu'au Danube était jonchée des cadavres des vainqueurs et des vaincus,

surtout des Turcs, qui étaient sortis de Plevna à moitié
morts de faim. Et tous ces cadavres étaient là, debout,
couchés, assis, tellement durcis par la gelée qu'ils ne pouvaient tomber. On en voyait qui avaient levé leurs bras
au ciel avant d'expirer. Tout un attelage, — chevaux et
conducteur, — était entièrement gelé. Plus loin, on aper-
cevait, groupés autour d'une roue, quelques soldats
qui avaient allumé du feu pour se réchauffer. Ils étaient
tous morts. Le cheval du roi se cabrait et frémissait, con-
traint d'enjamber à chaque pas des cadavres. Des nuées
de corbeaux, carnassiers sinistres, tournoyaient au-dessus
de ce tableau terrifiant. Enfin, on atteignit Nicopolis ; des
prisonniers turcs étaient entassés dans les fossés et criaient
en demandant du pain ; mais le pain manquait, les glaçons rendaient le passage du Danube trop dangereux ;
aucune barque n'osait s'aventurer sur le fleuve ; il ne restait plus qu'à mourir de faim et de froid au cours de cette
terrible nuit.

Mais Stan, qui chevauchait dans l'escorte du roi, vit
Étienne le Grand monter lui-même la garde devant le
quartier royal, puis il l'aperçut encore galopant aux côtés
du roi, jusqu'au bout de la montée gelée et périlleuse qui
conduit à la forteresse, et le préservant d'une chute qui
eût pu lui être fatale. Et il le revit, la nuit suivante, se
prodiguant de tous les côtés, semant la consolation et
l'espérance dans les cœurs épuisés, si bien que, le lendemain matin, sur les dix mille hommes qui avaient dû
endurer les angoisses de cette nuit épouvantable, un grand
nombre se trouvait encore en vie. On essaya alors de faire
passer le Danube au roi sur une petite embarcation : mais
le frêle esquif était soulevé avec des craquements sinistres par les blocs de glace, et menaçait de sombrer. Stan
vit de nouveau, de la rive, une grande ombre précéder la

barque de glaçon en glaçon; on aurait dit que celle-ci obéissait à ses signes, tant la voix qu'elle suivait était précise et sûre. Étienne semblait commander aux glaçons et aux flots, jusqu'à ce qu'enfin le roi eût mis le pied sur le sol roumain et fût ainsi à l'abri de tout danger. Étienne le Grand fit enfin transporter sur la rive opposée, dans des barques, de grandes quantités de pain destinées à apaiser l'horrible famine; puis il disparut aux yeux de Stan, qui dut s'aliter et se faire soigner; car ses jambes gelées étaient menacées de gangrène. Plus d'un malheureux soldat avait perdu ainsi l'usage de ses pieds; mais Stan se tira d'affaire, grâce aux soins dévoués qui lui furent prodigués, et sa pensée suivait toujours Celui qui l'avait soutenu pendant ces rudes épreuves. Il savait que ni lui, ni ses camarades ne périraient, tant que le héros étendrait sur eux sa main protectrice; et il savait aussi que le roi ferait le bonheur de son peuple, parce qu'il avait en Étienne un conseiller puissant et pieux. Et le roi Charles suivit l'exemple d'Étienne; il éleva de nombreuses églises dans tout le pays, et il fut manifestement, en toute circonstance, l'objet de la protection divine.

Et lorsqu'au bout de plusieurs mois, les troupes firent leur entrée triomphale dans Bucarest, Stan vit une dernière fois Étienne le Grand se tenir, comme une ombre légère, aux côtés du roi Charles; puis une autre ombre se dressa, celle de Michel le Brave (1), qui salua de loin son frère d'armes. Stan portait le drapeau; sur sa poitrine brillaient la croix de Saint-Georges et la « Vertu militaire »; et sa main trembla légèrement lorsqu'il reconnut les deux grands héros. Il aurait bien voulu les faire voir à ses camarades, qui, eux, n'apercevaient rien et qui se disaient qu'un long séjour à l'hôpital avait quelque peu

(1) L'un des plus illustres princes de Valachie, mort en 1601.

affaibli l'esprit du pauvre garçon. Mais Stan protesta, en répliquant qu'il n'avait perdu qu'une partie de son pied, et que sa tête était demeurée forte et solide.

Et depuis ce jour-là, il n'oublia jamais sa nuit de faction à Grivitza et il la racontait à ses enfants et à ses amis, les après-midi de fête, lorsqu'ils se réunissaient pour fumer à l'ombre d'un grand arbre. Et son auditoire riait et disait : « Comme il raconte bien ! » sans croire un mot de tout son récit.

Mais les enfants croient bien, eux, et ils se réjouiront en pensant que leur pays est destiné à devenir puissant et fort, grâce à la protection des ancêtres héroïques qui se tiennent visiblement aux côtés du roi Charles.

VIII

LA FEMME ROUMAINE (1).

La beauté de la femme roumaine a été, pendant long-temps, renommée. Mais son énergie, mais son courage et son dévouement, on les ignorait, car l'histoire de ce pays n'est presque pas connue en Europe.

La toute petite femme roumaine, âgée de deux ans, aux grands yeux mélancoliques, sous sa masse de cheveux noirs, au langage clair et net, est surprenante de précocité. A cinq ans, elle est la petite mère de ses frères et sœurs. A huit ans, elle est presque une jeune fille. Elle ne se marie plus à douze ans, parce que c'est contre la nouvelle loi; alors, elle prend sa revanche dans les études ; elle passe le baccalauréat, elle se fait docteur ; il faut une issue au trop-plein qui fermente sous cette épaisse chevelure, sous ces grands sourcils sévères et charmants.

Il y a quarante ans, on était surpris, en entrant dans un salon, de n'y trouver que des beautés parfaites. Mais alors, la vie était si simple ! Aujourd'hui, elle est devenue

(1) *La Beauté féminine dans l'univers* (*Les Annales politiques et littéraires*, n° 1017 *bis;* 21 décembre 1902).

difficile. Les petites filles de dix ans partagent déjà les soucis de leurs parents, et ne savent que trop bien que tout n'est pas couleur de rose en ce monde.

Les sacrifices et les peines sont peut-être utiles à l'âme — et encore ! — mais certainement nuisibles au développement du corps, qui ne pousse plus comme une belle fleur insouciante et calme : sans parler des plaisirs mondains, qu'on ne connaissait pas autrefois, et qui sont devenus tout aussi vertigineux et aussi luxueux que dans les autres pays.

Mais il est impossible de s'arrêter, surtout dans un pays qui a fait des efforts surhumains pour être, en très peu de temps, au niveau du développement des autres. Il doit nécessairement tomber dans beaucoup de fautes, longer bien des précipices, s'engouffrer dans des dangers imprévus. La grande roue vous a saisies, mes chères et bien-aimées femmes roumaines, que j'ai étudiées de tous mes yeux, de toute mon âme, et sur lesquelles je compte à l'avenir, vous qui n'avez pas laissé submerger votre pays par tant d'invasions, vous lui donnerez encore des héros de la pensée et de l'épée, vous lui donnerez encore des mères nobles et fières, ayant en elles toute la sève de ce sol riche et fertile qui les a portées et nourries.

IX

DE L'AME (1)

(*Fragment philosophique*).

Pourquoi dit-on « dans la profondeur de l'âme ? » L'âme est-elle donc profonde ? Peut-on la comparer à un puits, à une source, à un abîme, à un marais, à une nuit, à un ciel dont on ne peut scruter la profondeur ? Qu'est donc l'âme ? Est-ce un principe spirituel ? Ou bien n'est-elle que le produit du cerveau et de ses différentes cases ? Et partage-t-elle, après la mort, le sort du cerveau, en se transformant, comme lui, en mille combinaisons nouvelles ?

La profondeur de l'âme ! Comment expliquer que toutes les religions du globe aient admis la notion, plus ou moins développée, selon l'état de chaque civilisation, d'une substance qui s'appellerait l'âme ? Et aucune de ces religions n'attribue au corps des facultés plus étendues que celles d'une simple enveloppe temporaire. Les hommes ont-ils donc senti qu'il y avait au fond d'eux-

(1) Extrait de *Geflüsterte Worte* (Paroles murmurées), *Ratisbonne*, Wunderling, 1903, in-16 (t. Iᵉʳ). Traduction inédite.

mêmes autre chose que la vie apparente, et ces phénomènes apparents les ont-ils effrayés ou réjouis?

Il n'est pas de martyr, il n'est pas de penseur qui
n'aient fourni la preuve que l'âme est distincte du corps
et qu'elle plane au-dessus de ses souffrances et de ses
douleurs. On peut même dire que bien souvent, plus le
corps était anéanti, plus l'âme semblait vouloir le dominer,
comme si elle n'avait plus aucune attache avec son enveloppe tout en ruine. L'âme doit donc posséder une force
indépendante du corps, et qui n'use de ce corps que pour
se manifester au monde visible — visible du moins à nos
yeux — mais qui s'en détache aisément et dès qu'elle le
peut, pour revêtir de nouvelles formes et courir au-devant
d'une nouvelle vie. L'âme est-elle autant de fois profonde
qu'elle a revêtu d'existences et subi de morts diverses?
L'âme est-elle plus ou moins profonde selon les différentes formes dans lesquelles elle s'est incarnée? Autant
de questions qui échappent à nos facultés d'observation.
Ce n'est que par intuition que nous pouvons suivre l'âme
du mourant. Ce n'est qu'en tâtonnant que nous interro-
geons l'âme de l'enfant dont nous faisons l'éducation ; ce
n'est qu'en nous inspirant de ses propres leçons que nous
parvenons à la former, et, si elle nous paraît jeune, c'est
que le langage terrestre ne lui est pas encore très fami-
lier ; mais nous ne tardons pas à lui découvrir les traits
caractéristiques qui constitueront son individualité et qui
l'accompagneront pendant toute la durée de son existence.
Il suffit d'une observation attentive et minutieuse —
faite bien entendu de près et à loisir — pour se convaincre
que l'homme ne change jamais. Il est vrai que l'âme peut,
selon les circonstances, nous apparaître sous des jours
différents : mais au fond elle n'en reste pas moins la
même. Parfois, dans un moment d'inconscience ou bien

au cours d'une grave maladie, se manifestent certains phénomènes qui disparaissent dès que l'homme revient à son état antérieur. Quand on évoque les souvenirs de l'enfance — et chez quelques hommes, ces souvenirs, parfaitement clairs et précis, remontent jusqu'à l'âge de deux ans, et même au delà — on peut se convaincre qu'on est resté toujours le même, avec les mêmes sentiments, et que le même cerveau et la même âme ont reçu du monde extérieur des impressions absolument identiques. Dans la même famille, on voit des enfants qui n'ont entre eux aucun trait de caractère commun et qui ne s'entendent en aucune façon, comme s'ils sortaient réellement de deux mondes différents et que le langage de l'un fût étranger à l'autre.

Si l'âme n'était faite que de matière cérébrale, comme on le prétend, les frères, et sœurs devraient se ressembler leurs cerveaux étant composés de la même matière. On parle encore d'hérédités cérébrales lointaines, transmises par les ascendants disparus. Ce serait là la seule lettre de noblesse légitime accompagnant notre naissance. Mais comment la déchiffrer, puisque les générations actuelles ignorent celles qui les ont précédées, et qu'elles n'ont hérité de quelques-uns de leurs traits que d'une façon tout à fait accidentelle ? Qui sait si l'âme n'a pas la faculté de chercher parmi les diverses enveloppes terrestres celle qui lui semble la plus propre à la loger ? Car, il est évident que l'éducation n'exerce qu'une influence extérieure sur l'homme et ne contribue en aucune façon à former son âme. L'éducation nous apprend à régler nos rapports avec le monde extérieur et à ne léser en rien les droits de notre prochain. Quant au succès plus ou moins grand de cette éducation, il dépend de notre complexion particulière. de notre égoïsme ou de notre penchant vers autrui.

Il est encore possible que des âmes ayant existé sous une autre forme portent en elles le germe d'une condamnation originelle qui, les faisant renaître fatalement dans des circonstances défavorables, les pousse instinctivement vers le mal et leur impose sur cette terre le rôle de démons, jusqu'à ce que de cette façon elles aient accompli ou expié leur destinée antérieure. Inversement, il arrive que l'âme, trouvant son état actuel défavorable, quitte le corps où elle s'était logée pour en chercher un qui lui convienne davantage. C'est ce que dans notre langage humain on appelle une mort prématurée. Peut-être enfin sommes-nous nous-mêmes la cause de cette mort prématurée, parce que nous n'avons pas été capables de fournir à l'âme l'élément corporel et intellectuel dont elle avait besoin. Nous marchons à tâtons dans des ténèbres que peut-être ne serons-nous jamais appelés à dissiper. Darwin disait en toute humilité : « Peut-être avons-nous tous la même origine. » Ses disciples érigèrent cette hypothèse en principe, et ne jurèrent que par lui, jusqu'au jour où ils virent qu'il ne les faisait pas avancer d'un seul pas. Fichte parlait du « moi », Schopenhauer de « la volonté », Kant de « la logique », Buchner de « la force ». Mais pourquoi aucun de ces philosophes n'a-t-il pensé à l'antiquité ?

A quoi bon nous obstiner à vouloir prouver notre identité, quand les plus grands philosophes du monde, les Hindous, nous ont montré depuis longtemps la voie par laquelle on arrive à expliquer les contrastes inexplicables existant entre l'âme et le corps ? N'ont-ils pas prouvé, par l'extase complète dans laquelle peut être plongé tout notre être, jusqu'à quel minimum peut se réduire l'existence du corps, sans que cet affaiblissement ait lieu au détriment de l'esprit ? Au contraire, dans cet état, les facultés psychiques semblent augmenter au fur et à mesure que la substance corporelle diminue et s'évapore. Nos savants européens adoptèrent une théorie opposée, en voulant attribuer au corps toutes les manifestations psychiques qui sont produites, d'après eux, par le corps même. Mais, dans le doute, on devrait peut-être bien diriger de nouveau ses recherches vers l'explication des Hindous, en étudiant les causes qui leur ont permis d'exercer un si grand pouvoir sur toute la nature. Peut-être étaient-ils plus près de la vérité, et se rendaient-ils compte qu'ils avaient franchi déjà plus d'une étape de la voie qui mène. Il se peut que la mémoire s'éveille plus facilement lorsque le corps est dompté par l'esprit et traité comme chose secondaire. Il se peut que nous apercevions alors, comme dans un miroir, ce que nous avons été autrefois. Mais que, dans cette extase complète, nous remplissions pleinement le rôle qui est assigné à notre âme, c'est une autre question.

Il doit y avoir des hommes qui, pour le plus grand profit de leurs semblables, cherchent à descendre au fond de leur *moi* pour nous révéler à tous le mystère de notre origine. Peut-être ne savons-nous pas quelle grande vérité se cache dans cette expression : « la profondeur de l'âme », car nous avons souvent la surprise de nous découvrir des qualités psychiques qui nous étaient demeurées cachées jusqu'à un certain moment. Il pourrait être également exact que l'âme eût la faculté de modeler le corps à son gré. Car l'expression du visage varie, selon telle ou telle qualité qui se développe en nous ; bien plus, la configuration de la tête humaine peut elle-même changer ; notre boîte crânienne subit des transformations ; les mouvements se modifient, la forme des mains, la démarche, tout s'alourdit ou s'affine, selon les occupations ou les habitudes susceptibles de provoquer en nous un développe-

ment plus ou moins prononcé. Que de fois le corps le
moins robuste peut-il être poussé, par le feu intérieur de
l'âme, à des actes de vigueur surprenants, et cette lutte
contre la matière insuffisante augmente nos forces psychiques dans de notables proportions.

Quelle est la force qui pousse l'homme né sans bras ou
sans jambes à devenir un grand mathématicien, ou tout
au moins un très habile calculateur ? Quelle est la force
qui entraîne un manchot à peindre avec ses pieds ? N'est-
ce pas l'âme, qui veut dompter le corps, et dans cette lutte
ne remporte-t-elle pas une victoire plus éclatante que le
triomphe qu'on célèbre à la suite d'un tournoi ou au lendemain d'une bataille glorieuse ? Combien d'hommes qui
ne regardent leurs corps que comme un ennemi qu'il faut
...ncre chaque jour et qui est finalement forcé de se soumettre, qu'il le puisse en apparence ou non. Ce n'est sans
doute pas une matière qui peut dominer ainsi la matière,
ou, en tout cas, c'est une matière bien plus puissante que
celle qu'il nous est donné de voir et qui tombe sous le sens
de notre esprit borné. Les choses que nous appelons
« surnaturelles », que nous considérons ordinairement
comme contraires aux lois de la nature, ne sont que celles
qui échappent à notre entendement ; ainsi un homme
qui n'aurait jamais vu de sa vie un arbre trouverait que
la croissance d'un chêne, d'un hêtre, ou d'un sapin est un
fait monstrueux, impossible, contraire aux lois de la
nature. Au reste, que savons-nous en somme des lois qui
régissent le monde ? Nous ne faisons que tâtonner pour
essayer de nous en rendre compte, et chacune de nos
découvertes nous conduit à mieux constater notre igno-
rance.

Quelques hommes érigèrent en principe l'idée du mal,
parce qu'ils ne voulaient pas que toutes les injustices qui

se passaient sous leurs yeux pussent ébranler leur foi en un Dieu miséricordieux, et parce qu'ils se refusaient à admettre que ce Dieu bon, ou tout au moins juste, pût tolérer tout ce mal. Mais on se heurte alors à une nouvelle difficulté : comment expliquer que le mal existe et qu'il soit toléré ? et puis, ce mal est-il vraiment aussi détestable qu'il nous apparaît, et le bien est-il aussi absolu que nous l'entrevoyons ?

En général, tout ce qui produit sur nous une impression quelconque est déterminé uniquement par la forme et la dimension des objets extérieurs. S'il existait des chenilles plus grosses que nous, elles nous sembleraient sans contredit épouvantables et pareilles aux dragons mythologiques et aux monstres préhistoriques.

Si une araignée pouvait sucer notre sang, elle nous frapperait d'épouvante, et loin d'être tentés de nous livrer à une étude quelconque sur elle, nous nous empresserions de nous cacher et de fuir, saisis d'effroi et d'horreur. Mais cette sainte terreur qu'éprouvent la plupart des hommes à la vue de toute sorte d'insectes, araignées, myriapodes et autres vers, n'est peut-être qu'un instinct de notre corps, qu'un vague pressentiment qu'il deviendrait la proie de toutes ces bêtes, dès que l'esprit ne serait plus capable de les tenir en respect. Un sommeil profond n'est que l'image fidèle de la distance qui sépare le corps de l'âme. Le corps peut rester dans une inconscience complète, tandis que l'âme continue de vivre et parcourt des étapes nombreuses avec une rapidité si grande que nous ne pouvons comprendre, en nous réveillant, que nous ayons si peu dormi, et qu'il nous soit pourtant possible de remplir tout un volume du récit des événements qui se sont déroulés au cours de notre rêve. Le comte Kayserling s'est beaucoup occupé de l'état de l'âme pendant nos songes, mais il ne pensa pas à ce fait que ces songes ne sont que l'image réfléchie de la vie de l'âme à son état libre. Le cerveau endormi n'en retient que certains détails, absolument comme pourrait balbutier un enfant qui voudrait décrire des événements réels et à qui il manquerait, avec la notion exacte des choses, la faculté même de les décrire. Savons-nous ce que devient l'âme pendant notre sommeil ?

Peut-être est-elle bien plus active que lorsque le corps veille, et a-t-elle des fonctions dont nous nous étonnerions, si nous pouvions nous en rendre compte autrement que par une intuition incomplète ou même nulle. Il est également certain qu'à l'état de sommeil nos facultés de prévision sont plus développées que dans la vie réelle; ainsi nous voyons en songe certains événements dont nous pourrions, à notre réveil, faire notre profit et qui seraient pour nous d'utiles avertissements. Nous ne saisissons pas encore bien ces rêves, parce que nous n'en sommes pas encore arrivés à déchiffrer ce langage par images que notre âme est forcée d'employer pour pouvoir se faire comprendre. Si notre sommeil pouvait être plus attentif, plus d'un rêve qui nous apparaît aujourd'hui comme un conte, une énigme, ou une simple confusion du cerveau, aurait une réelle signification. Car, comment supposer que dans ce monde, où tout se tient et où tout est réglé d'une façon rationnelle, un être humain puisse rester, tous les jours pendant de longues heures, absolument oisif et inoccupé. L'âme de l'animal elle-même semble continuer ses fonctions pendant le sommeil, et nous sommes souvent témoins des rêves des animaux. Nos songes n'ont souvent pas la moindre corrélation avec notre vie réelle, avec nos pensées, avec nos désirs, avec nos souvenirs. Nous parcourons un monde qui nous est complètement inconnu et qui renferme peut-être plus de réminiscences que nous le supposons.

Qui a envoyé Colomb en Amérique? Il n'avait pas une érudition spéciale, et il lui eût été difficile de prouver qu'il existait un monde au delà des mers, là où le monde connu s'arrêtait; que la terre était ronde, et que les étoiles chantaient pendant leur marche à travers l'espace, chant que Pythagore assure pourtant avoir entendu. C'est une habitude générale chez les hommes de ne pas ajouter foi à leurs expériences ni aux événements auxquels ils ont pu assister. L'humanité progresserait beaucoup plus rapidement, puisque le progrès est son but, si les hommes consentaient à s'instruire réciproquement, au lieu de passer leur temps à douter les uns des autres. Mais ils sont toujours enclins à dire avec assurance : « Je n'ai jamais vu telle chose; donc elle n'a pas pu se produire! » Mais quel est l'homme qui aurait une intelligence assez vaste pour pouvoir refaire à lui seul toutes les expériences des autres? L'espace dans lequel il se meut est beaucoup trop exigu pour cela. Aux temps reculés de la vie simple et primitive, l'homme saisissait bien mieux le sens des songes et suivait leurs suggestions, car un instinct lui disait que l'âme à l'état de rêve voyait plus loin que lorsque le corps était éveillé. Ces hommes des premiers temps croyaient que l'affranchissement de l'âme, pendant le sommeil du corps, doublait ses facultés d'intelligence et de perspicacité ! Et ils pouvaient bien rarement mettre leurs rêves sur le compte d'une mauvaise digestion, parce qu'ils n'étaient pas habitués aux excès de table, et qu'ils étaient astreints à mener une vie plus que frugale. Les excès de table asservissent l'âme, qui ne peut plus penser librement. De là l'idée du jeûne. Comment les hommes auraient-ils pensé à jeûner, s'ils n'avaient constaté qu'une grande tempérance donne à l'esprit une clarté et une force extraordinaires ? Mais si le cerveau devait à lui seul produire la pensée, on ne saurait trop le nourrir pour le bien faire travailler. Au contraire, le jeûne donne au cerveau une nouvelle force qui, dans le domaine de la pensée, rend des services beaucoup plus grands qu'on ne pourrait supposer. C'est un très grand malheur pour l'humanité que les plaisirs de la table y jouent un rôle aussi considérable ; ils rendent malheureux beaucoup de gens qui aimeraient à s'y adonner, et qui ne peuvent le faire, à cause de la cherté des vivres. Et puis la gourmandise enlève à beaucoup d'hommes cette perfection intellectuelle à laquelle ils pourraient aspirer.

On devrait habituer les enfants, dès leur jeune âge, à vivre très frugalement, et si simplement que la gourmandise ne devienne jamais pour eux une entrave, mais qu'ils soient heureux de continuer à vivre avec la plus grande simplicité. On devrait leur représenter comme la plus grande des humiliations le fait d'être les esclaves de leur palais et de tomber malades à cause de lui. Une indigestion devrait être punie avec la plus grande sévérité, avec le plus grand dédain, presque impitoyablement. Car il est méprisable de ne pouvoir résister à son palais. Si nous n'en étions pas capables, chaque animal nous serait donc supérieur ! Hélas, sur combien de points les animaux ne nous sont-ils pas supérieurs ! Nous sommes volontairement aveugles et nous nions que les animaux aient une âme, et pourtant ils nous font honte à chaque moment par leur dévouement et par leur esprit de sacrifice. Si nous pouvions vivre aussi simplement et aussi innocemment qu'eux, nous serions également capables de participer à tant de traits de noblesse, dont nous faisons dédaigneusement fi, parce qu'il nous est plus commode de vivre

autrement. Il nous est même beaucoup plus commode
de nier l'existence de l'âme : cela diminue notre responsa-
bilité.

X

MOÏSE ET LES JUIFS (1)

Un ami intime de notre maison était le grand savant Bernays (2). Il passait des heures à côté de ma mère, qui écoutait attentivement ses paroles et ne cessait de s'instruire auprès de lui. Mais il ne mangeait jamais chez nous, ce qui me faisait grand'peine quand j'étais enfant. Il nous déclara être juif et tenir beaucoup à sa religion. Il connaissait le Nouveau Testament mieux que nous; ses idées étaient d'une élévation extraordinaire. Plus tard j'appris qu'il était un ami intime d'Ernest Renan, avec lequel il correspondait.

(1) Extrait de *la Revue* (ancienne *Revue des Revues*) du 15 mai 1907, et reproduit avec l'obligeante autorisation de M. Jean Finot, directeur-rédacteur en chef de *la Revue*. En faisant paraître ce chapitre des *Mémoires*, en cours de publication, de Carmen Sylva, *la Revue* l'a accompagné de la note suivante :

S. M. la Reine Élisabeth de Roumanie, dont le talent de poète et d'écrivain est si universellement apprécié, prépare, en ce moment, ses Mémoires sous ce titre alléchant : Mes Pénates. *La Revue est heureuse de pouvoir offrir à ses lecteurs un chapitre de cet ouvrage, dont la thèse originale et les arguments curieux charmeront même ceux qui n'ont pas sur ce sujet toutes les idées de Carmen Sylva.* — NOTE DE LA RÉDACTION.

(2) Célèbre philosophe allemand, né à Hambourg le 18 septembre 1824, mort à Bonn le 27 mai 1881.

Il disait toujours que la seule religion exempte de toute sorte de fétichisme était la religion juive, et il avait raison. Le christianisme a dû s'adapter à tous les fétichismes qu'il a trouvés dans les divers pays. C'est là le revers d'une religion dont le but est le prosélytisme; elle est forcée de faire des concessions et perd ainsi de sa grandeur. Si le christianisme était aujourd'hui tel qu'il est sorti de la bouche de Jésus-Christ, ce serait une religion tout autre que celle que nous connaissons. Si nous comparions nos pensées et nos actes avec le Sermon sur la Montagne, nous rougirions et en perdrions la parole.

La vie était très dure pour Bernays. Sa qualité de juif lui rendait presque impossible sa nomination à une chaire, et il était cependant le plus grand savant de Bonn. Je le voyais parfois sombre et inquiet, avec sa figure sérieuse et ses lunettes noires. Il portait la tête très droite, bien qu'il ne reconnût personne à cause de sa myopie. Il est dommage que je fusse alors trop jeune pour comprendre ses discours. Je n'en ai recueilli que quelques bribes, mais mes parents avaient pour lui une vénération respectueuse.

Quand le soir arrivait, ma mère le faisait toujours accompagner par un domestique avec une lanterne, car sa mauvaise vue lui faisait craindre l'obscurité. Bonn n'était pas brillamment éclairée à cette époque, et quand le calendrier portait « clair de lune », les lanternes se faisaient rares dans les rues. Il est vrai que le clair de lune était très beau à Bonn. Nous habitions la charmante villa « Vinea Domini », tout près du Rhin, entourée d'un vaste jardin. Ces terrains sont aujourd'hui bâtis et n'existent plus. Nous passions alors de nombreuses soirées de clair de lune sur la terrasse, en contemplant les bateaux glissant sur le fleuve, et ce n'était que lorsque le bateau de

nuit arrivait en soufflant qu'on se séparait. « Le bateau de nuit arrive ! » s'écriaient les plus pressés de
partir. Malgré sa vive souffrance et le repos dont elle avait
tant besoin, ma mère écoutait les discours qui se prolon-
geaient jusqu'à une heure avancée de la nuit. Tout à
coup, quelqu'un s'écriait — c'était, le plus souvent, le
prince de Reuss, devenu plus tard ambassadeur — : « Le
bateau de nuit arrive ! » Aussitôt, tout le monde s'en
allait en courant.

Je n'ose rien citer de Bernays puisqu'il ne peut pas me
rectifier si je venais à me tromper, mais je tiens à men-
tionner cette personnalité, car nous avions tous pour lui
le plus grand respect et la plus profonde considération.
Ce sont justement ses idées religieuses que j'aurais bien
voulu entendre de sa bouche, car j'étais alors une enfant
très pieuse qui réfléchissait beaucoup sur la religion.
Nous avions tous les matins une heure de catéchisme auprès de ma mère, et nous en apprenions tous les jours
un verset par cœur. Mes parents s'entretenaient des
heures entières avec Bernays et se montraient ravis de la
grandeur et de la profondeur de ses pensées. J'aurais bien
voulu l'entendre causer avec Renan et Tolstoï. Encore bien
des années après, on le citait souvent dans notre maison :
« Bernays pensait comme ceci... Bernays disait toujours... »
Par la force de sa personnalité et l'étendue de son savoir,
son influence avait persisté.

Il avait, à cette époque, un grand chagrin de ce que son
frère s'était converti au christianisme, et je dois reconnaître qu'il avait raison. J'ai tout à fait le sentiment des
Roumains, disant d'un converti : « S'a turcit », c'est-à-
dire : « Il s'est fait turc ou mahométan. » Ils le disent
aussi de quelqu'un qui se fait chrétien, et n'aiment nul-
lement qu'on se convertisse à leur religion. Ils se dis-

tinguent entièrement des Russes qui exigent le changement de culte. Les Roumains y voient une trahison et un
manque de confiance, et cela fait un effet étrange quand
ils le disent de quelqu'un converti à l'orthodoxie : « S'a
turcit », « il s'est fait turc », et cela parce qu'ils ne connaissent pas d'autre mot approprié au changement de
culte.

Comme toutes les religions sont l'œuvre des hommes
et comme nous nous créons notre Dieu entièrement
d'après notre image, il ne sert à rien de quitter la religion dans laquelle on est né. On devrait plutôt chercher
à l'élever, à la purifier et à l'ennoblir, car dans notre religion on trouvera les mêmes défauts, tout en se gardant
bien de se l'avouer sous peine de se frapper soi-même en
plein visage. Vraiment les formes ne jouent aucun rôle,
bien qu'une forme quelconque soit nécessaire, tant que
les hommes éprouveront le besoin de célébrer des of-
fices et de se rassembler en commun afin d'être plus
pieux.

.•.

Quand on entend les discours sur le *filioque*, qui durent depuis des siècles, on a le sentiment que l'Église est
aussi lamentable que toutes les choses terrestres, inca-
pables de s'élever au-dessus d'elles-mêmes et de leurs
petitesses. Tout se matérialise, même les choses consi-
dérées comme essentiellement spirituelles, et l'on est
alors étonné quand on voit les penseurs devenir hostiles
à la religion et lui tourner finalement le dos parce que
toutes les religions sont trop matérielles pour le véritable intellectuel, qui n'a nul besoin de s'arrêter à des
formes extérieures pour être pieux et fervent.

« Nathan le sage » est un hôte quotidien de notre maison parce que toutes les religions sont représentées dans notre famille. Nous avons des catholiques, des protestants, des orthodoxes et notre secrétaire est un juif, et c'est principalement sur ce dernier que je m'appuie pour mes affaires de charité. Le colonel Brociner reçut deux graves blessures pendant la guerre de 1877; il devint, peu après, notre secrétaire et se sacrifia avec un dévouement sans égal pour ceux qui souffrent, qui sont pauvres et qui attendent nos secours. Jamais il n'y a eu entre nous désaccord ni désunion, parce que chacun traite la religion de l'autre avec le plus grand respect. Les enfants n'ont jamais eu la sensation qu'ils avaient devant eux une autre religion. C'est la meilleure preuve que la forme dans laquelle on fait ses dévotions est peu importante. Il ne s'agit que de remplir de son esprit cette forme et de chercher à y mettre l'esprit des premiers chrétiens à l'époque où ils n'étaient pas forcés de s'accommoder au fétichisme et d'enseigner leur religion aux autres.

Les Juifs ont maintenu leur religion plus pure que les chrétiens; c'est un fait qui devrait nous faire rougir; ils n'ont jamais cherché, il est vrai, à accommoder leur culte aux religions existantes ou à faire des prosélytes. Ils ont supporté des persécutions pendant des siècles, sans jamais céder. Ils ont maintenu leur foi intacte sans chercher à l'imposer aux autres. Aussi la persécution contre les Juifs n'est pas d'ordre religieux; c'est une question de race. Les peuples n'ont pu tolérer de voir au milieu d'eux un peuple plus fort. C'est très simple, et c'est encore plus simple en Roumanie. Le pays n'est que très peu peuplé; les professions sont, pour ainsi dire, absolument entre les mains des étrangers, et voilà qu'arrivèrent les années de disette dont les conséquences ne se font sentir que maintenant. On n'achète plus, on ne construit plus, on ne fait plus de commandes, et non seulement nombre de Juifs, mais aussi des protestants et des catholiques ont quitté le pays tout simplement parce qu'ils ne pouvaient plus gagner leur vie. Mais ils n'avaient à supporter aucune persécution, car le pays pâtit de leur départ.

Tant que les paysans souffraient seuls de la faim, le monde ne s'était pas ému et regardait la chose avec indifférence. Mais voici que la disette atteint aussi les artisans; le monde entier se met en mouvement. Trente-six familles protestantes ont quitté Bucarest dans les derniers mois, et cela parce qu'elles n'avaient plus de quoi gagner leur vie. La misère était simplement trop grande et il faudra beaucoup de temps pour faire oublier ces deux années de famine. Quand le blé fait défaut dans les granges et que la campagne ressemble à un désert, quand le bétail périt par milliers, l'estomac rempli de terre, il n'y a plus de commerce et tout s'arrête.

Les chrétiens ont donné pour excuse à la haine contre les Juifs et à leur éternelle persécution contre cet admirable peuple, la crucifixion de Jésus. Mais soyons francs et honnêtes envers nous-mêmes. Que feraient les chrétiens d'aujourd'hui si Jésus réapparaissait ? Je crains fort qu'ils ne crient même pas « Hosannah »; ils le déclareraient immédiatement socialiste dangereux et le moindre supplice qu'ils lui feraient subir serait de l'enfermer dans un asile d'aliénés. Tolstoï a voulu vivre d'après les lois de Jésus et il a réalisé la chose; aussi a-t-il été, au moins moralement, comme crucifié, surtout quand il a commencé de chasser les usuriers du Temple. . . . . .

. . . .

Les Juifs sont le seul peuple n'ayant pas connu de

décadence. Ils sont restés comme un roc : forts, unis,
vivant entre eux, charitables, sains, prolifiques et puissants. Et tout cela, grâce à un homme qui fut le plus
grand souverain que l'histoire ait jamais connu, le roi des
rois, le médecin le plus savant, le plus grand psychologue
et physiologiste : Moïse. Qui pourrait vivre sur un trône
sans se mettre à genoux devant Moïse et sans l'adorer ?
C'est un chef d'État qui a créé son peuple et qui l'a orga-
nisé de façon à lui permettre de résister à toutes les tempêtes. Si le monde avait adopté les lois de Moïse, il serait
indemne de toutes les maladies, telles que tuberculose,
cancer, diphtérie et autres épidémies mortelles. On nous
parle maintenant de la fièvre aphteuse du bétail, de la
trichine du porc. Moïse en avait garanti son peuple
longtemps avant que les instituts de bactériologie aient
été connus.

Nos souverains sont fort occupés aujourd'hui avec leurs
soldats. Moïse fut-il un mauvais général parce qu'il fut
un grand médecin ? Quand les Juifs ont-ils remporté
leurs plus grandes victoires ? Quand ont-ils été des héros
et ont-ils fait des miracles de vaillance et de bravoure ?
C'est quand ils croyaient que Dieu luttait pour eux et
avec eux. Mais quand ils sentirent leur déchéance prochaine, quand ils commencèrent à pécher et à ne plus
vouloir se soumettre à la rigueur de leurs lois, alors leur
mauvaise conscience et la peur leur firent comprendre
qu'ils allaient être dispersés et que leurs malheurs les
ramèneraient à leur piété primitive. Si les Juifs avaient
continué à être heureux, peut-être le seul peuple mono-
théiste eût disparu, ce qui aurait été pour l'humanité
une marche en arrière de plusieurs siècles.

.·.

Les Juifs devaient être comme un levain pour les autres peuples par leur intelligence prépondérante, en les guidant vers des voies plus élevées. Leur santé plus forte fait leur esprit plus vif, leur âme plus libre. La souffrance les rendait économes et se contentant de peu. Au lieu de les persécuter, on ferait mieux de suivre leur exemple; tous ceux appelés à monter sur un trône devraient être, comme Moïse, élevés dans les sciences, surtout celle de la médecine, et étudier la Bible plus que n'importe quel autre livre. Mais voilà ! on a omis les chapitres les plus admirables parce que tout y est appelé par son nom. Un souverain a un besoin impératif de connaître la Bible, s'il veut être utile à son peuple, parce que, dans la Bible, se trouvent des lois dont les conséquences sont très grandes. Or, il ne peut en avoir aucune idée s'il ne connaît pas le mal que ces lois combattent si sagement.

Charlemagne, Haroun-al-Rachid, Jules César doivent se courber devant Moïse, car leurs royaumes n'existent plus, alors que celui de Moïse s'étend et s'accroît sans cesse. Le seul danger pour son peuple naîtrait du jour où il ne serait plus persécuté. Mêlé trop intimement avec les peuples chrétiens, il négligerait ses rites et ses lois sévères pour suivre des règles plus séduisantes en apparence. Il périrait par les maux contre lesquels son génial souverain avait su le prémunir.

Nous oublions quelquefois que nous vivons et que nous nous nourrissons de la Bible, le plus admirable de tous les livres, et que nous pourrions facilement nous passer de tous les autres ouvrages, sauf de cette source de vie. C'est de la vérité et de la poésie comme il n'en existera jamais. Car l'histoire y est racontée avec une autorité inébranlable, et, certes, les plus grands poëtes du monde furent les prophètes, sans parler de David, qui ne fut peut-être pas un grand roi, mais un homme supérieur et un grand poëte. Qui a jamais atteint à la connaissance profonde des hommes qu'avait Moïse ? Il eut le courage de laisser disparaître quatre générations de son peuple débilité et dégénéré avant de lui montrer le pays dans lequel il pourrait s'établir avec du sang jeune et des forces nouvelles.

Qui pense à la volonté de fer de cet homme ? Il avait le pouvoir de frapper sur le roc pour en faire jaillir de l'eau. Il faisait même des choses plus extraordinaires : il brisait les tables de la loi dans sa juste colère, parce qu'il pouvait en écrire de nouvelles. Ceux qui se plongent dans la lecture des prophètes y trouveront de puissantes consolations. Dans les nuits tristes et sans sommeil, il n'y a rien de plus réconfortant que la lecture de Jérémie, d'Élisée et d'autres encore. Elle ne fatigue jamais et quand tous les autres livres ne disent rien, ceux-ci parlent et vous consolent. Il est, du reste, inutile de lire d'autres livres de recueillement : qu'on parcoure simplement les Prophètes, on y trouvera tout ce que la terre porte de misères et aussi la plainte pleine de dignité pour soulager un cœur. Chose curieuse. Nous vivons de la Bible que nous respectons tous, et nous nous permettons de mépriser le peuple qui a produit ce livre des livres. Nous ne le méprisons pas, nous le redoutons plutôt, parce que nous avons le sentiment de sa force, et nous nous défendons dans la crainte d'être un jour submergés et opprimés à notre tour. Mais pourquoi les chrétiens ne prennent-ils pas les Juifs pour professeurs ? Nous sommes tous sortis du judaïsme ; pourquoi lui tournons-nous le

dos en niant notre origine ? Tout au moins notre origine
spirituelle est là et nulle part ailleurs. Oui, les Indes sans
doute, mais en ligne directe la Judée.

Si nous admettons que Dante, Shakespeare, Sophocle,
Michel-Ange, Gœthe n'appartenaient à aucun peuple et,
à plus forte raison, Jésus-Christ, nous sommes bien forcés
de convenir qu'il n'est pas sans importance de savoir au
milieu de quel peuple est apparu le plus grand esprit de
l'humanité. On devrait se demander pourquoi ici et pas
là ; pourquoi sous ce vêtement et pas sous un autre ?

Ce n'est qu'au milieu d'un peuple éprouvé, triste et
opprimé que le Christ pouvait porter la souffrance à son
apogée, et ce n'est que là qu'il pouvait parler aux pauvres et couvrir de honte les riches. Les Juifs ne pouvaient
pas le comprendre parce qu'ils attendaient le Messie qui
devait leur apporter la puissance, la splendeur et la
gloire. Le christianisme lui-même ne resta pur que tant
qu'il fut persécuté. Le jour où il parvint à la puissance
et aux honneurs, il cessa d'être le christianisme. Si le
Christ revenait maintenant, il serait bien étonné de voir
ceux qui s'appellent des chrétiens.

⁂

Les Juifs ne connaissent pas de désunion. Ils ne seraient jamais tombés dans la folie des Croisades. Ils n'ont
pas de dogmes sujets à discussion. Où se trouvent les
dogmes du Christ ? Dans le Sermon sur la Montagne ? Ou
lorsqu'il enseignait la pauvreté et la charité ? Il n'a, certes,
jamais pensé qu'une scission irrémédiable pourrait se
faire au sujet du *Filioque* de la chrétienté ; que la dernière Cène offerte comme consolation à ses pauvres

brebis égarées devait être la cause de discussions interminables ; qu'en son nom, l'Inquisition et les bûchers, des supplices comme l'enfer lui-même n'en a pas inventé, seraient possibles? Il voulait perfectionner la doctrine de Moïse et y introduire la clémence en remplissant la seule lacune qui s'y trouvât. Mais l'humanité n'était pas mûre pour la clémence et devait la transformer en une grimace hideuse.

Le judaïsme ne connaît pas de superstition. C'est peut-être une conséquence de la race, peut-être aussi est-ce grâce à Moïse, qui a édifié ce peuple de façon si solide et lui a inculqué une telle force qu'il peut se passer d'être consolé par la superstition. Mais le Juif qui tient à ses lois n'est pas privé de secours; celles-ci ont tout prévu, ont eu soin de tout et peuvent s'adapter aussi bien aux heures mauvaises qu'aux heures heureuses ; elles guident aussi sûrement que l'arche d'alliance à travers le désert.

Nous commençons à apprendre la Bible dès nos premiers balbutiements et maltraitons le peuple qui nous l'a donnée. Un Juif spirituel me disait : « Je souhaite que votre histoire soit un jour écrite comme la nôtre et qu'on puisse la lire comme livre de recueillement dans vos églises comme dans les nôtres. » Pourquoi nul autre peuple n'a-t-il eu l'idée d'écrire ainsi son histoire? Parce que la Bible nous suffit ; parce qu'elle est l'histoire de toute l'humanité. Elle contient tout, autrement le Christ se serait adressé aux Indes, à la Perse ou à la Chine pour construire sa doctrine sur les livres de ces peuples que, sans aucun doute, il connaissait parfaitement.

Moïse a pris en Égypte toute la science qu'il pouvait y puiser ; mais ses inspirations personnelles la dépassent de beaucoup et on est en droit de croire qu'il était en contact avec la divinité. Son front était éclairé, car Dieu l'avait touché. Il était plein d'une passion sainte, parce qu'il croyait et qu'il avait confiance plus que son entourage.

Pourquoi donc ne croyons-nous plus? Nous le pouvons. Dieu ne nous a pas abandonnés. S'il y a un Dieu, il soutiendra cette terre miraculeuse et ne l'abandonnera pas. Pourquoi donc ne croyons-nous plus? Nous voyons chaque jour que la science est si incomplète et si imparfaite qu'une découverte ne survit à sa puissance que quelques jours ou quelques années; elle est bientôt renversée et considérée comme vieille ferraille. Pendant le demi-siècle que je viens de parcourir, j'ai vu naître et passer tant de découvertes merveilleuses, j'ai vu élever et renverser tant de doctrines, que je reviens tous les jours de plus en plus à la foi simple de mon enfance. J'espère être éclairée comme les vieux Prophètes. Ceux-ci n'étaient pas des enfants; ils avaient survécu à la misère et aux malheurs les plus grands, uniquement parce que leur foi n'avait jamais chancelé. Ils ne furent aidés par aucune science. Moïse, qui possédait toute la science de son époque et plus encore, avait, malgré son admirable génie, la croyance la plus simpliste et une confiance inébranlable comme un roc. Que de fois resta-t-il seul au milieu des vagues agitées d'une foule en délire !

Colomb n'a rien fait en comparaison de Moïse. Dès notre première enfance, nous sommes habitués à penser à Moïse, et sa personnalité souveraine ne nous étonnera jamais assez. Ce n'est qu'en le contemplant dans le marbre de Michel-Ange que nos sens la comprennent, parce qu'un génie a su interpréter l'autre et lui a donné l'empreinte véritable qui doit survivre aux siècles. Il l'a représenté sous une forme puissante et il a bien fait, car Moïse est certainement la force humaine la plus élevée qui ait jamais existé sur la terre. Son œuvre reste. Toutes les autres ont péri. Des peuples de géants, des civilisations considérables ont disparu ; le peuple de Moïse existe toujours.

Nous sommes remplis de jalousie là où nous devrions admirer. Les seuls Juifs enclins à la décadence sont ceux qui se convertissent non au christianisme dans sa première forme, mais à celle que nous appelons aujourd'hui chrétienté, et que Tolstoï refuse, avec raison, de reconnaître comme telle.

Le christianisme de notre religion est plein de superstitions et de fétichisme dont le judaïsme, grâce à Moïse, s'est à jamais libéré. Ce n'est pas le Christ qui les lui a donnés, mais le contact avec les peuples païens ; voilà pourquoi les Juifs ne devraient jamais commettre l'imprudence de s'adapter aux conditions actuelles, sans quoi ils périront comme ont péri les chrétiens.

***

On fait l'honneur à Moïse de douter de son existence. Il est de mode aujourd'hui de tourner simplement le dos à tous les héros. On intervertit les questions et l'on prétend que l'humanité n'est pas capable de produire un homme doué d'une telle grandeur d'âme et d'une telle hauteur d'esprit. Il est au moins imprudent de se faire à soi-même un tel « Testimonium paupertatis ». Nous devrions, au contraire, traiter nos héros comme la seule chose ayant pour l'humanité sa raison d'exister. Au lieu de douter et de critiquer, on ferait mieux de produire un second Moïse qui, une fois de plus, donnerait à son

9

peuple une force capable de le faire survivre à tous les autres peuples.

Le seul danger pour le Judaïsme serait dans une trop grande puissance extérieure. Toute richesse est un danger, mais encore plus la puissance; celle-ci le conduirait au bord de l'abîme. Les autres peuples lui ont inconsciemment rendu le plus grand service en opprimant et persécutant le peuple de Dieu. Il était resté pieux et simple : il s'est fortement uni pour résister à la tempête.

Que diraient Élisée et Jérémie s'ils voyaient aujourd'hui les soi-disant chrétiens ? Que diraient-ils s'ils voyaient une dame acheter cent chapeaux par an et laisser les malheureux mourir de faim ? Hélas ! la Bible d'aujourd'hui est aussi vraie que jadis. Elle reste inépuisable malgré les milliers de commentaires et de sermons qu'elle a inspirés. C'est comme si les peuples préparaient eux-mêmes leur propre déchéance. Ils font ce qui leur porte le plus grand préjudice, les perd le plus rapidement ou les transforme en scories. La terre, au lieu d'être un enfer, pourrait devenir un paradis; mais elle restera un lieu d'épreuves. Comme le corps est destiné à périr, la mort est la seule chose certaine. Dans un monde comme celui-ci, où la mort est le centre, la clef et la fin de tout, l'insouciance devrait être fauchée, au lieu de monter en épis. Le veau d'or est encore debout, bien qu'on connaisse ses pieds d'argile. La troupe Korah se révolte encore aujourd'hui, bien qu'elle sache que la mort certaine est sous ses pieds.

Quelqu'un a appelé la terre l'Île du Diable. Il n'en serait pas ainsi si les hommes la rendaient mieux habitable, non par le luxe, l'amour du faste et des extravagances, mais par la pitié et le pardon, par la tolérance et l'affranchissement, par la douceur et la paix. Tout cela se trouve dans le Sermon sur la Montagne et dans les Tables de la loi de Moïse. Il semble que les hommes soient parfois possédés du démon et se jettent eux-mêmes dans l'abîme. Hélas ! Jérémie pleure toujours en vain, et Jérusalem ne se relève toujours pas. . . . . Les Juifs voudraient-ils de cette Jérusalem, telle qu'elle existe aujourd'hui ?

Il n'y a pas de Sion sur la terre, car les hommes l'ont détruite et ne savent comment la reconstruire. Mais, qu'ils fassent simplement comme les hommes de la Bible, pieux et modestes, qui étaient prêts à sacrifier leur fils unique à une idée, sans faiblesse et sans hésitation. Nous apprenons la Bible quand nous commençons à parler et ne la comprenons que lorsque nous avons des cheveux blancs.

Je voudrais être assise aux pieds de Bernays, comme l'était Sturdza (1) lorsqu'il lisait avec lui les Évangiles en grec. Je voudrais entendre ses commentaires, à l'époque actuelle, au milieu de nos luttes, de nos absurdités et de nos conquêtes. Cela en vaudrait la peine, car Bernays lisait dans l'avenir.

(1) Démètre-A. Sturdza, homme d'État roumain, actuellement président du Conseil des ministres de Sa Majesté le Roi de Roumanie. Il avait connu la princesse Élisabeth de Wied, lorsqu'elle habitait avec ses parents la « Vinea Domini », à Bonn. (Voyez ci-dessus p. 118 et notre ouvrage : *Carmen Sylva intime*, pp. 42 et 64).

XI

BUCAREST (1)

Depuis trois jours, sur un bateau pavoisé, je descendais le Danube aux larges flots bruns, qui de plus en plus grandissait, comme le finale d'une symphonie.

C'étaient des réceptions dans toutes les villes et dans tous les villages, et mon œil ne se rassasiait pas de la richesse des couleurs, sous ce ciel d'Orient qui était, dans le jour, d'un bleu turquoise, et qui se fondait le soir en un jaune étincelant plein de poussière d'or, au coucher d'un soleil deux fois plus grand qu'ailleurs. Dans la lumière pure de fin novembre, sur ces beaux champs ondoyants, sur cette terre noire qui sans fatigue avait donné des richesses en attendant qu'on lui en demandât davantage, sur l'épaisse poussière blanche des larges chemins tracés par l'insouciance des chariots, partout se détachaient en nuances vives les costumes des paysans attroupés pour me recevoir : des chemises d'une blancheur éblouissante. richement brodées de rouge, de noir et d'or; des voiles flottants, en toile blanche, en toile ivoire ou en jaune

(1) Extrait, avec l'autorisation des éditeurs, de l'ouvrage intitulé : *Les Capitales du monde, Paris, Hachette et C⁺*, 1892, gr. in-8 (p. 295-320).

soufre; des jupes rouge pivoine ou lie de vin. On voyait
des hommes accourir au galop de leurs petits chevaux
maigres et rapides, leurs manteaux en poil de chèvre flot-
tant comme une autre crinière sur le dos de leurs bêtes.
Un sayon brodé leur couvrait la poitrine, pareil à un
tatouage multicolore au-dessus de la ceinture, large de
trois mains, qui contenait tout un arsenal de pistolets et
de couteaux. La chemise, brodée lle aussi, retombait
sur des pantalons de feutre blanc. Et leurs têtes étaient
coiffées d' grands bonnets, comme de fourrures blanches,
d'où s'échappaient jusque sur les épaules des boucles de
cheveux en ailes de corbeau.

En m'approchant de ces groupes pittoresques, je vis des
statures superbes, avec des têtes d'une étrange beauté,
dont la gravité ne cédait que rarement à un fin sourire
découvrant des rangées de perles. Et tous ces visages si
nouveaux, tous ces nez aquilins aux narines fines et
vibrantes, ces yeux étonnamment grands, noirs ou d'un
gris verdâtre, étincelant d'un feu sombre, enfoncés sous
les orbites, surplombés de sourcils épais et droits, ces
teints dorés, ce langage sonore, quelquefois âpre et
presque guttural — parlé si facilement, avec une élo-
quence extraordinaire, par ces hommes graves, par ces
matrones roumaines, par ces enfants dont le regard était
limpide comme une lueur d'étoile, — me produisaient
l'impression de quelque chose d'intense et de passionné
inconnu à nos climats du Nord occidental. — Et puis
j'admirais comme la belle tête méridionale de mon jeune
époux était en parfaite harmonie avec ces hommes et ce
pays dont il avait fait la conquête à lui tout seul.

C'était donc ma patrie nouvelle, cette Roumanie qui ne
me montrait que l'immensité de ses plaines mélancoliques et les bords de son large fleuve; marais presque

inhabitables, où les grenouilles chantaient dans les roseaux et dans le chanvre sauvage.

De temps en temps un piquet de Dorobanz présentait les armes ou sonnait une fanfare qui traversait l'eau, pour aller se perdre en face — dans les montagnes de la Serbie et de la Bulgarie, moins fertiles mais plus riantes et plus habitées que la rive roumaine. Pour la fille du Rhin — de ce Rhin qui bondit comme un éclair de joie entre les gais villages blottis dans leurs nids de verdure — l'impression de ce grand fleuve puissant et silencieux s'étalant dans des solitudes ininterrompues était morne, et augmentait le serrement de cœur avec lequel j'abordais l'inconnu de ma destinée nouvelle.

S'il est un sort difficile en ce monde, c'est celui d'une jeune princesse étrangère faisant son entrée dans sa capitale. Les figures qui vous entourent ne vous témoignent qu'une froide curiosité, alors que, quelques jours auparavant, tous les yeux vous regardaient pleins de larmes et toutes les lèvres tremblaient — malgré les « Hourrahs ! » et les « Que Dieu vous bénisse, notre chère enfant, notre petite Princesse ! »

Vous n'êtes plus l'enfant de personne, étonnée d'être mariée, craintive de déplaire, sûre de votre insuffisance devant la grandeur de la mission qui va peser sur vos épaules comme un trop lourd manteau.

J'emportais avec moi une consolation que je cachais comme une sorte de pudeur: c'était ma plume. Mais j'aurais été aussi étonnée d'être appelée poète qu'un oiseau d'être appelé chanteur. L'âme de votre âme peut-elle avoir un nom ?

Ces jours-là me rendais péniblement compte qu'il ne suffit pas d'avoir une âme, fût-elle grande, pleine d'amour, riche de bonnes intentions, débordante d'affection : il faut

surtout paraître, il faut plaire. Ah! mon Dieu! pour la
première fois de ma vie je pensai à mon apparence. Je
n'avais jamais eu le temps d'y songer auparavant; car ma
jeunesse s'était passée auprès de lits de mourants ou dans
des milieux hautement intellectuels, et mes yeux avaient
trop pleuré pour voir de la vie autre chose que ses tristesses. Avec une mélancolie profonde, je regardais ces
attroupements, toujours plus nombreux, qui annonçaient
les abords de la capitale, et je me demandais combien de
fois je serais impuissante à secourir les misères qui
devaient se cacher dans ces foules.

Le cœur palpitant dans ma poitrine comme un papillon
prisonnier contre une glace, les lèvres sèches, les mains
froides, les genoux tremblants, dans les oreilles un bour-
donnement plus fort que les coups de canon, que les cloches sonnant à toute volée, que les musiques militaires
entonnant l'hymne national, j'essayais de sourire à mon
mari qui m'expliquait ce que je voyais et qui se réjouissait
d'amener sa jeune femme par le premier tronçon de ce
chemin de fer créé par lui pour relier sa capitale au Danube.
Il fallait combattre l'angoisse qui me serrait la gorge, le
malaise inexplicable qui me tourmentait depuis plusieurs
jours, et, en descendant du train, parler à tout ce monde
groupé sur les quais. Mais, lorsque je sortis de la gare
pour monter en voiture, je poussai un cri d'admiration :
par-dessus l'ondoiement des panaches, le scintillement des
uniformes, par-dessus les chevaux et les drapeaux, au delà
de cette mer humaine, j'avais aperçu la ville, couchée
entre les collines, se déployant dans les vallées verdoyantes.
Avec ses toits luisants, ses centaines de petites églises, ses
maisons vertes, jaunes ou bleues, tout cela inondé d'un
soleil éblouissant, qui donnait même au bois le scintillement du zinc, — elle me rappelait vaguement Moscou.

Une fois en voiture, il fallut saluer sans cesse, ce qui est trop étourdissant pour permettre de regarder à son aise, surtout quand le moindre sourire devient un effort, et que chaque mouvement des yeux cause une douleur jusqu'au fond de la tête. Cependant, sur le long parcours de la gare à la métropole, et ensuite de la métropole au palais, je vis des maisons qui paraissaient trop petites pour leurs habitants, des gens qui semblaient toucher du front le toit de leur demeure, des femmes en jupes vertes et bleues qui portaient toutes des camisoles blanches comme neige et qui avaient pour coiffures des mouchoirs également blancs, bordés de dentelles, leur serrant la tête, avec un œillet fiché derrière l'oreille (tout ce blanc, à la campagne comme à la ville, frappe et surprend lorsqu'on arrive, jusqu'à ce qu'on en vienne à le porter soi-même de préférence, puisque c'est la seule couleur qui résiste à ce soleil et à cette poussière).

Ce qui étonne l'oreille, c'est que chaque église n'a que deux cloches, et que le carillon d'ensemble n'est produit que par la foule des églises : ce jour-là surtout, elles me paraissaient innombrables, ces églises de Bucarest !...

La cour de la métropole, où je dus m'arrêter, était entièrement couverte d'un dais rouge, ce qui jetait une lumière fantastique sur tous les personnages assemblés là pour me recevoir, sur les toges rouges de la Cour de Cassation, sur les habits sacerdotaux du métropolitain et des évêques, tous à grandes barbes blanches ou grises. Quarante couples furent mariés à cette occasion, séance tenante. Toutes les fiancées portaient le fil d'or en guise de voile...

« Voici le palais, me dit le Roi.

— Où ? répondis-je.

— Mais nous y entrons ! » fit-il en souriant.

Alors je compris que c'est le souverain qui fait le palais, comme une pierre dans un champ peut devenir un autel.

Celui de Bucarest était une vieille maison de boyard arrangée à la hâte. Le jeune souverain n'avait pas eu le temps de songer à la rendre confortable ; car il passait ses nuits à préparer le travail accablant de ses journées — et je trouvai sur son bureau, ce jour d'arrivée, le premier plan du pont sur le Danube qu'on va construire maintenant après vingt ans de patience (1) . . . .

Le Bucarest d'alors et le Bucarest d'aujourd'hui ne se ressemblent guère. On bâtit en moyenne, depuis cette époque, environ mille maisons par an ; on a posé du pavé cubique dans les rues, au lieu des anciennes dalles et des anciennes ornières.

Le palais aussi a subi de complètes transformations. Il est vrai, on a utilisé le palais d'autrefois, ce qui extérieurement produit peut-être un effet de rapiéçage, mais ce qui donne à l'intérieur un cachet d'intimité et quelque chose de très personnel.

Un sculpteur, vrai maître cinquecentiste, appelé Stöhr, qui depuis vingt-quatre ans travaille pour nous, a présidé à cette transformation ; il a orné nos salles de meubles et de revêtements de boiseries d'une rare beauté. La salle du trône d'alors est devenue une bibliothèque style Renaissance allemande ; le cabinet du Roi est un petit musée ; mes appartements contiennent quelques vieux tableaux de premier ordre, sur lesquels la lumière tombe d'en haut comme dans une galerie de peinture.

Quel ne fut pas mon étonnement, en recevant toutes

(1) Construit par la Compagnie Fives-Lille, sous la direction de l'inspecteur général roumain Saligny, le pont sur le Danube a été inauguré le 26 septembre 1895, et a reçu le nom de *Pont du roi Charles.*

les dames le lendemain, de ne trouver aucune ressem-
blance entre les femmes de la société et les paysannes!
Plus de matrones aux traits et aux voiles austères, mais
de mignonnes et gracieuses créatures, me rappelant à la
fois la société de Pétersbourg et celle de Naples. Quant
aux hommes, ils avaient l'air français : c'est ainsi, du
moins, qu'ils m'apparurent lorsque je les vis le lendemain
à la Chambre, où je fus conduite en grand gala. Ce jour-
là, je m'amusai beaucoup de notre attelage contrastant
par son élégance avec les rues que nous traversions,
bordées de petites maisons mal alignées, pavées d'énormes blocs de pierre irréguliers et espacés qui nous faisaient faire, à moi et à mon diadème, bien des saluts
involontaires. Le soir de ce même jour, il y avait aussi
illumination générale... De ma vie je n'avais vu chose
pareille : dans ces mêmes rues, où aujourd'hui un grand
hôtel touche l'autre, où le gaz et l'électricité se disputent
la place, on ne connaissait alors que les lampes à pétrole
ou les bougies. — et, comme toutes les maisons n'étaient
qu'à un étage, entre cour et jardin il y avait souvent
solution de continuité, beaucoup plus d'ombre que de
lumière... J'avais grande envie de sourire, mais bientôt
je trouvai cet éclairage, ce vrai *lucus a non lucendo* fort
caractéristique, et puis le côté touchant de la chose m'apparut aussi : chacun, dans sa maisonnette, avait fait de
son mieux, suivant ses humbles moyens. J'appris du reste,
ensuite, que le Roumain tient à habiter sa propre maison,
fût-elle de boue, sans plancher, les quatre murs disjoints
et le toit couvert de chaume.

Demandez à la plus pauvre pétitionnaire où elle demeure, elle vous répondra : « In casele mele ! » (Dans
ma maison ! . . . .

Mes premières sorties furent une série de surprises. Il

y avait; dans cette ville, des rues pittoresques, où toutes les portes étaient encombrées d'étoffes multicolores, de ferrailles, de poteries vertes et brunes. D'autres quartiers étaient un assemblage bariolé de maisons de poupée, singulièrement petites, cachées sous les arbres, sous ces pauvres saules qu'on dépouille tous les ans de leurs branches, ou sous les acacias qui embaument la ville entière au printemps. Il y avait, ouverts sur la rue, des établis de boulangers, de bottiers, de forgerons ; des cabarets innombrables où l'on vendait de l'eau-de-vie de prunes appelée *tzuica*, bouges obscurs, sur le fond très sombre desquels se détachaient des figures de brigands, à l'œil doux, au sourire triste. Plus on s'approchait de la rivière appelée Dimbovitza, plus les maisonnettes s'aggloméraient : avec leurs balcons en saillie, leurs colonnettes ajourées, surmontées de découpures en trèfles, elles avaient l'aspect un peu mauresque. Et puis la Dimbovitza, qui est à présent asservie, canalisée, enjambée par une série de ponts, bordée de quais, de halles, d'abattoirs, d'écoles, d'hôpitaux, de casernes, de belles églises (un peu trop belles, peut-être un peu trop neuves), offrait alors au regard des scènes d'une animation à transporter peintres et poètes. On se baignait pêle-mêle dans la belle boue, les enfants y pataugeaient avec des cris de joie, les petits bohémiens nus s'y vautraient, les porteurs d'eau y faisaient descendre leurs bêtes, eux-mêmes entrant dans l'eau jusqu'au-dessus des genoux pour remplir leurs tonneaux. Et dans le plus profond du limon on voyait remuer des formes confuses, des corps grisâtres, chauves à demi comme autant de dos d'hippopotames, de nombreuses têtes à cornes épaisses et recourbées vers la nuque, des mufles noirs luisants au soleil ; c'étaient des buffles.

Je fis dans la suite plus ample connaissance avec cette bête antédiluvienne, lente et lourde, si répandue en Roumanie. Elle donne une abondance de lait gras, dont on retire un beurre très blanc, mais fade, et une crème excellente. Pour la faire vivre, il faut lui offrir des feuilles sèches de maïs et un lit de limon. Elle mourrait en été sans marais, et en hiver si on la privait d'un abri souterrain et d'une couverture en laine. Dans les rues ou dans la campagne, on les voit attelés en file à d'innombrables chariots pesamment chargés, les sabots enfoncés dans la poussière par les temps secs, ou dans la vase profonde quand il pleut... A propos de boue, quel ne fut pas mon amusement, la première fois que j'en fus éclaboussée, de voir que celle des grands chemins faisait sur les vêtements des taches de graisse. Et quand je vis labourer! Une charrue attelée de quatre à six bœufs, éraflant à peine la terre avec une branche d'arbre en guise de soc... Et cela s'appelait labourer ! et, qui plus est, la terre était si grasse que cela suffisait !

Les chariots roumains sont aussi traînés souvent par des chevaux... par huit, douze, seize petits chevaux attelés au moyen d'espèce de ficelles, et tout à fait au hasard. Un jeune garçon, assis sur l'un deux, les conduit tous d'une main, et brandit de l'autre son long fouet à manche court. Ils traversent ainsi la vaste plaine, se détachant plus grands que nature sur l'horizon infini. Le conducteur, en cheminant, chante une mélopée mélancolique, ou bien s'arrête auprès de quelque puits pour abreuver ses bêtes. Ces puits, qui s'élèvent solitaires au milieu des champs. ont presque l'air de potences. L'homme qui en a creusé un est béni, et beaucoup de péchés lui sont pardonnés. Quiconque y boit, après avoir soufflé sur l'eau pour chasser les mauvais esprits, est tenu de dire : « Que Dieu lui pardonne ! » Parfois aussi le charretier, laissant errer ses bêtes, s'endort dans le maïs, les membres mollement abandonnés à un repos sans souci.

Dans le lointain, si tout à coup l'on entend des clochettes, des claquements de fouet et des cris prolongés comme des sifflements de chemin de fer, ce sont les huit chevaux et les deux postillons d'un richard allant à sa campagne au train de 25 kilomètres à l'heure. Les postillons ont des costumes en cuir tout brodés, comme des Indiens, des espèces de mocassins, des chapeaux à longs rubans flottants, de larges manches de chemise qui se gonflent comme des voiles au vent de la course. Pareils à des démons, ils arrivent ventre à terre, ils crient, ils claquent du fouet, parlent à leurs chevaux, ou vous lancent un bon mot au passage — puis disparaissent dans un nuage de poussière.

Dans les rues de Bucarest il y a un continuel va et vient de voitures : des fiacres innombrables, mais tous découverts, la capote relevée contre le froid, la pluie ou le soleil. Les cochers sont de très étranges personnages, des Russes imberbes, de la secte des Lipovanes, en longue robe de velours noir attachée à la taille par une ceinture de couleur ; ils conduisent avec une rapidité extrême, à bras tendu, comme à Pétersbourg. Ils sont propres, discrets et honnêtes. Au premier de l'an, ils nous apportent, au palais, le pain et le sel, avec du miel de leurs ruches. La plupart des rues sont si étroites qu'il faut un véritable art pour conduire, surtout avec cette vitesse infernale ; aussi le bruit des voitures est-il plus grand ici que dans toutes les autres villes de l'Europe. J'ai eu quelquefois la curiosité de les compter ; par tous les temps, dans l'espace d'un quart d'heure, cent vingt à cent cinquante voitures en moyenne passent devant les fenêtres du palais. Entre deux heures et quatre heures du matin seulement, il y a une tranquillité relative.

En plus du bruit des voitures, les marchands ambulants et les porteurs font retentir les rues de leurs longs cris mélancoliques. Ce sont, pour la plupart, des Bulgares, en manteau de laine blanche, avec une large ceinture en laine rouge, et, sur la tête, un fez rouge ou blanc. Ils vendent du lait, des oranges, des bonbons, une horrible boisson de millet fermenté, des agneaux dépouillés de leur peau accrochés, tout saignants le long d'une perche. Dans nos rues, copiées sur celles de Paris, ils apportent une bizarre note orientale.

On s'amuse beaucoup à Bucarest : on y est très sociable et très hospitalier. On ne se mettrait jamais à table sans deux ou trois couverts de plus, en cas d'hôtes inattendus. L'homme du peuple vous invite à son repas, ne fût-il composé que de deux oignons, de quelques haricots à l'eau et d'une demi-pastèque. Et cependant la gaîté, ou plutôt la joie, n'existe pas. Jamais je ne vis, dans le fond, peuple plus triste. Les enfants ont un air grave qui n'est pas de leur âge. Leurs petites figures sont minables et pâles, leurs énormes yeux, frangés de longs cils recourbés, brillent d'intelligence, mais sont d'une mélancolie qui fend l'âme.

Jamais le Roumain ne s'étonne de rien. Le *nil admirari* est dans son sang ; il est né blasé. L'enthousiame est chose inconnue pour lui. Les paysans moldaves mordus par des loups enragés qu'on avait envoyés à Pasteur n'ont pas été plus étonnés de Paris que si c'eût été leur propre village. La mort ne les effraye pas : le paysan roumain meurt son cierge à la main, avec une indifférence parfaite et une dignité tout orientale. Au bal du nouvel an, donné au palais, je demandai une fois à un paysan député : « Cela

te plaît-il ? — Assez, me répondit-il ; du reste je l'ai déjà
vu. Mais voici ma femme qui voit cela pour la première
fois. » Je me tournai vers elle : « Tu trouves cela beau ? —
Pas mal ! » fit-elle sans se dérider. Ni les flots de lumière
électrique, ni les bijoux, ni la grandeur de la salle ne
lui imposaient : c'était elle qui avait l'air d'une reine,
froide et superbe, enveloppée jusqu'au menton des plis
austères de son voile, et regardant avec dédain toutes ces
toilettes parisiennes et ces épaules nues.

A mon arrivée dans le pays, aucune dame n'avait mis
encore les pieds par terre dans la rue : c'était inconvenant
et, de plus, impossible, le milieu de la voie formant égout.
Aujourd'hui, elles marchent toutes sur des trottoirs
bordés de magasins et de cafés où des gens prennent des
fraises au champagne et des glaces, assis devant de petites
tables, en s'efforçant d'imiter les façons parisiennes. On
ne parle plus en ville que le français, à la place du grec,
qu'on parlait encore exclusivement il y a quarante ans. On
sait ce qui se joue demain à la Porte Saint-Martin; on
critique les nouveaux livres et les dernières modes ; on
découpe les revues comme si on habitait un faubourg de
Paris, — et cependant on en est séparé par toute l'Europe. Les mères de famille disparaissent du monde et se
privent de tout pour pouvoir envoyer leurs enfants dans
ce Paris ; les plus riches mêmes les y accompagnent,
depuis qu'on a vu les résultats déplorables du manque de
surveillance.

Les grandes fortunes ont disparu de Roumanie ; les
grandes maisons où, tous les jours, mangeaient cent
personnes et autant de pauvres se sont fermées, et les anciens grands noms cherchent des gagne-pain. Les vieilles
dames seules se rappellent et vous racontent le temps où
le boyard recevait à son lever, assis sur son divan : tandis

qu'on savonnait sa tête rasée et son immense barbe (opé-
ration qui durait une heure au moins), ses fils et toute sa
cour se tenaient debout, immobiles devant lui, attendant
de savoir à qui il daignerait adresser la parole ; et jamais
un fils ne se serait permis de s'asseoir ou de fumer en présence de son père. Aujourd'hui, on est plus démocrate que
dans la plus libre des républiques, et, pour faire fi des
bonnes manières, on se cote très haut.

Mais l'éducation à l'étranger, c'est la mort de la vie de
famille, et les jeunes gens ignorent que le confessionnal
maternel à la fin de chaque journée est chose meilleure
que l'École centrale de Paris et que le lycée Louis-le-
Grand. Cependant tout le monde veut apprendre ; toute
jeune fille, riche ou pauvre, veut passer son baccalauréat.
Il n'y a pas de mère plus pleine de sollicitude que la mère
roumaine ; elle est l'esclave de ses enfants. Pendant la
guerre, le dévouement des femmes de notre pays étonnait
surtout les médecins étrangers. Certaines d'entre elles ne
quittaient jamais l'hôpital, pas même la nuit ; elles soi-
gnaient ces pauvres garçons comme leurs propres enfants,
en se disant que demain peut-être leurs fils seraient dans
les affres de la mort en des mains étrangères.

Malheureusement les brusques changements de climat,
les marais méphitiques qui entourent Bucarest, sont une
cause d'inquiétude permanente pour les mères. — Rien
ne saurait décrire l'époque de la grande épidémie d'an-
gine, où l'on enterrait jusqu'à trois enfants dans le même
cercueil, où des rues entières étaient dépeuplées, mortes ;
des familles de cinq, sept enfants, s'éteignaient en une
semaine, et de pauvres mères finissaient par la folie.
C'était comme la dernière plaie d'Égypte, et le peuple
appelait ce fléau *la peste blanche*. Aucune maison ne fut
épargnée...

C'est depuis ce temps-là qu'on ne permet plus de promener les cadavres dans des cercueils ouverts. Autrefois les enterrements étaient une espèce de réjouissance publique : sur un char funèbre couvert d'anges dorés, de guirlandes et de rubans, la morte s'en allait parée de sa dernière robe de bal, coiffée par le coiffeur, avec des fleurs dans les cheveux, et souvent fardée pour avoir meilleure mine. La musique militaire suivait, en jouant la *Marche funèbre* de Chopin. C'était un peu macabre de voir cette tête, peinte et fleurie, secouée sur le pavé d'alors, roulant de côté et d'autre sur son coussin de satin, tandis que des femmes hurlaient en se frappant la poitrine et en s'arrachant les cheveux. Aujourd'hui on se dédommage en se pressant en foule dans les églises où un mort est exposé ; on se bouscule pour le contempler, pour lui baiser la main. Dans les villages, les morts sont ensevelis d'après les rites anciens : on leur met encore l'obole de Caron en bouche, du blé dans leur cercueil, et on arrose leur corps de vin avant de le descendre en terre. Le jour des prières pour les défunts, on dépose sur les tombes la *coliva*, espèce de gâteau composé de blé et de sucre. « Je mangerai de ta coliva ! » est un juron fréquent, une imprécation courante.

Le grand cimetière de Bucarest est digne d'être visité. Il a vue sur la ville dans toute son étendue, vue qui est splendide surtout le soir, quand les couchers de soleil colorent maisons et églises, nuages et poussière, de teintes pourpres, violacées, mêlées de points incandescents, de miroitements de vitres et de toitures. Le culte des morts est très développé dans notre pays. Aussi les tombes sont-elles bien touchantes, leurs inscriptions d'une grande naïveté ; des photographies, des boucles de cheveux y sont partout incrustées dans le marbre des croix ; on y apporte même de la nourriture comme au temps des

Romains... Elles n'ont jamais été abandonnées ; on sent qu'on y vient souvent. A la nuit tombante, les petites lampes qui brûlent de tous côtés donnent la sensation d'âmes flottantes, inquiètes, qui errent, et que l'on veille.

J'y passai une fois la moitié de la nuit avec une orpheline sur la tombe de son père que l'on venait d'enterrer, dans cette odeur étrange qu'exhale le cimetière après la chaleur de la journée, dans le silence éloquent de tout ce peuple innombrable couché sous terre. De loin, la ville brillait comme illuminée, et son bruit nous arrivait confus, semblable à celui des vagues derrière les dunes. Les larmes s'arrêtent parfois dans la solennité de cette paix immuable. D'autres fois, au contraire, elles s'exaspèrent dans ce silence : je me souviens d'avoir vu un homme considéré et haut placé, plutôt froid et paraissant insensible, couché sur la tombe de ses enfants, en déchirant la terre de ses mains et les appelant à grands cris.

Les dimanches et les jours de fête offrent en Roumanie un genre de repos tout à fait particulier : on danse du matin jusqu'au soir, d'un air parfaitement grave, en se tenant par la main et en agitant son mouchoir ; on tourne en rond, assez lentement pour pouvoir continuer ainsi pendant douze heures. Les Bohémiens, noirs comme s'ils étaient à demi nègres, se tiennent au milieu du cercle, raclant leur violon mélancolique, leur mandoline, tapant sur leur tympanon et soufflant dans leur flûte de Pan à s'époumoner. La ronde tourne, tourne, au son monotone de leur musique exquise et triste, le pas ne changeant qu'au changement de rythme de cette mélopée, dont le caractère est arabe. A la fin de la journée on est étourdi et grisé, à force de monotonie ; on se sent la tête perdue dans des espèces de rêves vagues et tourbillonnants.

On aime beaucoup les fleurs à Bucarest ; il n'y a pas une fenêtre en ville sans quelques pots de géraniums, d'œillets ou de réséda. Par contre, les arbres n'ont pas ici la vie heureuse : l'été les brûle et l'hiver les détruit ; les hommes les dépouillent ou les coupent, de façon qu'on ne voit nulle part un seul beau parc, à peine un jardin ombreux. La différence de température entre l'hiver et l'été est de soixante-dix degrés centigrades : les plantes du nord périssent sous le soleil torride du mois d'août, et les plantes du midi succombent aux chasse-neige du mois de janvier. Mais l'abondance de neige même préserve le sol des atteintes du froid, et fait de la Roumanie un pays de vignobles par excellence. Il n'y a que trois saisons en Roumanie — dont une seule est belle, l'automne ; de printemps, point. Les deux mois de *traînage* sont un repos pour les oreilles ; à la première neige tombée, on ne voit plus en ville que des traîneaux ; les chariots mêmes sont montés sur des patins, et les maisons ne sont plus secouées par le passage incessant des voitures.

Il arrive quelquefois que les chasse-neige enterrent les habitations basses des faubourgs : jusqu'à onze personnes ont péri ainsi dans une seule nuit aux portes de Bucarest. Et il n'est pas rare que des loups pénètrent dans la ville.

La neige, dans ces moments-là, n'a plus l'air de tomber : elle exécute une danse tumultueuse de bas en haut en tournoyant, de façon qu'hommes et bêtes sont aveuglés et se mettent à tourner sur place, tout en croyant avancer.

Un des moments poétiques de Bucarest, c'est la se- maine de Pâques, où près de deux cents églises sont illu- minées tous les soirs. Les cloches sonnant à toute volée, la foule se presse pour apporter des fleurs fraîches aux saintes images. Le Vendredi Saint, il y a des processions, flambeaux en main, autour de toutes les églises, et de là on porte les cierges au cimetière pour en décorer les tombes ; même les tombes délaissées reçoivent une petite lumière, placée là par des mains charitables.

Dans la nuit de Pâques, le Roi signe l'Évangile, écrit à la main, tandis qu'on en fait la lecture. Ensuite. il prend la croix et le cierge, et tout le monde vient baiser la croix et allumer son cierge à celui du Roi. A minuit sonnant, on sort de l'église, pour célébrer la résurrection en plein air.

Quelques-unes de ces églises sont à peine plus grandes qu'une chambre, surmontées d'un champignon en guise de clocher, et peintes à l'intérieur de la façon la plus bizarre. Il y a des *Jugement dernier* avec une espèce de serpent rouge dans lequel s'ébattent les diables et les âmes damnées, tandis que les bienheureux les regardent l'œil serein et impassible. On y voit des *Fondateur* tenant une église sur la pointe de leurs doigts, et leur nombreuse progéniture est autour d'eux, les fils d'un côté, les filles de l'autre, tous avec des visages identiquement pareils, différant seulement par la taille. Chaque église a sa légende et ses propriétés particulières pour l'exaucement de certains vœux. Dans telle église on obtient le mariage de sa fille ; dans telle autre, la mort de son ennemi ; dans celle-ci, la brouille en un ménage voisin ; dans celle-là, une guérison ; dans une autre, la découverte des voleurs. Il y a des gens qu'on tue lentement en offrant à certaine chapelle des cierges *de leur taille* qu'on allume tous les jours : tandis que ces cierges brûlent, les personnes désignées se sentent faiblir, et quand ils s'éteignent, elles meurent. Un de nos vieux serviteurs se croyait voué à la mort de cette manière ; je me dis : « Aux enfants, consolation d'enfant », et j'envoyai un autre

cierge de sa taille à une autre église, en lui persuadant
que la prière du juste est plus efficace que la prière du
méchant. Quel ne fut pas mon effroi lorsque la personne
qui avait voulu sa mort mourut elle-même trois jours
après !... Quant à lui, il est très bien portant depuis lors,
et tout rond aujourd'hui.

Certaine église fut bâtie par trois jeunes filles qui
aimaient le même homme. Elles s'étaient promis que
celle d'entre elles qui l'aimerait encore après la construction terminée l'épouserait. Mais, hélas ! l'épreuve finie,
les trois sœurs aimaient encore autant qu'au premier
jour. Alors elles entrèrent toutes ensemble au couvent.

Une autre chapelle fut bâtie par une femme qui avait
levé la main sur son mari. (On trouve très naturel que le
mari batte sa femme : une jeune femme a même voulu
divorcer parce que son mari ne la battait pas, ce qui prou-
vait qu'il ne l'aimait guère. Mais une femme battre son
mari est une telle énormité, que la coupable est maudite,
et condamnée pour la vie à filer sa quenouille nuit et jour,
sans repos ni trêve.) Celle-ci donc marchait depuis longtemps par les chemins et dans les champs, et son fuseau
ne s'arrêtait jamais. Elle se promit enfin que là où son
fuseau tomberait de fatigue, elle bâtirait une église. Le
fuseau tomba une première fois, mais un prunier poussa
subitement à cet endroit : elle ne crut pas devoir l'arracher pour bâtir, et elle continua sa route. Une seconde
fois le fuseau tomba, mais un pommier poussa sur place,
et elle reprit sa marche, avec son éternel travail. Lorsque
le fuseau tomba pour la troisième fois, une source jaillit
de la terre : « C'est ici qu'il faut bâtir, se dit-elle, ici, à
côté de l'eau vive ! » Et dès ce jour elle eut du repos.

Une femme avait eu tous les malheurs : elle avait
perdu son mari et tous ses enfants, mais ses cheveux ne

blanchissaient pas. Or le peuple a peur d'une femme qui ne blanchit point ; il la considère comme une personne maudite et effrayante. Celle-ci priait jour et nuit, mais ses cheveux restaient noirs. Alors elle eut l'idée de bâtir une église. Mais rien n'y fit, toujours noire restait sa chevelure. Enfin, elle rêva une nuit qu'une voix lui disait de monter sur le toit de son église à la première neige, et de ramasser les flocons tombés pour s'en couvrir la tête. Elle monta donc sur ce toit, et enveloppa de neige immaculée ses cheveux, qui, un à un, se mirent à blanchir. Lorsqu'elle descendit, elle était toute blanche, mais fatiguée, si fatiguée, qu'elle se coucha pour mourir.

Une femme stérile avait prié dans toutes les chapelles pour avoir un enfant. Elle rêva que, si elle dérobait elle-même une pierre aux églises déjà existantes pour en bâtir une nouvelle, elle deviendrait mère. Donc, une à une, elle apporta les pierres, en faisant des pèlerinages partout dans le pays. Quand le tas fut assez considérable, elle se mit à bâtir. Et, le jour où la nouvelle église fut terminée, elle trouva sur le seuil un enfant abandonné — qu'elle adopta !

La grande église de Sarindar (nom qui vient du mot néo-grec « quarantième ») a été construite par le prince Mathieu Bassarab pour expier l'assassinat de son beau-frère. Il avait été à Constantinople demander l'absolution du patriarche, qui lui avait ordonné de bâtir quarante églises. Celle-ci, la plus belle, fut la quarantième. Le même prince introduisit la langue roumaine dans les prières et dans les écoles, à la place du slavon, qu'on ne comprenait pas.

L'exercice de la bienfaisance présente en Roumanie de grandes difficultés : il faut trouver de l'ouvrage à domicile pour les pauvres, car personne ne veut servir ; les cuisiniers sont tziganes, les servantes transylvaines ou hongroises. Non, chacun veut un *emploi dans l'État...*

Les Tziganes, si l'on pouvait bien pénétrer parmi eux, seraient la population la plus curieuse à étudier. Ils sont encore des parias, et ils le seront toujours : mendiants et voleurs, musiciens et poètes, poltrons et lamentables, nomades et païens ; mais si pittoresques ! Leur camp, dressé n'importe où dans la vaste plaine, est toujours d'un charmant désordre et d'une merveilleuse couleur, — le soir surtout, quand l'énorme soleil rouge de nos pays se couche à l'horizon violet, sous un grand ciel vert. Leurs femmes ont des vêtements de nuances inimaginables, vert tendre, rouge brique ou jaune orange. Leurs enfants, bruns comme des noix, sont demi-nus, avec de petites vestes qui leur couvrent tout juste les épaules et un peu du dos. — On les voit avec leurs cheveux en broussailles et leurs yeux de velours, groupés autour d'un feu, les pieds nus contre le cuivre du chaudron qu'ils étament, ou bien autour des chantiers de construction où ils font le travail de manœuvres ; ils courent le long des échafaudages avec une souplesse tout indienne, toujours charmants d'attitudes et de poses. Leur langue est sonore comme de l'airain ; leurs chansons sont fort belles, mais ils ne les communiquent que difficilement.

Une des choses intéressantes de Bucarest, c'est la grande foire, à laquelle on vient acheter, entre autres choses, tout ce qu'il faut pour célébrer la fête des morts. Cette semaine-là fait le bonheur des enfants. Malgré l'ardeur du soleil, malgré la poussière qui vous étouffe, des milliers de voitures suivent la longue rue (Calea Mochilor) qui conduit à cette foire, dans un lieu appelé Mochi — en souvenir d'une grande bataille livrée à cet endroit entre Mathieu Bassarab et Radou, qui voulaient prendre Bucarest avec une armée de Moldaves et de Tartares. « Et les femmes et les enfants, dit le chroniqueur, se hissaient sur les haies fleuries pour voir la guerre guerroyer... » Les tramways et les voitures regorgent de monde; toutes les fenêtres sont remplies de têtes parées, souvent bien jolies, et l'on circule dans un dédale de petites échoppes où se vendent les pots en terre cuite, les cruches en bois, les colliers de verre. On voit partir des chariots pleins de belles paysannes et de jolis enfants, tous chargés d'achats. Et, au milieu du bruit, de la confusion, des cris, des couleurs, des ours et des géants, dans la poussière la plus épaisse soulevée en nuages, on voit soudain se développer la danse des *calouchars*. C'est une ancienne danse roumaine dérivée de la danse antique de Saturne, « auquel les pâtres cherchaient à cacher qu'ils lui avaient volé Jupiter, pour l'empêcher de le dévorer comme ses autres enfants ». Les danseurs, habillés de blanc, avec des sonnettes aux jambes, se démènent d'une façon tout à fait sauvage. Ils s'entraînent à l'avance pendant des semaines, pour pouvoir supporter la fatigue de danser ainsi depuis Pâques jusqu'à la Pentecôte. Ils ont un violon qui les mène, et l'un d'eux, tenant un doigt sur la bouche, commande aux autres le silence, les menace de son bâton s'ils parlent; il ne faut pas que Saturne apprenne par eux où retrouver son fils.

Le peuple roumain exprime tout par la danse: les hommes dansent entre eux, les femmes entre elles, les soldats, dans les casernes, trouvent toujours un violon, une flûte ou une cornemuse pour leur jouer une danse quelconque. En campagne, en guerre, après les marches les plus fatigantes, sous les balles et les obus, ils dansaient

encore, en se moquant des projectiles, jusqu'à ce que l'un
des danseurs tombât foudroyé. Leur bonne humeur ne se
démentait jamais, même dans les hôpitaux. Les blessés
s'amusaient à inventer des comédies pour faire rire ceux
qui étaient encore dans leurs lits, et les jouaient avec une
verve, un entrain et un ton d'imitation extraordinaires.

Une des plus belles institutions de Bucarest est celle des
hôpitaux. Ils ont été si largement dotés par les anciens
princes, qu'ils ont aujourd'hui des revenus de trois et de
quatre millions, et que tout le monde est sûr d'y être reçu
et soigné gratis, pourvu qu'il y reste encore un lit. Ils
sont en partie reconstruits à neuf, et le nouvel hôpital
militaire est bâti selon tous les principes de la plus moderne science.

La ceinture des hôpitaux de guerre et des casernes
entoure aujourd'hui la série de ces coteaux qui dominent
la résidence royale de printemps, le vieux couvent de
Cotroceni et la coupole du grand orphelinat, abritant
400 orphelins. Plus loin s'étend une autre ceinture plus
large, celle des fortifications ; car Bucarest, depuis des
époques immémoriales, a toujours été un rempart, un
point stratégique de haute importance.

Elle est accomplie maintenant, la transformation de
Bucarest en une belle ville selon le goût moderne, en
une ville canalisée, arrosée, ornée de constructions grandioses — telles que l'Athénée, les nouveaux ministères,
la Banque, l'Imprimerie de l'État, le Palais de Justice, le
Parlement, etc. La fondation de l'Institut bactériologique
nous élève au niveau des autres centres scientifiques de
l'Europe. Mais le Bucarest oriental et pittoresque, le
Bucarest aux petites maisons enfouies dans la verdure,
ayant l'étendue de Vienne avec seulement 220,000 habitants ; le Bucarest où l'on disait : « La maison de monsieur

un tel ou de madame une telle » (en nommant ces gens par leur nom de guerre), disparaît, pour faire place à une ville comme toutes les autres. Il ne paraît oriental qu'à ceux qui viennent de l'Occident. Ceux qui viennent de l'Asie traversent le Danube avec un soupir de satisfaction : « Ah ! disent-ils, nous voici en Europe ! »

Nous sommes de très extraordinaires souverains, puisque nous avons voulu accomplir en vingt-cinq ans ce que les autres ont mis plusieurs siècles à faire. Nous avons créé une armée. A l'arrivée du Roi, il y avait *une* batterie d'artillerie : aujourd'hui nous avons 700 canons. Notre premier croiseur est le commencement d'une flotte. Le budget de l'État, qui, à l'arrivée du Roi, était de 38 millions, s'élève aujourd'hui à 150 millions. La vie politique est devenue relativement calme et sérieuse : il y a de longues périodes où ministères et Chambres ne changent pas. Les chemins de fer sillonnent le royaume en tous sens, pour amener la récolte à la mer, le bétail en Italie, les forêts au Panama. — Il y a des écoles partout, et nous sommes en train de souffrir pour avoir trop hâté notre développement : le déséquilibrement se fait sentir jusque dans la vie de famille.

Nous tâchons même d'avoir des socialistes pour être à la hauteur de la civilisation moderne. Seulement le socialisme prend difficilement dans un pays purement agricole, sans industrie, où les fermiers viennent, naïvement, demander conseil à leur propriétaire, pour savoir s'ils feraient bien de se révolter, si ce serait un moyen d'obtenir plus de terrain, comme les agitateurs le leur ont fait accroire.

La Roumanie est en train de devenir ce que le roi Charles a rêvé qu'elle devînt : une artère vivifiante en Europe. Lorsqu'on offrit au jeune prince de Hohenzollern la couronne de ce pays, dont il ignorait presque jusqu'à l'existence, il ouvrit l'atlas, prit un crayon, et, ayant vu que la ligne tracée entre Londres et Bombay passait par la principauté qui l'appelait à sa tête, il accepta la couronne, en disant : « Cela, c'est un pays d'avenir ! »

XII

LA SERVITUDE DE PÉLESCH (1)

UN CONTE TRÈS LONG, TRÈS LONG,
POUR LE PRINCE HENRI XXXII DE REUSS (2)

(*Fragment.*)

J'étais assise sur un rocher, dans la forêt primitive, où les sapins tombant de vieillesse s'abattent les uns sur les autres et gisent, vêtus de mousses et de fougères, parmi les becs-de-grue et les myosotis. Et je regardais le Pélesch (3) gambader à travers bois. bondir de cascade en cascade, sauvage, impétueux, écumant, frais et jeune comme un enfant des monts qu'il est. Il ne connaît ni frein ni peine ; il ne sait ni lire ni écrire, le Pélesch, et il

---

(1) A paru en 1888 à *Bonn* (*E. Strauss*, in-16). sous le titre de : *Pelesch im Dienst*. Traduit en français par MM. L. Bachelin et J. Brun (*Paris, Lemerre*, 1893, in-18).

L'extrait que nous en donnons est reproduit avec l'autorisation des traducteurs et de l'éditeur, M. A. Lemerre. (G. B.)

(2) Le prince Henri XXXII de Reuss, né le 4 mars 1878, est fils du prince Henri VII, ambassadeur d'Allemagne à Vienne, et de la princesse Marie de Saxe-Weimar-Eisenach. (G. B.)

(3) Le Pélesch est un torrent qui s'échappe du plus haut massif des Carpathes et se jette dans la Prahova, — un affluent de la Ialomitza, qui est elle-même un affluent du Danube. (G. B.)

prétend que les fées elles-mêmes, qui gîtent dans les hautes cimes d'où il vient, n'en savent pas davantage, et qu'elles n'ont rien pu lui enseigner de tout cela. Aussi de quels yeux étonnés il me considéra, le jour où je lui demandai ce qu'on lui avait appris. « Ce qu'on m'a appris, belle demande! comme si vos épelages et vos griffonnages étaient bons à quelque chose ! »

Là-dessus, il me raconta toute la science des fées, bien autre que celle des hommes. C'est elles qui font les montagnes et les ruisseaux, les mousses et les fleurs. Essayez donc de les imiter ! Est-ce avec toute votre lecture et toute votre écriture que vous en feriez autant ? C'est elles qui font aussi les couleurs, le carmin du bec-de-grue, rayé de petits traits sombres en dedans ; — et quels doigts déliés, quels pinceaux menus ne faut-il pas pour ce fin travail : le duvet d'un colibri, le croirait-on, est un grossier ouvrage à côté. Et le rouge vif des fraises provient de leurs yeux. Quant à l'edelweiss, il est découpé dans le velours même de leur robe, tissé de la neige des monts ; et elles ont donné cette fleur-là aux pâturages, pour qu'ils soient aussi candidement blancs l'été que l'hiver. Et les roses des Alpes sont les calices où elles se désaltèrent quand elles ont soif, car chaque goutte de rosée y prend un goût merveilleusement savoureux. Parfois, elles vident aussi les gobelets des gentianes, où la pluie se change en une liqueur ardente, qui vous brûle les lèvres.

A quoi leur servent les campanules ? — A carillonner. Ce sont des cloches, qui sonnent chaque fois qu'elles ont mis un enfant au monde, car ce sont les fées — les fées capricieuses — qui nous apportent les enfants ; elles les couchent dans des nids de fleurs, et alors drelin-dindin, sonnez clochettes ! et clochettes de tinter jusqu'à ce que les mamans aient trouvé le cher trésor qui leur est dévolu.

Pour moi aussi, elles ont carillonné une fois, les campanules, et j'ai trouvé, en les écoutant, un petit bébé adorablement gentil. Il était comme un elfe, si mignon et si tendre ; et il avait de si jolies idées, de si charmantes paroles à fleur de lèvres ! Et j'étais si heureuse, si heureuse ! Mais le Pélesch n'a pas voulu me le laisser ; il en était jaloux et me l'a pris, oui, me l'a pris... L'enfant appelait tout le temps : « Pélesch ! Pélesch ! » et un jour il s'en est allé avec lui, très loin, et n'est plus revenu. Et depuis lors, d'année en année, je me suis assise au bord du Pélesch, espérant toujours le voir réapparaître, mais en vain. Et mes cheveux sont devenus gris, tant j'ai attendu... Ils sont devenus gris, mes cheveux ?... Erreur, ce n'est qu'un peu de poudre d'edelweiss que les fées ont jetée sur ma tête pour que j'aie l'air gai, car je les ai bien senties, une à une, me frôler dans leur vol ; et elles répandaient un parfum exquis ; cela fleurait bon la lavande, le thym et la violette, comme si le printemps passait. Mais je ne les ai pas vues, parce que j'ai oublié de lever les yeux, tellement j'étais absorbée à causer avec le Pélesch.

« Qu'as-tu fait de mon petit enfant, lui demandais-je, et pourquoi les campanules ne veulent-elles plus sonner pour moi ? » Et j'attendais la réponse, anxieuse, suspendue à sa voix ; et voilà pourquoi je n'ai pas aperçu les fées, car on ne prend pas garde à ce qui arrive même à deux pas de soi, quand on n'a qu'une idée en tête.

Et le Pélesch me dit : « Peut-on être si simple ! Je l'ai emmené, ton petit enfant, dans une contrée si merveilleuse que tu ne voudrais pour rien au monde l'en rappeler, si tu pouvais voir sa joie. Il voltige comme un

papillon, à travers des jardins comme tu n'en as jamais
ni vu ni rêvé. Il boit le miel des roses et dort dans le
calice d'un nénufar épanoui sur un lac, et que l'onde
balance plus tendrement, plus mollement, qu'une mère
un berceau. Et des flots qui bruissent et clapotent
s'élèvent des mélodies inconnues, comme si mille voix
d'enfants chantaient ensemble, — mais très bas, très doucement. Et au-dessus de ce concert suave, fait de murmures
confus, vibrent les harmonies graves et profondes de la
brise dans les arbres, comme si mille lyres et mille
harpes invisibles chantaient ensemble, — mais très bas,
très doucement aussi. Et à tire d'aile — car il a des ailes,
ton petit enfant — il vole et voyage par les airs, plus
haut que les aigles. N'est-ce pas que tu ne veux pas me
le réclamer pour le ravoir auprès de toi, même ici, dans
cette forêt, où il fait si beau ? » Et à voix très basse, j'ai
dit : « Non. »

Et cependant défilaient les fées, l'une après l'autre,
poudrant mes cheveux de poudre d'edelweis, sans que je
m'en aperçusse. Mais, un jour, le Pélesch me présenta
un petit miroir, comme un page malin : — « Regarde
un peu la jolie coiffure que les fées t'ont arrangée. N'est-
ce pas coquet ? » — « Des cheveux blancs, » observai-je.
— « Jamais de la vie ! Dieu t'en préserve ! C'est de la
poudre d'edelweiss, un hommage plus précieux que tout
l'or du monde, car il permet à qui en est doté de voir le
dedans et le dessous de toute chose. » — « Est-ce donc
plus beau que d'en voir seulement le dehors et l'apparence ? » — « Sans aucun doute, car avec ce pouvoir,
on possède aussi le don d'être secourable et le don de
raconter. » — « Le don de raconter ? » — « Assurément.
Essaye un peu, et tu verras bien qu'à partir d'aujour-
d'hui, tu sais raconter. »

En effet, le Pélesch avait dit vrai; je savais raconter. Ce fut une grande joie pour moi, mais combien j'aurais mieux aimé encore entendre sonner les campanules...

Une autre fois que j'étais de nouveau assise au bord du Pélesch, je lui fis part de ce qu'on allait faire : « Songe un peu, mon cher Pélesch, ils projettent de bâtir un grand château, ici même où nous avons passé jusqu'à présent de si bons moments en tête-à-tête, nous deux tout seuls. Figure-toi, ils veulent démolir les rochers, raser la forêt, et c'est toi-même qui devras scier en morceaux les pauvres arbres qu'ils vont couper. N'est-ce pas, mon bon Pélesch, que tu ne permettras pas cela ? »

Effectivement, il se fâcha; il se monta tant et si bien, qu'en une nuit il devint un gros torrent furieux. Il arracha des quartiers de roc aussi grands que des maisons, emporta tous les ponts, et se conduisit comme un ruisseau tout à fait mal élevé. Il cava de tels chevrins sous les vieux hêtres, qu'ils se mirent à chanceler, et qu'ils sont restés penchés depuis lors; quelques sapins se couchèrent à grand fracas au travers de son lit, préférant être brisés et déchiquetés plutôt que d'être encastrés dans la maçonnerie d'un château; et par la même occasion, il fomenta une vaste révolte parmi les innombrables petites sources de la montagne, qui hurlèrent à qui mieux mieux : « Pas de ça! Pas de ça! Nous n'en voulons pas! » Mais les hommes s'imaginèrent qu'ils seraient plus forts que tous ces ruisselets ameutés, et ils commencèrent à creuser les fondements. Ils avaient mal fait leur compte. Pendant la journée, il est vrai, les sources étaient bien sages, pas une ne bougeait, et alors on pouvait travailler, évider et remblayer, jeter la terre hors des fossés ; mais, la nuit venue, le Pélesch donnait le signal du fond de la vallée, et tous les ruisselets de se répéter le mot d'ordre en

sourdine et de marcher à l'assaut comme un seul homme.
En quelques heures le tour était joué ; patatras ! talus et
glacis, tout s'éboulait au fond des tranchées, et c'était à
recommencer.

Un jour, les insurgés convinrent même de mettre la
montagne entière en révolution, et effectivement elle
glissa avec tout ce qu'il y avait dessus. Les plus grands
sapins partirent en promenade et s'en allèrent en titu-
bant vers la vallée ; l'herbe, la mousse, les prairies,
comme s'il leur avait poussé des jambes, emboîtèrent le
pas ; l'eau soulevait des mottes de gazon, emmenant la
terre qui s'échappait de tous côtés, — même les racines
des arbres ne pouvaient plus la retenir dans leurs griffes.
Cela dura bel et bien deux années de suite. Les hommes
continuèrent néanmoins à fouiller toujours plus profond,
et ils posèrent des fondements comme pour une forteresse. Ils firent des couloirs et des galeries où l'on pouvait marcher debout, avec des voûtes qui auraient résisté
à un bombardement.

Ils emprisonnèrent le Pélesch dans des bassins, et
l'amenèrent par des tuyaux sur les chantiers. Il fut con-
traint de courir par toute la bâtisse, comme dispensa-
teur d'eau, jusque sur les plus hauts échafaudages. « Eh
bien, mon cher Pélesch, lui dis-je, où en es-tu avec ta
révolution ? C'est demain qu'on pose la pierre angulaire. »
— « Hélas ! oui, et moi on me force à trotter dans de
vieilles conduites de plomb ! » — « On te force ! mais
qui donc te force ? Défends-toi, mon brave Pélesch ! »
Alors il fondit réellement en pleurs, le pauvre captif.
« Me défendre, le puis-je ? Ne vois-tu pas qu'ils m'ont
garrotté dans leurs maudits tuyaux ! »

Et le jour après, la pierre angulaire fut posée solennellement. La musique militaire jeta des marches triom-

phales à travers la forêt ; les échos cachés au fond des gorges et des bois répétèrent les cantiques des enfants de chœur ; les prêtres dirent des prières et aspergèrent les fondations avec de l'eau bénite, afin que ni sorcières, ni lutins, ni gnomes, ni ondines ne vinssent plus y toucher et les endommager. Et, il y avait là des officiers, et des paysans, et des boyards en habit de fête ; et nous avions mis le costume du pays, avec le long voile et la chemise brodée. Et on m'avait donné un très, très beau bouquet, pour me faire plaisir ; mais je restais debout, cachant mon visage dans ces fleurs, pour qu'on ne vît pas mes larmes (1).

« Je ne veux pas d'un château vide, d'un château sans enfants, » disais-je à mon bouquet. Et soudain je crus entendre, tout près de moi, un léger babil, un murmure subtil, un doux ramage à peine perceptible, mais que je compris tout de même, malgré chœurs et fanfares : « Calme-toi, ne pleure donc pas de la sorte ; tu pourras faire bien des heureux dans ta nouvelle maison ; et nous, nous t'enverrons en cachette une visite, oh ! une visite... Nous ne voulons pas en dire plus long, puisque c'est une surprise. » Je regardais les fleurs, car c'est elles, sans doute, qui avaient parlé, puisqu'il n'y avait personne d'autre pour me chuchoter ainsi des secrets à l'oreille.

Dès que la foule se fut dispersée, je me précipitai vers le Pélesch : « Écoute, mon cher Pélesch, une consolation m'est promise. » Je m'assis tout près de lui, pour causer plus intimement, et les bras passés, mains jointes, autour de mes genoux, je l'écoutai. « Ah ! fit-il en grom-

(1) En 1875, les travaux de nivellement et de canalisation avaient assez progressé pour que les murs de fondation du château pussent être terminés. Le 22 août, par une superbe matinée, la pierre angulaire fut posée solennellement. (G. B.)

melant, ce n'est pas à moi que pareilles choses arrivent ! » — « Oui, mais si cette promesse se réalise, mon bon Pélesch, je ne t'oublierai pas ; tu en auras ta part de mon bonheur, d'autant plus que tu es le parrain du château. » — « Je m'en moque bien, » continua-t-il de bougonner, en fronçant ses ondelettes et en secouant sar chevelure d'écume au point que j'en fus toute éclaboussée. — « Tu verras, insistai-je, tu seras heureux ; après la peine, l'honneur ! » — « Bête d'honneur... pas besoin d'honneur !... m'en moque de l'honneur si je dois reste, prisonnier dans ces vilains tuyaux qui me cachent le ciel ! » — « Mais, mon petit Pélesch, tu en sors de ces tuyaux, un peu plus bas. » — « Je ne dis pas, mais comment : trouble, crasseux, souillé par les hommes qui abusent de moi... Tiens, va-t'en, je ne veux plus te voir ! » — « Mais, mon bon Pélesch... » — « Décampe, et plus vite que ça, sinon je t'inonde, que tu t'en souviendras ! » Et, pan ! voilà qu'une douche m'arrosa de la tête aux pieds.

J'étais bien triste, car je pensais avoir perdu les bonnes grâces du Pélesch, et je ne saurais me passer de ce vieil ami-là. Je remontai un peu le long de son cours, et j'atteignis un coin tout couvert de fougères hautes comme des hommes. Je sautai par-dessus des troncs gisants, qui pourrissaient sous les brions et les brandes ; mes pieds enfonçaient dans de la poussière de bois, fine et rougeâtre. Il y avait là des myriades de fourmis, de très grandes fourmis, et je craignais déjà qu'elle ne se vengeassent de ce que je les avais dérangées ; mais abeilles et fourmis ne me font jamais de mal, parce qu'elles me reconnaissent des leurs et que nous nous entendons fort bien.

C'est pourquoi elles me dirent le plus civilement du

monde : « Ça ne fait rien, » quand je leur présentai
mes excuses. Avouez que c'était aimable au delà de toute
attente. Jugez-donc, je démolis la maison de quelqu'un qui
vient me dire : « Ça ne fait rien, tout est pour le mieux,
pourvu que cela t'amuse. » Les charmantes petites fourmis ! Plus habiles que ceux qui détruisent — et elles le
savent bien, — elles auront en moins de rien réparé les
dégâts. Je me mis à causer longuement avec elles sur
l'art de bâtir, et je leur dis que, nous aussi, nous bâtis-
sions une maison. Elles m'offrirent aussitôt leurs services.
Je les remerciai en leur représentant qu'elles construi-
sent trop finement, trop légèrement, pour des hôtes mas-
sifs et lourds comme les hommes ; mais je fus touchée
de leur bonne intention. C'était vraiment bien gentil de
leur part.

Puis je continuai ma course, et j'arrivai au pied d'un
rocher haut comme le ciel, au sommet duquel se balançait un sapin ; et aux parois à pic de ce rocher surplom-
bant fleurissaient çà et là des campanules. Partout où
elles avaient trouvé un dé à coudre de terre, on les voyait
agiter leurs clochettes d'un bleu délicat, sur le gris cen-
dré de la pierre. Je pris place là, tout près d'elles, et je
songeai : « Peut-être vont-elles me faire entendre leur
joyeux carillon ; » mais le Pélesch, furieux, fondit sur
moi, à grands sauts de cascade, et il me gronda, tout
écumant de rage. Je fis semblant de ne pas m'apercevoir
de sa colère, et je dis aux fleurs : « Pensez donc, mes
chères campanules, ils veulent édifier une maison, un
grand château ; et je devrai l'habiter, moi, et ce sera si
tranquille, si tranquille, dans ce grand château... Ne pour-
riez-vous pas sonner un peu ? » — « Aujourd'hui, le vent
n'est pas aux sonneries, sinon nous le ferions volontiers,
surtout pour toi. Toutes les fleurs t'aiment, parce que tu

viens nous visiter, que tu nous regardes avec tendresse,
sans nous cueillir jamais. C'est de tout notre cœur que
nous voudrions t'obliger ; mais, que veux-tu, c'est la faute
au vent, nous n'y pouvons rien. »

Un serpent drôlet, plus mince et plus souple qu'un fil
de soie, dormait enroulé dans le seul recoin ensoleillé
qu'il y eût entre les rochers. Il était comme un bracelet
d'argent, tout blanc, tout luisant ; ses petits yeux pétillaient d'intelligence. Tout à coup il se réveilla, souleva sa
petite tête et me dit : « Eh bien, puisque tu n'aimes pas
ce nouveau château qu'on te bâtit, je vais te faire plaisir
en t'annonçant que la construction en sera interrompue ;
car il se prépare des événements extraordinaires. Ce n'est
pas avant dix ans que tu entreras dans ta nouvelle demeure, et alors elle t'agréera ; car tu en auras assez
d'habiter comme à présent un monastère de caloyers,
obligée d'affronter vent et pluie pour passer d'une cellule
à l'autre. En attendant, construisez-vous un chalet suisse
à l'endroit où ta fillette jouait le plus volontiers. Mais gare
au Pélesch ! car il t'en veut et menace de se venger de la
belle façon. »

Comme les serpents sont de prudentes gens, je pris
bonne note de ce discours. sauf pour la dernière phrase
que je mis sur le compte de la malignité de leur race ;
c'était une calomnie à l'adresse de mon vieil ami.

Il faisait déjà frais à l'ombre du rocher, et je sentais la
poussière d'écume soulevée par le torrent me pénétrer
peu à peu. Un rayon de soleil passa dans la chevelure
bouclée et brouillée du Pélesch, et y produisit un arc-en-
ciel merveilleux. « Vois-tu, remarqua narquoisement ce
rayon, le Pélesch, lui, n'a pas besoin de diamants. Un
regard et une caresse de moi, et il resplendit comme une
reine. » Et je demandai au rayon de soleil s'il ne pourrait

pas me rendre le même service ; car il m'est si ennuyeux
d'endosser de beaux habits et de porter de lourds diamants !
— d'autant plus que je ne les vois pas, mais seulement les
autres. Mais le rayon de soleil se moqua de moi, en riant
aux éclats : « C'est de nuit que tu dois briller, toi ; voilà
pourquoi ta magnificence, tu dois la dérober aux cavernes de la terre, aux nains et aux génies des montagnes
profondes, au lieu de l'emprunter au ciel et à ses astres. »

Après m'être un peu reposée, je montai encore plus
haut. Mais une soudaine lassitude m'accabla, telle que je
n'en ai jamais ressenti, comme si j'avais eu du plomb
dans tous les membres. Le sentier escarpé s'était rétréci,
zigzaguant à travers les rochers, au-dessus des eaux toujours plus turbulentes. Et impossible de s'arrêter ; pas la
moindre petite place pour s'asseoir, le seul endroit aplani
étant couvert d'une forêt d'orties presque aussi hautes que
moi. Il en sortait une méchante rumeur d'insultes que je
connaissais déjà. Toutes les choses perfides et malveil-
lantes qu'on peut dire, elles les disaient du roi, pensant par
là me cingler, me brûler, me piquer. Moi, je les considé-
rais avec pitié, et je pensais : « Qu'est-ce donc qui a pu
vous rendre si malignes et hargneuses, pauvres orties
que vous êtes ? Vous ne savez qu'égratigner et blesser ;
mais pourquoi ? Cela doit être votre pénitence, de toujours faire souffrir. »

Pendant que me venaient ces réflexions, une très vieille
ortie secoua sa perruque verte en hochant la tête, et soupira longuement. « Qu'as-tu bien à geindre ainsi, la maussade commère ? » demandai-je. — « Je soupire, hélas !
répliqua-t-elle d'une voix chevrotante, parce que tu es la
première qui m'aies regardée d'un œil compatissant ; les
autres nous frappent à coups de bâton et nous foulent aux
pieds. Tu n'as sans doute pas entendu les vilains propos

que nous avons tenus sur ton roi; nous en avons dit pis
que pendre. » — « Si fait, et c'est précisément pourquoi
vous me faites pitié. Qui hait un homme méchant est déjà
à plaindre, rien que pour le fiel dont il empoisonne son
âme; mais qui hait un homme bon et le calomnie, oh!
celui-là est si malheureux, que jamais je n'oserais le
frapper d'un bâton. » — « Sais-tu comment nous sommes
devenues telles que tu nous vois? » observa alors la vieille
ortie. — « Si tu as le temps de me le raconter, moi j'ai
le temps de t'écouter », répondis-je.

« Eh bien, nous étions de belles filles espiègles et gaies,
commença la bavarde mégère. Chez nous, ce n'était qu'un
éclat de rire d'une aube à l'autre; tout nous paraissait
grotesque ou comique. Personne ne pouvait passer près
de nous sans provoquer nos railleries. Or, un jour, il
arriva une vieille toute ratatinée; elle cherchait des herbes
et des racines, en mâchonnant des centons incompréhen-
sibles dans sa bouche édentée. « Voyez un peu la beauté!
« — tel fut notre cri à toutes. Le sapin voudrait l'embras-
« ser!... Le rayon de soleil tâche de lui prendre un baiser!...
« Hé! hé! jeunesse, pourquoi seule au bois? N'as-tu pas de
« bon ami? » Elle murmura Dieu sait quoi et nous lança
un regard terrible; mais cela ne nous intimida pas. Nous
ne cessions de pouffer de rire et de nous moquer à ses
dépens, jusqu'à ce qu'elle se redressa, devint toujours
plus grande, toujours plus jeune, toujours plus belle, et
nous brûla tellement du feu de ses prunelles, que depuis
lors nous sommes restées à jamais ardentes, venimeuses
et laides. Et elle nous maudit: « Fourbe et félonne en-
« geance de fleurs que vous êtes! A dater de ce jour et de
« cette heure, plus de bonté en vous; faire du mal à tous
« ceux que vous toucherez, tel sera votre lot, afin que nul
« ne doute plus de votre méchanceté, afin que nul ne s'y

« trompe ! » A ces mots, elle disparut. Nous nous regardâmes ; nous étions devenues absolument abjectes et hideuses. Et nous songions avec quoi nous pourrions bien faire tant de mal, n'ayant pas même des épines comme en ont les moindres églantiers. Survint alors un garçonnet merveilleusement beau, joues en fleur et boucles d'or. Nous tendîmes les bras vers lui pour l'embrasser, car il nous plaisait beaucoup ; mais il se mit aussitôt à crier à tue-tête : « Aïe ! aïe ! Ça me cuit ! Ça me pique ! Quelles « griffes vous avez aux doigts ! » Il se frotta le visage en pleurant et montra ses mains échauboulées ; puis il tailla une baguette de coudrier et se mit à nous rosser d'importance et à nous rompre les côtes ; — plusieurs en moururent le jour même. Et c'est ainsi que désormais la plus légère de nos caresses est une brûlure. Et voulons-nous dire quelque chose d'aimable, le compliment tourne en méchanceté. Et sans cesse on nous fustige et on nous piétine. Seuls les ânes ne nous dédaignent pas ; c'est qu'ils ne sentent pas nos piqûres, parce qu'ils ont le cuir dur. »

Pour ma part, je me félicitais d'avoir, ce jour-là, de gros gants, des molletières et des souliers de montagne. Équipée de la sorte, les orties ne pouvaient me nuire, car je m'aperçus bien que de pied en cap elles étaient hérissées d'aiguilles et de dards, comme d'un pelage.

« Mais tes cheveux sont blancs ! me cria une autre de ces gredines d'orties : tu es vieille, pas de doute, et tu te mets du rouge aux joues, pour paraître jeune. » — « Non, répondis-je, insolentes plantes que vous êtes, c'est de la poudre d'edelweiss qui m'est tombée sur la tête, par la grâce des fées, afin que je puisse voir le dedans et le dessous de toute chose ; c'est pourquoi je ne vous ai ni bâtonnées, ni piétinées, quand je vous entendais dévider votre chapelet de vilenies. » — « De la poudre d'edelweiss..,

Oh! la bonne plaisanterie! raillèrent les orties d'une
seule voix. Tu es vieille, voilà tout; pour ton roi, il ne
vaut pas deux sous! Et patati et patata, et mille autres
amabilités de même monnaie. J'étais déjà bien loin, que
leurs insultes m'arrivaient encore; et quand elles en
eurent assez débité et que leur voix ne porta plus, je les
surpris se querellant entre elles, — les malheureuses, —
si bien qu'un regret me prit de ne leur avoir pas admi-
nistré une maîtresse volée avec mon bâton alpestre, au
lieu de m'être apitoyée sur leur sort. Mais je songeai
aussitôt à certain petit âne que je me proposai de leur
envoyer, pour se faire un régal de ces mauvaises herbes,
et qu'elles soient au moins bonnes à quelque chose.

Je m'entretins de cette aventure avec le premier bec-
de-grue que je rencontrai. Quelles jolies feuillettes il
avait, toutes fourrées d'un duvet argenté, et des pétales
qui ondulaient au vent sur la mousse verte, comme une
robe rose. Dès qu'il m'aperçut, il s'inclina sur sa tige
menue, puis tendit vers moi très curieusement son long
petit bec, pour me répondre : « Bon Dieu, je sais, mais
oui, je sais toutes les horreurs qu'elles répandent; il y a
beau temps que je les connais, ces pies-grièches. Et je
sais aussi ce que la forêt pense sur leur compte, parce
qu'elles envahissent les meilleurs endroits et prennent
la place aux fleurs les plus gentilles et les plus aimables.
Pas moyen de les contenter; elles se fâchent à tout
propos, dénigrent tout le monde à tort et à travers; et si
tu en as eu pitié, elles se gausseront de toi, à moins
qu'elles ne t'en veuillent comme d'une offense. »

Et le peuple des mousses touffues de rire et de rioter
sous cape, en entendant combien le bec-de-grue connaissait son monde et parlait judicieusement, — tandis
qu'une voix sortait du plus proche buisson : « Pourquoi

ne parles-tu pas de moi, pendant que tu y es ? N'ai-je pas aussi des griffes aux doigts ? » — « Sans doute, monsieur le framboisier, mais avec d'excellentes baies à côté ! m'écriai-je. Peut-être aviez-vous même l'intention de m'offrir un rafraîchissement, quand vous avez jeté comme lacs autour de mon pied vos piquantes ronces. » — « Que sais-je ? » fit-il avec un peu de maussaderie, tandis que je le dépouillais de ses fruits ; — puis se reprenant : « Après tout, ces baies n'étaient pas pour toi ; je les réservais pour quelqu'un de plus digne. » — « N'en crois pas un mot, interrompit en riant le bec-de-grue. Il n'en fait jamais d'autres ; il accroche les gens au passage, en les alléchant par ses fruits séduisants, puis, quand ils veulent y toucher, il les égratigne et leur dit des impertinences. »

Les baies rougirent de colère, tant le framboisier prit à cœur ce malin coup de langue, qu'il ne pouvait punir, étant rivé au sol, ni rétorquer, n'ayant pas assez d'esprit pour cela. Mais les framboises ne purent dissiper la fatigue qui me brisait les jambes. Aussi, je dus rebrousser chemin, sans avoir atteint le chalet où je vais rêver, ma chère retraite sous le rocher où j'écris toutes les histoires que j'ai entendues en chemin. Impossible, ce jour-là, de pousser plus avant. Et les oracles du petit serpenteau me revinrent à la mémoire. Si, par hasard, il avait bien vaticiné ?... — Et je regardai le Pélesch avec d'inquiets pressentiments.

« Pélesch, Pélesch, que m'as-tu fait ? » — « Ce que je t'ai fait, attends un peu, » gronda-t-il. — Et pour me narguer, le maudit lutin sauta par-dessus un large rocher, de façon à rebondir au loin, plus espiègle et plus turbulent que jamais, me criant comme un méchant gamin qui s'échappe : « Ce que je t'ai fait, tu le verras bien. Tu ne pourras plus marcher, si grande envie que tu en aies, et cela en punition de la servitude que tu m'imposes dans ton vilain château. J'ai toujours agi à ma tête, et je n'entends pas qu'il en soit autrement à l'avenir… Je t'apprendrai à me traiter de la sorte, à m'emprisonner dans d'horribles tuyaux, à m'asservir ! Ton Pélesch !… mais je ne le suis pas, ton Pélesch, du tout ! Je suis mon propre Pélesch à moi, un Pélesch qui n'a jamais connu le joug, qui a sa volonté et qui n'en démordra pas. Et pour l'avoir contrariée, tu vas ne plus pouvoir remuer ni bras ni jambes. Voilà le châtiment que je te promets, et il t'atteindra plus tôt que tu ne penses. Tâche seulement d'arriver jusqu'à la maison, pour te faire soigner (1) ! » — « Mais, mon bon Pélesch, chacun a des devoirs à remplir en ce monde. Pourquoi ferais-tu seul exception ? Est-ce que je puis faire mes quatre volontés, moi, plus que toi ? » — « Pour cela, ça te regarde ; si tu es captive, c'est ton affaire. Moi je veux être libre ! Je ne suis l'esclave de personne, pas même le tien. A bon entendeur, salut ! »

Là-dessus, nous nous en sommes dit de toutes les couleurs, le Pélesch et moi, comme cela ne devrait jamais arriver entre bons amis. Quand je repassai près du fouillis aux orties, elles se mirent à me railler cruellement : « Tu vois bien que tu n'es qu'une petite vieille

(1) Pendant de longs mois, en effet, ou, à mieux dire, jusqu'à la grande secousse que lui imprima la guerre de l'indépendance, la santé de la princesse inspira les plus vives inquiétudes : j'ajouterai que son courage fut soumis à une autre épreuve, car, de son côté, le prince Charles tomba gravement malade. « J'ai bu jusqu'à la lie, écrivait Carmen Sylva à la princesse de Wied, pendant ces lentes semaines, l'amertume de la vie ; j'ai connu toute la détresse que peut éprouver le cœur humain. Mais il n'est pas de situation qui ne tienne en réserve des ressources inespérées. Ma plume me reste… » Pour abréger les heures de sa reclusion, elle rédigea la biographie, projetée depuis quelques années, de feu son frère Othon. (G. B.)

mère! Tu ne marches plus, tu clopines. » Et pour le coup elles avaient raison. Mes jambes s'engourdissaient de plus en plus; par moments, il me prenait des sueurs froides, à la pensée que je pourrais rester en route. Plus j'allais, plus le monastère s'éloignait, comme dans les cauchemars. Enfin, enfin j'arrivai; je me mis au lit et je ne me relevai pas de plusieurs mois.

D'abord je ne pus mouvoir ni bras ni jambes; puis les bras se remirent, tandis que les jambes restèrent gourdes et inertes. Ah! la vengeance du Pélesch, je l'ai bien sentie; et lui, pendant que je souffrais, continuait à gambader là-bas, sous mes fenêtres de recluse, en me faisant des pieds de nez et en me tirant la langue, comme un mauvais drôle qu'il est. Et moi, je me disais: « Ce pauvre Pélesch, il faudra bien un jour que l'enfant terrible devienne sage et se soumette. Il aura beau se regimber, il y passera quand même; bon gré, mal gré, tout farfadet qu'il soit, il entrera en servitude. »

. . . .

XIII

MON PLUS TRISTE JOUR DE L'ANNÉE (1)

On m'a si souvent souhaité un joyeux Noël, et l'on a si
affectueusement essayé de m'embellir cette fête, même
avec de ces bonnes pâtisseries de Noël qui vous font toujours venir des larmes aux yeux, que je veux vous raconter une fois mes différentes veillées de Noël. — Ce n'est
pas du jour au lendemain que l'on devient des souverains
d'Orient, régnant sur un peuple de race latine à la tête
duquel vous a placés la destinée; non, on reste toujours
au plus profond de son cœur une fille du pays rhénan et
un enfant des Alpes sauvages, et il vient justement dans
l'année un jour qui demeure, pendant toute la vie, comme
un chagrin cuisant, et qu'on n'a jamais pu s'habituer à

(1) A paru dans le *Wiener Journal* du dimanche 4 janvier 1902.
— Cf. *Voglländischer Anzeiger und Tageblatt*, du même jour (où
l'article a été reproduit avec des suppressions), et l'*Indépendance roumaine* du 29 décembre 1902 (11 janvier 1903). Nous avons
revu attentivement, sur le texte allemand, la traduction de l'*Indépendance roumaine*, et nous avons dû, à cause du manque
d'espace, supprimer quelques passages de ce très émouvant
récit auto-biographique. M. J. Pollio, consul de France, en a
donné en 1905, chez *H. Daragon*, à *Paris*, une édition de luxe,
avec eaux-fortes et dessins, tirée à 150 exemplaires dont 140
sur Japon et 10 sur Japon de Tokio.

supporter, parce que les circonstances n'ont jamais voulu le rendre plus tolérable.

Le premier soir de Noël que le Prince passa ici fut assurément très pénible. On avait fait venir de Sigmaringen le portrait de sa mère, et on conduisit le jeune souverain dans la pièce où ce portrait avait été placé. Et quand il aperçut le doux visage attristé de sa chère mère qui, au cours de cette même année, l'avait vu partir pour un pays lointain et inconnu (1), tandis qu'un autre de ses fils, véritable héros, atteint de trois blessures à la bataille de Königgrätz, avait rendu l'âme entre ses bras (2), alors des larmes de douleur coulèrent sur les joues du Prince ainsi séparé des siens. Peu d'années auparavant, une de ses sœurs bien-aimées était morte au Portugal, révérée comme une sainte à Dusseldorf et à Lisbonne (3). Elle était morte en trois jours, à l'âge de vingt et un ans, sans avoir pu revoir sa patrie qu'elle avait quittée avec enthousiasme pour aller se consacrer tout entière à son nouveau pays et à son époux !

Et cet époux (4), qu'elle ne connaissait pas encore, et qui la voyait lui aussi pour la première fois, ne pouvant plus vivre sans elle, s'écriait dans le délire d'une fièvre ardente : « Ah ! Dieu soit loué !! Je vais rejoindre enfin ma Stéphanie ! »

Tout cela se lisait sur le doux visage de sa mère

(1) S. A. S. le Prince Charles de Roumanie avait quitté Dusseldorff le 11 mai (29 avril) 1866, pour se rendre à l'appel de la nation roumaine.

(2) Antoine, prince de Hohenzollern, né le 7 octobre 1841, mort le 5 août 1866 des blessures qu'il avait reçues le 3 juillet à la bataille de Königgrätz (Sadowa).

(3) Stéphanie, princesse de Hohenzollern, née le 15 juillet 1837, mariée le 29 avril 1858 à S. M. Dom Pedro V, roi de Portugal, morte le 17 juillet 1859.

(4) Le roi Dom Pedro V.

adorée, qui le contemplait dans sa chambre solitaire,
avec cette résignation angélique et paisible qu'elle con-
serva toujours jusque dans l'âge le plus avancé.

Telle fut sa première veillée de Noël. Trois ans plus
tard, nous célébrâmes ensemble notre premier Noël, et
je portai dans sa chambre un arbre minuscule, sous les
branches duquel j'avais placé pour tout ornement un
tout petit berceau — le plus petit que j'avais pu trouver — car je craignais à tout moment de m'être trompée,
et je tremblais que cet emblème ne fût prématuré !

Une crise ministérielle nous gâta complètement notre
second Noël, à tel point que nous ne pûmes jouir de
l'arbre, dont les bougies étaient presque entièrement
consumées lorsque le Prince put faire acte de présence
pendant un court moment, et d'ailleurs notre enfant
était encore trop petite pour éprouver autre chose qu'une
profonde surprise. Mais on se réjouissait quand même ;
car la guerre était terminée, la bataille de Sedan livrée ;
une enfant était là, et si ce n'était pas un fils, beaucoup de fils pouvaient encore venir, et plus d'une petite
fille ; c'est ce qu'avait dit le médecin, en me parlant de
huit ou neuf enfants, et il avait souri lorsque j'avais
répondu que je trouvais ce chiffre à peine suffisant.

Quant à notre troisième Noël, il fut, lui aussi, absolument gâté par les circonstances politiques... On n'eut
pas le temps de s'occuper de l'arbre ; les bougies se con-
sumèrent de nouveau, et l'enfant faillit être prise de
spasmes nerveux, par suite de la terreur que lui causa
un animal en carton — beuglant ou bêlant — dont on
avait brisé la tête par mégarde. Ce fut une soirée tout à
fait manquée, et dont je m'étais promis d'autant plus de
plaisir que l'enfant se développait admirablement et
qu'elle était devenue notre seule joie...

Notre quatrième Noël fut en revanche radieux ! C'était la Noël de 1873, de cette belle année où il m'avait été donné de revoir pour la première fois ma patrie, et où j'avais pu montrer, là-bas, ma ravissante enfant, dont tout le monde disait qu'elle était une petite ondine.

Elle demandait toujours : « Est-ce là le Rhin de maman ? » Je m'arrête ; trente ans se sont à peine écoulés depuis, et peut-être est-il encore trop tôt pour remuer tous ces souvenirs. J'ai reproduit dans l'*Introduction du Rhapsode de la Dimbovitza* toutes les douces choses qui coulaient de ses lèvres, comme des flots de poésie, si bien que je disais souvent alors : « Mon enfant est mon seul bon poème ! »

Que l'on se représente une franche, une bonne veillée de Noël, avec beaucoup d'invités, des jeunes filles, et un grand nombre de petites filles des orphelinats et des Enfants-trouvés, avec lesquelles elle jouait aux jeux frœbéliens, et au milieu de tout ce monde, ma petite fée qui, ce soir-là, paraissait avoir des ailes, comme si ses pieds n'eussent pas touché le sol. On lui avait offert une petite voiture, dans laquelle les autres enfants la traînaient à travers la salle : un véritable attelage de fée ! Cette soirée rayonne sur toute mon existence, car ce fut la dernière ! Depuis lors, ce fut la nuit, une sombre nuit !... Et sombres aussi, se succédèrent les Noëls ! Pour qui aurions-nous pu les rendre encore clairs ? Elle était partie, et il n'en vint pas d'autres ! Elle n'avait pas voulu nous en envoyer, comme si elle eût craint que nous pussions nous consoler ! Ah ! elle aurait pu nous en envoyer une douzaine encore, sa perte n'en serait pas moins demeurée l'atroce blessure, la plaie éternellement saignante dont on ne peut jamais guérir ! Qu'est-ce donc lorsqu'on n'en a qu'un, et qu'il n'en vient plus jamais d'autre ! Et alors les sombres Noëls se succèdent les uns aux autres.

Nous n'avions jamais écrit aux nôtres que nous ne fêtions pas la Noël, pour ne pas les attrister autour de leur arbre. Nous ne leur avions pas dit que nous avions toujours cherché à nous leurrer de l'espoir que ce jour avait été rayé du calendrier... Sombre, sombre, sombre Noël! Il m'était impossible d'assister, dans une école, dans une institution quelconque, à une distribution de cadeaux; on avait pitié de moi, et on ne me demandait pas ce sacrifice surhumain! J'étais à peu près paralysée à la suite de l'affliction cuisante et muette que j'avais ressentie, et je demeurai longtemps dans l'impossibilité de me mouvoir, avec des souffrances intolérables dans le dos. Ma santé était tellement minée par cette atroce douleur que je ne pouvais plus, à cause de mon triste état, espérer encore des enfants. On m'en faisait toujours espérer; mais les années passaient; à chaque rayon d'espoir succédait une nouvelle déception, et nous n'en parlions plus jamais, car cela nous meurtrissait et nous torturait le cœur. On a tant écrit sur notre vie extérieure, et cependant notre vie intime lui ressemble si peu!

Une très grande délicatesse réciproque interdit de parler, dans une existence aussi laborieuse, de tout ce qui peut paralyser les forces, et c'est ainsi que nous avons appris à marcher, l'un près de l'autre, en silence, avec la blessure toujours cuisante, toujours ardente, à laquelle on n'ose toucher, de crainte d'en voir jaillir des flots de sang! . . . .

Nous fûmes invités plus tard aux fêtes de Noël des autres, car pendant une longue absence que j'avais faite, une jeune femme était venue, deux enfants étaient nés, et quand je vis leurs têtes blondes sous les arbres, je priai tout bas : « Dieu miséricordieux ! ne m'abandonnez pas ! Je ne peux pas, non ! je ne peux pas ! C'est au-dessus de mes forces ! »

Mais Dieu ne nous abandonne pas, et il nous apprend à sourire pour les autres, alors même que le cœur crie et que les lèvres frémissent, parce qu'elles veulent refouler les pleurs qui consument notre poitrine en feu !

Aujourd'hui, toutes ces choses sont passées, et dans douze jours, je suis prête à paraître de nouveau, en invitée, au milieu des chers petits enfants, comme une vieille bonne tante, au-devant de laquelle on court les bras ouverts, parce qu'elle apporte toujours quelque chose avec elle, et qu'elle réserve toujours quelque surprise aux chers mignons, qui sentent peut-être combien il y a de maternité anxieuse dans les bras qui les enlacent, et quelle tendresse affamée se dégage de chaque regard et de chaque baiser. . . . .

Tels furent les Noëls de Carmen Sylva, sans parler de ceux de sa jeunesse, dans sa patrie, lesquels, en fait de tristesses, ne laissèrent souvent rien à désirer. J'ai décrit l'un d'eux, dans la *Vie d'Otto*, alors qu'un père et qu'un frère étaient mourants, et qu'ils le savaient aussi bien que nous-même.

On cherche, à son gré, un refuge dans la musique ou dans la plume, et c'est la seule consolation possible pour tant de souffrances endurées dans une vie pénible à l'excès, telle qu'a été la mienne !

Mais tout cela est déjà bien loin derrière moi, et j'aurai atteint bientôt les soixante ans auxquels j'aspirais dès ma vingtième année ! J'ai toujours pensé qu'à soixante ans les agitations de la vie s'apaisent, et qu'une paix, une très grande paix, doit descendre dans le cœur. Et en cela je ne me suis pas trompée : la paix est là, très profonde,

très solennelle ; il n'y a plus qu'à faire abstraction de soi-
même et qu'à vivre pour les autres, aussi longtemps
encore qu'on doit vivre !

Il y aurait sous ce rapport beaucoup à apprendre du
Roi, qui n'a jamais songé à lui, ce qui en fait un héros
bien plus grand que ne l'a fait la victoire de Plevna. Il
est resté pour sa Femme et pour son entourage immédiat
un véritable héros, par son abnégation et son désintéres-
sement absolu de lui-même. Il ne connaît aucune rancune, parce qu'il ne ramène rien à lui. Si on écrit contre
lui, il se contente de dire avec calme : « Cela tient à ma
situation. Si j'étais un simple particulier, on ne juge-
rait pas nécessaire de dire tout cela de moi !... »

Ma nuit de Noël m'attend au delà des étoiles, et je m'en
réjouis comme un enfant qui regarde la porte fermée
derrière laquelle brille la lumière. Et cette nuit de Noël
sera, j'en suis sûre, plus belle que ne pourrait l'être aucune autre ici-bas ! Dieu soit loué ! ma foi n'a connu
encore aucune heure de doute ! Elle a été vraiment inébranlable, comme le roc. J'ai souvent dit : « Le seul
homme dont je n'aie jamais rien à redouter, c'est le bon
Dieu ! » Car il me comprend toujours, lui qui m'a faite
telle que je suis, et qui a voulu que ma destinée fût ce
qu'elle est ! . . . .

Je suis encore aussi pieuse, aussi pénétrée de la crainte
de Dieu et des joyeuses espérances de la mort qu'au temps
de ma première enfance, alors que ma mère m'enseignait
que la plus belle veillée de Noël est l'heure de la mort,
et que la mort est notre plus grande récompense.

Et maintenant j'attends la venue de mon seul, de mon
vrai Noël, de celui que rien ne saurait plus troubler. J'attends ce jour qui sera certainement le plus beau de toute
une existence qui, bien des fois, est tant soit peu longue.

Je ne m'explique pas comment on peut dire que la vie est courte; il faut pour cela qu'on n'ait plus rien dont on puisse se réjouir. Quant à moi, en pensant à ma nuit de Noël, j'éprouve une joie si grande que la vie me paraît interminable!

Bucarest, Noël 1902.

XIV

COMMENT J'AI ACCOMPLI MA SOIXANTIÈME ANNÉE (1)

Peu de personnes se sont réjouies autant que moi de voir arriver leur soixantième année. Dès l'âge de vingt ans, je pensais au jour où j'atteindrais la soixantaine. Cet âge m'apparaissait comme le port où je trouverais enfin le repos et la paix : il me semblait que la tourmente qui m'avait assaillie, dès mon enfance, s'apaiserait alors et irait se perdre dans les reflets opalins d'un beau coucher de soleil. Et pourtant la vie reste obscure et mystérieuse. Ce n'est pas elle qui devient moins agitée, mais bien l'âme; ce n'est pas la vie qui change d'aspect, ce sont nos yeux qui la voient différemment. On se montre mieux disposé envers elle; on ne lutte plus avec autant d'acharnement contre la destinée, qu'on voulait maîtriser et dompter avant qu'elle ne nous eût tout à fait submergés et engloutis. On devient réellement patient, indulgent, peut-être moins accessible à la pitié, parce que l'on a compris que la souffrance est la loi de l'humanité. J'ai éprouvé, dans la première moitié de ma vie, tout ce

(1) Traduction inédite. — Extrait de notre volume : *Carmen Sylva intime*, p. 167-172.

qu'une créature humaine peut endurer de souffrances sans exemple, d'épreuves sans nombre, de vicissitudes sans nom. J'ai commencé à en faire le récit détaillé pour opposer la vérité à la quantité des légendes, bienveillantes ou non, qui se sont formées sur mon compte. La seconde moitié de ma vie a été remplie par un labeur incessant et par de grands soucis. Le reste s'écoulera lentement, dans l'attente de l'heure où s'entr'ouvrira pour moi la porte céleste par laquelle tous mes bien-aimés ont disparu. Il en jaillit, dès maintenant, un tel éclat que les événements de ce monde ne peuvent plus m'inquiéter. J'ai gardé en moi une si grande force de joie que je me réjouis, comme un enfant, du jour et de l'heure à venir, et que le présent m'enchante, comme s'il ne devait pas avoir de lendemain. Une fleur, un rayon de soleil, un jeune visage souriant, une sainte figure de vieillard, un mot, une chanson, un coup d'archet, une feuille, un oiseau, une lumière qui brille, une bonne action, me jettent dans le ravissement. On me demande souvent si je n'ai pas eu des déceptions dans ma vie ; je réponds invariablement : Jamais, pas une seule !... Car Dieu m'a donné des yeux pour voir et des oreilles pour entendre. Et c'est pour cela que je n'ai jamais demandé aux hommes plus qu'ils ne pouvaient donner. Je puis même dire que j'ai très souvent reçu plus que je n'attendais... Il n'y a pour moi ni ennemis, ni étrangers, mais seulement des âmes. Deux mots ont été rayés de mon vocabulaire : le mot *famille* et le mot *étranger*. J'ai dû quitter ma famille pour adopter toute une nation, et la famille que j'aurais dû fonder sur cette terre s'est envolée vers le ciel, Non, il n'y a pas d'étrangers à mes yeux : il n'y a que des frères qui sont toujours sûrs d'être compris de moi. Mon enfant, qui est au ciel, m'a légué sa patrie et son peuple,

et j'ai reçu le doux nom de *Mama Regina* (Maman-Reine),
lorsque mes cheveux avaient commencé à blanchir. Je
devais être la mère d'un peuple entier. Or, que veut une
mère ? De la gratitude. J'en ai plus que je n'en mérite.
Aussi ne demandé-je rien au delà de ce qu'on peut me
donner, et quand j'implore une obole, ce n'est pas pour
moi, mais pour ceux qui souffrent...

Tous les hommes ont faim, sont malades et meurent ; la plupart sont pauvres, et la pauvreté les em-
pêche d'atteindre leur complet développement. En fin de
compte, chacun de nous est là pour aider ses semblables
et pour leur fournir le moyen de répandre autour d'eux
la flamme intérieure qui les anime. Cette flamme peut
ressembler à un feu de paille, à un feu d'artifice, à la
lueur d'une lampe qui scintille jour et nuit dans une chapelle, à un rayon de lune, à un feu follet, à un ver luisant, à une torche, à un phare : très peu resplendissent
de l'éclat radieux du soleil. Heureux ceux qui portent
dans leur cœur un soleil faisant tout fondre et tout
mûrir ! La vieillesse, qui ne peut plus briller ni étinceler,
devrait être ce soleil-là, afin qu'autour d'elle, comme autour d'un large poêle, maîtres et serviteurs, amis et ennemis, voyageurs et mendiants, viennent également se
réchauffer. Dans mon enfance, j'allai un jour voir une
vieille dame. Elle était assise, inondée des rayons du soleil levant, et lisait dans sa grande Bible ; elle ôta ses lunettes, et se tourna vers moi avec un sourire radieux. Ce
sourire a rayonné sur toute mon existence, comme la
seule chose digne d'envie sur cette terre. Je prie Dieu
de mettre un pareil sourire dans mon cœur pour le
reste de mes jours, afin que cette pensée de toute ma vie
soit aussi la pensée de tous : Que Dieu bénisse nos
soixante ans, ainsi que la vieillesse, avec sa paix, sa bonté

et sa patience ! Que Dieu me donne la force de répandre autour de moi toute la chaleur de mon âme ! Je ne désire rien autre chose jusqu'à l'heure bénie où, dans une clarté resplendissante, je me verrai entourée de ceux qui m'attendent, où les mots n'auront plus d'obscurité pour moi, et où, débarrassée de mes liens terrestres, je contemplerai, face à face, l'éternelle félicité !

XV

PENSÉES DIVERSES (1)

Les cheveux blancs sont les pointes d'écume qui couvrent la mer après la tempête.

.·.

On ne peut jamais être fatigué de la vie ; on n'est fatigué que de soi-même.

.·.

Il y a une bonté qui repousse et une méchanceté qui attire.

.·.

L'expérience est une femme âgée qu'on vénère, sans se demander si son passé a été douteux.

.·.

On ne nous pardonne ni nos talents, ni nos succès, ni

(1) Extraites, avec l'autorisation de M. C. Lévy, de la seconde édition des *Pensées d'une Reine* (*Paris, C. Lévy* 1888).

nos amis, ni notre mariage, ni notre fortune ; il n'y a que
la mort qu'on nous pardonne, et encore !

∴

Il y a des parents qui se vengent sur leurs enfants de la
mauvaise éducation qu'ils leur ont donnée.

∴

Pendant nombre d'années, vous n'osez croire à votre
propre observation, parce qu'elle diffère de celle des
autres.

∴

Quand un défaut nous blesse chez autrui, nous nous
jetons dans l'extrême opposé, persuadés d'acquérir un.
qualité.

∴

La vie devient facile, sitôt que l'on fait abstraction de
soi-même.

∴

Un beau regard cherche l'âme — ou les sens.

∴

La jeunesse juge, la vieillesse absout.

∴

La « simple vérité » est plus complexe qu'une femme.

∴

Jésus crucifié, Socrate empoisonné et Phidias accusé de vol !... C'est plutôt un honneur d'être maltraité par ses contemporains.

∴

Le soleil ne voit le monde que plein de chaleur et de lumière.

∴

Dieu, comme le soleil, change d'aspect suivant le point de terre d'où les hommes le regardent.

∴

Dieu pardonne, la nature jamais.

∴

Il faut très bien connaître les hommes avant d'avoir le courage d'être seulement et simplement soi-même.

∴

Méfiez-vous d'un homme qui a l'air de douter de votre bonheur en ménage.

∴

Quand un homme aime avec un excès de passion ses enfants, soyez-sûr qu'il n'est pas heureux.

∴

L'homme se réhabilite par le champ de bataille, la femme par la maternité !

La femme doit subir l'amour, souffrir pour enfanter, partager vos soucis, conduire votre maison, élever votre famille, être jolie et aimable par-dessus le marché ! Que disiez-vous donc de sa faiblesse, tout à l'heure ?

La femme du monde reste difficilement la femme de son mari.

Une femme est lapidée pour une action que peut commettre un parfait honnête homme.

Une femme incomprise est une femme qui ne comprend pas les autres.

Il y a des femmes majestueusement pures, comme le cygne. Froissez-les : vous verrez leurs plumes se hérisser pendant une seconde ; puis elles se détourneront silencieusement pour se réfugier au milieu des flots.

Un enfant qui bégaye fait taire vingt personnes spirituelles.

Entre mari et femme, on devrait toujours se faire un brin de cour.

.

L'amour et la politique sont la mort de l'amitié.

.

On ne peut jamais être assez reconnaissant à celui qui vous permet de lui venir en aide.

.

Il n'y a qu'un bonheur, le devoir; — il n'y a qu'une consolation, le travail; — il n'y a qu'une jouissance, le beau.

.

Un grand malheur donne de la grandeur même à un être insignifiant.

.

Ne faites pas souffrir qui vous aimez : mort, il se vengera.

.

La nuit tout est de feu : les étoiles, les pensées et les larmes.

.

Pour mesurer l'esprit, nous pesons les crânes. C'est comme si l'on mangeait des peaux de raisin pour trouver le bouquet du vin.

.

La contradiction anime la conversation. Voilà pourquoi les cours sont si ennuyeuses.

.·.

Pourquoi décrire *le laid*, quand *le beau* n'est pas encore épuisé.

.·.

Les mauvaises actions du roi David se sont effacées ; les psaumes sont restés.

.·.

On se met à genoux devant l'artiste, parce qu'on sent en lui une attribution de la divinité : le pouvoir créateur.

.·.

La bêtise se met au premier rang pour être vue ; l'intelligence se met en arrière pour voir.

.·.

Une femme qui se respecte parvient toujours à être aux yeux du monde une femme heureuse.

.·.

L'amour crée le monde, le devoir le gouverne.

.·.

Les petits n'ont que des droits, les grands n'ont que des devoirs.

.·.

Pour que vous soyez grand, il faut que votre personne disparaisse sous vos œuvres.

.*.

Il y a une modestie qui n'est que le manteau de l'orgueil.

.*.

Pour être l'ami d'un souverain, il faut être sans passion, sans ambition. sans égoïsme, clairvoyant et prévoyant, enfin pas un homme.

.*.

Le vocabulaire de la politique est fort restreint ; le mot de pitié n'y figure pas entre autres.

.*.

En politique on sacrifie tout : son ami, son frère, sa femme, sa conscience ; seulement, soi-même. on ne se sacrifie pas.

.*.

La politique est comme l'araignée : un animal de proie.

.*.

On n'a qu'à entrer dans un hôpital de guerre, et le mot « ennemi » vous fait sourire comme un non-sens.

.*.

La pruderie est un parfum qui dissimule de l'air vicié.

.*.

Quand on veut affirmer quelque chose, on appelle toujours Dieu à témoin, parce qu'il ne contredit jamais

*
* *

Il faut être ou très pieux, ou très philosophe *il faut*
dire : « Seigneur, que ta volonté soit faite ! » — ou :
« Nature. j'admire tes lois, même lorsqu'elles m'écra-
sent ! »

CHOIX DE POÉSIES

I

AUX FEMMES (1)

A vous qui savez souffrir bravement,
Cœurs vaillants, trempés dans la flamme pure;
Que la passion, noble et saint tourment,
Relève, affermit, sanctifie, épure!

A vous dont l'esprit sérieux et fort
Affronte avec calme et vent et tempête;
A vous qui savez, sous les coups du sort,
Avec dignité redresser la tête!

Qui ne répandez que chaleur, clarté,
Comme les rayons du soleil splendide;
A vous qui semez grâce, amour, gaîté
Sur la terre froide et le monde aride!

Qui souriez, même en portant le poids
De tous vos fardeaux, de tous vos déboires,
Qui dans vos combats gagnez tant de fois
Sans fracas, sans bruit, de belles victoires;

(1) Dédicace de *Stürme* (Tempêtes), *Bonn*, *E. Strauss*, 1881,
in-8.

Puisque le laurier est pour vous sans fleurs,
Sans rayons la gloire — à vous, chères âmes,
Héroïnes dont seuls coulent les pleurs,
Je veux dédier ce volume, ô Femmes !

II

A MON PAYS (1)

Beau pays de la treille et des forêts ombreuses,
O Rhin aux flots d'argent! où donc est ta clarté?
Où donc est le doux chant de tes ondes joyeuses?
J'ai quitté pour toujours ton rivage enchanté!

Bien souvent, en fermant les yeux, j'entends encore
Tes murmures, ta voix, et j'aperçois souvent,
Sous les calmes rayons du soleil qui les dore,
Tes navires glisser, leur voile au gré du vent!

C'est que je ne sais pas, dans toute l'Allemagne,
De pays plus charmant que le mien, ni plus beau;
Son souvenir toujours et partout m'accompagne
Et je l'emporterai jusque dans le tombeau!

Un petit compagnon jusqu'ici m'a suivie,
M'escortant en ami tout le long du chemin;
A regarder son beau visage il me convie,
Il me laisse saisir et caresser sa main!

(1) Dédicace des *Rumänische Dichtungen* (Poésies roumaines).
Leipzig, W. Friedrich, S. M. (1881), in-12.

Il s'appelle *le Conte;* en sa terre natale
Superbe est son costume et noirs sont ses cheveux ;
Il porte avec fierté la robe orientale,
Et son œil clair et brun brille de mille feux !

Des sommets des Karpaths, de leurs forêts antiques,
Il descend au Danube et jusque dans la mer ;
Ses traits sont quelquefois tristes, mélancoliques,
Et son œil se remplit souvent d'un pleur amer !

Mais son ancien parfum toujours en lui demeure ;
Son cœur a conservé toute sa pureté,
Il chante doucement, et doucement effleure
Les douleurs et les maux de notre humanité !

Les merveilleux bouquets de sa gerbe fleurie,
Je les cueille pour toi, Rhin superbe et vainqueur !
Sous tes pieds je les sème, ô ma chère patrie !
Puissé-je te serrer encore sur mon cœur !

III

JÉHOVAH

Chant XV (1).

La brise en frissonnant glissait son envolée
Grisante de parfums. Une semence ailée
Se posa frémissante en un calice frais.
Les papillons aux fleurs disaient leurs doux secrets,
Et les oiseaux, chantant un chant de fiançailles,
Murmuraient leurs propos charmants par les broussailles,
Et d'un flocon neigeux tissaient leur nid léger.
Dans l'herbe, le rêveur demeurait à songer.
En passant, un moineau hardi frôla sa tête
Et lui prit des cheveux. Un grand frisson de fête
Bruissait dans les bois. Une biche et ses faons
Se firent jour parmi les taillis triomphants,
Et, sveltes, inclinaient vers eux les jeunes branches.
Les fleurs dans les sentiers tombaient en avalanches
Parmi les autres fleurs, aux calices ouverts,
Et la voix de l'amour vibrait dans les bois verts.

(1) Dernier chant de *Jéhovah* (*Leipzig, W. Friedrich*, S. M. 1882), in-8. — Traduit par Mlle Hélène Vacaresco (*Paris, Lemerre*, 1887, in-12). — Reproduit avec l'autorisation de l'éditeur.

Au concert printanier de l'ombreuse vallée
Une autre voix, joyeuse et fraîche, était mêlée.
Ahasvérus entend frémir dans le lointain
L'éclat charmant et pur de ce rire argentin
Qui s'échappe d'une âme heureuse et neuve encore.
Il voit venir vers lui, comme une blonde aurore,
Un couple qui marchait, se tenant par la main,
Et leurs yeux s'emplissaient d'un bonheur surhumain.
Le vent passait, léger comme un frôlement d'aile.
« C'est le printemps, » dit-il. « C'est le bonheur, » dit-elle.
Tendres, ils échangeaient les anneaux de leurs doigts
Et s'en allaient, rêveurs, aux profondeurs des bois.
Ahasvérus tendit ses bras au ciel d'un geste
De joie, et son regard brilla d'un feu céleste.
L'homme, sur le gazon, tombait à deux genoux,
S'écriant : « Aujourd'hui, sous le ciel clair et doux,
« Tout aime : hanneton doré, papillon frêle.
« Tout ce qui rampe, et vole, et vit, joyeux se mêle
« A l'immense désir de vivre et de s'aimer.
« Un rayon de bonheur semble les consumer,
« Les conviant sans cesse à cet amour suprême.
« Les humbles, les chétifs, même les fourmis, même
« Le serpent, qui se traine au ras du sol, hideux,
« Éprouvent le besoin de marcher deux à deux.
« Mon Dieu ! mon Dieu ! mon Dieu ! vois, sur toute la terre.
« Je t'ai cherché, hanté d'un désespoir austère !
« Je t'ai cherché partout, dans le rêve infini,
« Au désert, où ma voix tremblante t'a béni,
« Et quand je t'ai crié l'implacable anathème.
« Dans le bien, dans le beau, et dans l'amour lui-même,
« Jusque dans le combat, jusque dans le péché,
« Je t'ai toujours voulu, je t'ai toujours cherché
« Ainsi que l'enfant cherche à retrouver sa mère.

« Le chevreuil suit la sienne à la trace. O mystère !
« J'ai souffert tous les maux, bu toutes les douleurs !
« J'ai vu tous les chemins arrosés de mes pleurs !
« Je te cherchais muet, aux vastes solitud s ;
« Je te cherchais encor parmi les solitudes,
« Dans l'ombre, sur les flots, dans la clarté du jour.
« Mon cœur t'a poursuivi partout de son amour !
« Seigneur, pour te saisir, j'ai fouillé tout mon être.
« Mais aujourd'hui, j'apprends enfin à te connaître ;
« Mes yeux se sont ouverts enfin à ta clarté.
« Sois béni, Jéhovah, dans ton éternité !
« Dans le ciel, que ton règne immense soit sans terme,
« Car je t'ai retrouvé, Jéhovah, dans le germe,
« Dans tout ce qui respire, et l'univers, c'est toi !
« Que suis-je, pour avoir ainsi, triste et sans foi,
« Découvert ton énigme éternelle et sublime?
« Oui, je vais me plonger à mort dans ton abîme,
« Et je vais savourer, tombeau, ton abandon,
« Car Jéhovah est grand et Jéhovah est bon.
« Comme la feuille tombe au sein de la nature,
« Je meurs et te fais place, humanité future.
« Sois loué, Jéhovah ! » A l'ombre des buissons,
Qui, joyeux, sur sa tête inclinaient leurs chansons,
Ahasvérus tomba dans l'épaisse jonchée,
Comme une feuille morte au bois vert arrachée !

IV

AUX ENFANTS (1)

Où l'antique forêt couvre les rocs géants,
Où roule le torrent dans les ravins béants,
Où mille belles fleurs répandent leur arome ;
Où montent vers le ciel de suaves senteurs,
Là, pareil au plus beau des jardins enchanteurs.
            Se trouve mon royaume !

Où le feu, les couleurs du conte gracieux
Se reflètent, enfants, dans l'azur de vos yeux,
Purs, innocents, profonds, plus tendres qu'un doux baume,
De vérité, d'amour, de jeunesse éclatants,
Là, toujours enivré des brises du printemps.
            Se trouve mon royaume !

Dans l'univers entier, au fond des bois ombreux,
Où l'on n'entend que gais concerts et chants joyeux,
Où le nuage court, aérien fantôme.
Où la rosée épand ses gouttes de cristal,
Là, sous les grands rameaux, dans un monde idéal,
            Flotte mon beau royaume !

(1) Dédicace des *Pelesch-Märchen* (Contes du Pélesch), *Bonn*, *E. Strauss*, S. M. (1882-1883), in-8, fig.

Dans tout bourgeon qui pousse, et dans tout embryon,
Dans la force, l'éclat divin de tout rayon,
Dans la forme, l'aspect du plus petit atome ;
Dans tout être qui naît, qui respire, qui sent,
Là croît — suis-je assez riche, enfants ! — là croît puissant
     Mon merveilleux royaume !

V

SALUT AU RHIN (1)

Hourra! Salut, ô Rhin! ô mon vieux Rhin que j'aime!
Me voici de retour. Veux-tu me recevoir?
Tu vis toujours? C'est moi, c'est bien moi, c'est moi-
[même!
O mon cher fleuve, es-tu content de me revoir?

Si mes pleurs vont là-bas, vers ma chère vallée,
Ma bouche cependant sourit en ce beau jour;
Sous l'ardeur du soleil dont ta rive est brûlée,
Toi-même tu souris et pleures tour à tour!

Comme une fiancée, une chaste maîtresse,
Je t'ai gardé mon cœur, oublié par le tien;
Pour la première fois, je crois voir ta jeunesse,
Et la fière beauté de ton noble maintien!

J'entends autour de moi répéter : Prends bien garde!
Le Rhin, sauvage et rude, est dur aux cœurs aimants;
— Non, il est mon ami, non, lorsqu'il me regarde,
Il sourit, tendre et bon même en ses grondements!

(1) *Mein Rhein* (Mon Rhin), *Leipzig. A. Tilze*, 1884, in-4, fig.,
p. 1.

O Rhin ! fleuve des dieux ! Rhin ! dont l'onde est si pure,
Laisse-moi me pencher tremblante vers tes eaux !
Fleuve de la légende, avec un doux murmure
Élance-toi vers moi du sein des verts roseaux !

VI

MONREPOS (1)

Adossée à la maison blanche,
S'étend, rêveuse, la forêt.
Et la lune, à travers la branche,
Tour à tour luit et disparaît !

Je voudrais rester en prière
Devant tous ces arbres géants !
Car ici je bus à plein verre
L'ivresse de mes dix-huit ans !

C'est dans ces sentiers, sur cette herbe,
Que j'ai trouvé tant de chansons,
Et que de la forêt superbe
Je reçus jadis les leçons !

Dans ma chambrette que décore
Avec grâce la fleur des bois,
Puissé-je retrouver encore
Tous mes chers pensers d'autrefois !

(1) *Mon Rhin*, p. 37. — *Monrepos* est le nom du château prin-
cier où Carmen Sylva a passé son enfance et sa jeunesse (Voyez
notre ouvrage : *Carmen Sylva inti- -e*, p. 28).

En bas lentement se déroule
Un large ruban argenté ;
C'est le Rhin radieux qui coule
Avec éclat et majesté !

Ma jeunesse entière murmure
Dans ce feuillage frais éclos,
Et sous son épaisse ramure
Toujours m'attire Monrepos!

VII

ADIEUX AU RHIN (1)

Un blanc linceul de brume, étendu sur la plaine,
A revêtu les bords de mon Rhin bien-aimé!
Je vais partir, hélas! pour la terre lointaine!
Mon beau rêve a pris fin, et tout est consommé!

Il règne autour de nous un silence de tombe!
Pas un son, pas un cri; ni voile, ni bateau;
Il fait gris, il bruine, et le brouillard qui tombe
Se répand sur la rive en larges nappes d'eau!

Et dans ce grand silence, auquel la nuit s'ajoute,
Qu'aucune plainte au loin ne trouble sous les cieux,
Sonne, sans que personne au monde ne s'en doute,
L'heure, l'heure fatale et sainte des adieux!

Ces gouttes de brouillard obscurcissant le fleuve,
Tandis que je l'entends gémir et soupirer,
Ce sont, dans cette triste et déchirante épreuve,
Tous les pleurs refoulés que je ne puis pleurer!

(1) *Mon Rhin*, page 63.

Si ces larmes du moins qui suffoquent ma gorge
Se figeaient comme l'eau de ce brouillard glacé,
Au lieu de me brûler, comme un fer que l'on forge,
Oh ! quel soulagement pour mon cœur oppressé !

Adieu, Rhin ! toujours beau, toujours vert de jeunesse !
Je pars, hélas ! La vie, oui, la vie et sa loi
M'ordonnent de quitter ta rive enchanteresse,
Me prennent pour toujours, et sans espoir, à toi !

VIII

CARMEN, SYLVA (1)

Carmen, le Chant; Sylva, la Forêt. — Elle-même
Elle chante son chant la superbe forêt,
Et si je n'étais née au fond des bois que j'aime,
Pour redire ce chant mon luth serait muet !
Je le tiens des oiseaux et des vertes ramures
Dont mon oreille a su recueillir les propos ;
J'y mis aussi mon âme, et dans leurs doux murmures
La Forêt et le Chant m'invitent au repos !

(1) Ces vers, célèbres en Allemagne, se lisent en tête de la
première édition de *Meine Ruh* (*Monrepos*), *Berlin, A. Duncker,*
1884, gr. in-8.

IX

CARMEN (1)

C'est toi que je célèbre en mes vers, âme humaine !
Je te guette, et t'observe, et t'examine à fond ;
Je compte tes soupirs, afin que nulle peine,
Nulle tempête qui s'élève et se déchaîne,
Ne puissent échapper à mon regard profond !

C'est ma tâche ! Ton œil est-il clair et vivace,
Ou bien d'un pleur humide est-il soudain voilé ?
Je le vois, je le dis, mais mon chant léger passe
Comme un subtil parfum qui monte dans l'espace,
Et se perd lentement sous le ciel étoilé !

C'est de tes sentiments que je suis l'interprète ;
Mes moindres chants sont tous à toi, sans contredit.
Ma lyre retentit sous ta douleur secrète,
C'est à toi que revient la gloire du poète,
Et je n'ai raconté que ce que tu m'as dit !

(1) *Monrepos*, 3e édition (*Berlin, A. Duncker*, 1901, in-8); *Sommeils et abîmes.* p. 1.

Et lorsque sonnera l'heure à jamais bénie
De l'oubli, du silence et de l'apaisement,
Tu pourras mesurer ma tendresse infinie,
Tu comprendras aussi ce que fut mon génie,
Et dans mon cœur éteint tu liras librement.

X

SYLVA (1)

Viens, nous nous connaissons depuis longtemps, je pense ;
Mon murmure pour toi n'est pas sans quelque attrait ;
Sur un rythme connu, doucement, en cadence,
Je te chuchoterai : « Viens, je suis ta forêt ! »

Avec l'élan sacré d'une force invincible
Que de fois je t'attire et sais te retenir !
Tu m'aimes, à ma voix tu n'es pas insensible,
Dans ta chère forêt ne veux-tu pas venir ?

Lorsqu'amassant sur toi son courroux, la tempête
De ses nuages noirs te menace en secret,
Je l'apaise soudain, et préserve ta tête
De l'orage en fureur ! Viens, je suis ta forêt !

Quand tu chantes ton chant de jeunesse qui grise,
Quand déborde ton cœur, quand tu pleures parfois,
Tes chants et tes sanglots se perdent dans ma brise ;
Viens, je suis ta forêt, viens au fond de mes bois !

(1) *Monrepos*, 3ᵉ édition : *Sommets et abîmes*, p. 148.

Tu vécus bien. Regarde avec joie en arrière,
Ton cœur est noble, pur, généreux à souhait ;
Bientôt je te dirai, pour une nouvelle ère
De bonheur radieux : « Viens, je suis ta forêt

Jeune, je contemplais le passé : je commence
A vieillir, et je vois ce qui fut jeune un jour :
Je suis le souvenir et je suis l'espérance :
Dans ta chère forêt oh ! viens avec amour !

XI

DANS LE VOLKSGARTEN (1)

Voici les rossignols de retour : leur voix claire
A conservé l'éclat de son timbre argentin ;
Pour les pauvres, les gueux, sans le moindre salaire,
Ils chantent en public du soir jusqu'au matin !

O rossignols charmants ! ô chères créatures !
Vous revenez toujours, fidèles à vos nids,
Et l'on entend, au sein des nuits calmes et pures,
Couler le flot sacré de vos chants infinis !

Célestes messagers, amis de mon enfance,
Puissé-je, m'inspirant de votre art merveilleux,
Conter, en des récits pleins de magnificence,
Les hauts faits du passé, les exploits des aïeux !

(1) Jardin public. — *Monrepos*, 3ᵉ édition; *Sommets et abîmes*.
p. 11.

XII

LE BONHEUR (1)

Le bonheur est le verre empli, qu'on vous invite
En un joyeux festin à lever de bon cœur ;
Oh ! ne le videz pas ni trop tôt, ni trop vite,
Car l'amertume gît au fond de la liqueur !

Le bonheur est la fleur au coloris superbe
Que sur le vert gazon on rencontre en chemin ;
On ne l'a pas plus tôt cueillie au sein de l'herbe
Qu'on la voit se faner et périr dans la main !

Le bonheur est un doux parfum, une harmonie
Sublime, dont les sons ravissent tous nos sens !
Le vent l'emporte comme une feuille jaunie,
Et soudain de la lyre expirent les accents !

Le bonheur est l'été, la saison adorable
Dont la neige bientôt ensevelit les fleurs :
Le bonheur est la mort, amie et secourable,
Qui nous délivre enfin de toutes nos douleurs !

(1) *Monrepos*, 3ᵉ édition : *Sommets et abîmes*, p. 28.

XIII

L'HEURE DU CRÉPUSCULE (1)

Le crépuscule gris dans la chambre pénètre,
En disant : « A me bien accueillir est-on prêt ?
« Dans ce réduit jadis je n'avais qu'à paraître,
« Et l'on me faisait fête, et l'on me souriait !

« Aux lèvres de la mère, éloquentes et fières,
« Un enfant — doux trésor — attachait ses grands yeux,
« Et j'entendais des voix juvéniles et claires
« Fredonner des chansons et des refrains joyeux !

« Mais, ce soir, je crois bien que j'ai perdu ma route !
« Hélas ! je suis aveugle, et je boite en marchant !
« Et je suis arrivé beaucoup trop tard sans doute,
« Car l'enfant et la mère ont achevé leur chant ! »

(1) *Monrepos*, 3ᵉ édition: *Sommets et abîmes*, p. 31.

XIV

BROUILLARD (1)

Dans des flots de lumière blonde
Une nuée errait un jour ;
Un sapin sur la terre ronde
Veut rejoindre la vagabonde,
Tout à son vain rêve d'amour !

Devinant le mal qui le mine
Elle s'arrête dans les airs
Et vers l'arbuste elle s'incline
Du haut du ciel bleu qu'illumine
Un beau soleil aux rayons clairs.

Elle lui tend sa lèvre pure ;
Ses yeux brillent — tels des éclairs ; —
Elle l'enivre du murmure
De sa charmante chevelure
Aux flots diaphanes et clairs.

(1, *Monrepos*, 3ᵉ édition: *Sommets et abîmes*, p. 48.

Mais le pauvre arbre est rude ; à peine
Il ose d'elle s'approcher.
Déjà le vent au loin l'entraîne
Tandis qu'au ciel il dit sa peine.
Immobile sur son rocher !

XV

LE VENT (1)

L'arbre au vert feuillage, à la tendre écorce
Est la lyre d'or; l'artiste est le vent.
Il sait en jouer, tantôt avec force,
Tantôt avec grâce, avec sentiment!

Il chante rondeaux, sonnets et ballades,
Chants d'amour, de gloire, imprévus, divers.
Et joyeusement dit ses promenades
Triomphales dans le vaste univers!

La lyre soupire... Elle pleure, gronde,
Et c'est un plaisir exquis, enchanteur,
De l'entendre joindre, à travers le monde,
Ses accents divins à ceux du chanteur!

Et voici qu'en bas le torrent, la source
Déchaînent soudain leurs flots écumants;
Rêveur, le nuage arrête sa course
Et vient écouter ces concerts charmants!

(1) *Monrepos*, 3ᵉ édition: *Sommets et abîmes*, p. 65.

Chaque fleur se penche, et chaque brin d'herbe
Mollement s'incline, ému, transporté ;
Réveillé, debout, le rocher superbe
Donne la réplique avec majesté !

Toute la nature en fête, en délire,
Frémit de plaisir, de joie et d'amour ;
L'arbre au vert feuillage est la douce lyre ;
Le vent qui soupire est le troubadour !

XVI

AU PAYS DES RÊVES (1)

Je voudrais être reine en un royal château,
Si ma couronne était faite de fleurs écloses,
Si l'araignée avait tissé mon long manteau,
Si la rosée était mes brillants et mes roses !

J'aurais le blond soleil pour maréchal de cour,
Pour carrosse un nuage errant et solitaire ;
Les neuf Muses seraient mes neuf dames d'atour,
Et je contemplerais avec orgueil la terre !

Mon royaume serait l'esprit, les arts vainqueurs,
L'immensité des bois, les cimes élancées,
Et le don de charmer et d'entraîner les cœurs,
Et les grands sentiments et les nobles pensées !

Mais puisqu'un pareil vœu n'est qu'un rêve ébauché,
Que les couronnes sont souvent de lourdes chaines,
Je préfère rester l'humble ruisseau caché
Que la roche moussue ombrage au pied des chênes !

(1) *Monrepos*, 3ᵉ édition : *Sommets et abîmes*, p. 67.

XVII

PENSÉES D'AUTOMNE (1)

De très belles fleurs non jaunies
S'ouvrent encore dans mon cœur,
Et d'un concert plein d'harmonies
En moi résonne la douceur.

Pourtant sur mon front étincelle
Le givre argenté des soucis.
Et, comme un brouillard qui ruisselle,
Le souvenir flotte indécis.

Le soleil qui chauffe et qui dore
Devant les hivers s'exila ;
Mais en silence brille encore
Ce que son rayon étoila !

Aux crus que partout l'on renomme
Le soleil seul convient très peu ;
C'est le gel et la brume en somme
Qui produisent le vin de feu !

(1) *Monrepos*, 3ᵉ édition : *Sommets et abîmes*, p. 71.

XVIII

LA MÈRE DE LA PATRIE (1)

Si tout un peuple ému, vibrant, t'appelle « Mère ! »
En se tournant vers toi dans les jours de malheur ;
Si tu sais partager son infortune amère,
Tu sentiras la paix renaître dans ton cœur !

Solide comme un roc en face de l'orage,
Ne va pas demander secours ni chanceler ;
Comme un soleil d'été fais briller ton visage.
Et laisse la douceur de tes lèvres couler !

Regarde sans terreur au fond du précipice ;
Garde-toi de gémir, surtout ne tremble pas ;
Que ton cœur réconforte et que ta main guérisse,
Redresse bien la tête et raffermis le pas !

Il ne t'est plus permis d'être encore à toi-même ;
Fais taire tes espoirs, tes plaisirs, tes douleurs ;
Donne-toi tout entière à ce peuple qui t'aime.
Tu traînes après toi des millions de cœurs !

(1) *Monrepos*, 3ᵉ édition: *Mère et enfant.* p. 27.

Bons ou mauvais, tous ceux que le sort abandonne,
Tous ceux auxquels il rit, les nobles, les vilains,
Tous sont à toi! Secours, bénis, sauve, pardonne.
Blessures et péchés, lave tout de tes mains!

Oh! laisse ta bonté, comme une source tiède,
De ton cœur généreux jaillir à flots épais!
De la main, de la voix, soulage, ranime, aide!
Répands autour de toi la tendresse et la paix!

XIX

RÉVÉRENDE MÈRE (1)

Rien n'est à moi, ni biens, ni demeure, pas même
Le sombre vêtement qui recouvre mon corps :
Pas d'ami dévoué, pas de parent qui m'aime ;
Je vis toujours errante : à peine si je dors.

Je ne m'appartiens pas ; mon être, ma parole
Gisent ensevelis, dans mon âpre chemin,
Sous la bure et le drap qui, comme une auréole,
M'éloignent à jamais de tout contact humain !

Et malgré tout, ce sont les souffrances humaines
Qui sont toute ma vie et prennent tous mes jours !
La douleur et la mort, les malheurs et les peines,
Voilà mes compagnons, mes plaisirs, mes amours !

Ma lèvre consolante et mes mains secourables
Doivent guérir les maux, les panser, les calmer,
Et ma tendresse va de plus aux misérables,
A ceux qui n'ont personne, hélas ! pour les aimer !

(1) *Monrepos,* 3e édition: *Mère et enfant,* p. 31.

Et pour ce vaste amour, aucune récompense !
A mourir en repos j'exhorte le mourant,
A qui n'espère plus j'apporte l'espérance,
Ou berce, dans mes bras, un enfant expirant !

Le foyer, la famille et la maison si chère
Où l'on vit près des siens en souffrant, en aimant,
Je ne les aurai pas !... Mais j'ai le nom de MÈRE,
De la femme, ici-bas, le plus bel ornement !

XX

« Que de fois je regarde hélas ! la porte close !
Que de fois je me dis : Elle va s'entr'ouvrir !...
Je vais, comme jadis, voir ma fillette rose,
Vers moi, par bonds légers, en dansant, accourir !

Si même ce n'était qu'un fantôme, qu'une ombre
Rapide, fugitive et qui me narguerait,
De quel trouble mon cœur, toujours saignant et sombre,
O mon cher ange ! à ton aspect se remplirait !

Je t'ouvrirais tout grands mes bras, ravie, émue,
Sans un mot, sans un cri, sans un seul mouvement,
Pour que la vision un moment entrevue
Ne se dissipe pas trop tôt, trop brusquement !

Et si discrètement de loin tu me fais signe
Qu'il faut t'en retourner bien vite d'où tu viens,
J'aurai, pour peu de temps du moins, la joie insigne
D'avoir enfin revu le plus cher de mes biens !

(1) *Monrepos*, 3ᵉ édition : *Mère et enfant*, p. 42.

XXI

CALAFAT (1)

Entre les vastes bords qu'il baigne et désaltère,
Le Danube poursuit son cours majestueux ;
Il couvre de ses bras notre vaillante terre,
Sur son cœur paternel tendrement il la serre,
Car il doit protéger l'étendard des aïeux !

Vidin et Calafat dressent au bord de l'onde
Leurs dômes et leurs toits empourprés de soleil ;
Tout semble reposer dans une paix profonde ;
Soudain l'éclair jaillit et le tonnerre gronde,
Et la terre frémit, sortant de son sommeil !

Et les obus, engins de meurtre et de carnage,
Vomis par les canons noircis et résolus,
Sillonnent les flots d'or, les couvrent d'un nuage,
Sifflent dans l'air brûlant, et volent d'un rivage
A l'autre, comme autant de fraternels saluts !

(1) Ville de Roumanie située en face de Vidin. Le combat
célébré dans ces vers fut livré le 15/27 mai 1877. S. A. R. le
Prince de Roumanie avait quitté la veille sa capitale pour aller
se mettre à la tête de l'armée.

Sans crainte du péril qui partout le menace,
Impassible et debout, campé près d'un canon,
Le Prince est là ! Soldats ! bravez la mort en face !
Votre chef vous apprend, dans sa tranquille audace,
Ce qu'on doit au pays, ce qu'on doit à son nom !

Regardez-le ! Son œil profond, réfléchi, grave,
Interroge la terre, interroge les eaux :
Doit-il prendre d'assaut ce Vidin qui le brave,
Et pourra-t-il, là-bas, jeter sans nulle entrave
Un pont pour ses soldats et pour ses généraux ?

Soudain, à ses côtés — du feu noble baptême ! —
Éclate avec fracas un obus meurtrier !
Les blessés vers le Ciel lèvent leur face blême,
Et tremblent, en voyant leur roi, leur chef suprême,
Dans l'ardente lueur de l'immense brasier !

L'un des hommes, saisi d'épouvante, se signe ;
Un autre se lamente en tombant à genoux :
« Notre prince est blessé ! Celui que tout désigne
« Pour nous conduire au feu ; le plus grand, le plus digne !
« Qui le remplacera?... Seigneur ! préservez-nous ! »

Mais le prince gardant toute son assurance,
Se découvre et s'écrie : « Hourra pour ce refrain !
« Hourra pour ce vieil air qui berça mon enfance !
« C'est la sainte chanson de notre délivrance !
« J'en avais bien envie, et je la connais bien. »

D'allégresse et d'orgueil le Danube tressaille ;
Il reconnaît, joyeux, cette voix et ce ton,
Et son onde redit, à travers la mitraille,
Le refrain que répète, en ce jour de bataille,
Des vieux Hohenzollern le jeune rejeton (1).

(1) *Monrepos*, 3ᵉ édition; *Ballades et romances*, p. 51.

XXII

ENFANTS DIVINS (1)

Le soleil, se couchant à l'horizon, projette
Sur le château royal son éclat radieux,
Tandis que, s'abimant dans sa douleur muette,
La reine sent des pleurs inonder ses beaux yeux.

« Je ne connaîtrai pas le bonheur d'être mère ! »
— Soupire-t-elle au fond de son morne palais; —
« Le roi, mon cher seigneur, est parti pour la guerre;
« Mon sort est d'être seule ici-bas désormais ! »

Mais soudain dans les airs résonne une harmonie
Divine — tel un bruit d'ailes tout frémissant —
Et la vieille demeure, émue et rajeunie,
S'éclaire par degrés d'un jour resplendissant !

Et voici qu'émergeant de la clarté sereine
Apparaît Apollon en personne, disant :
« Pourquoi pleurer ainsi, ma belle souveraine?
« Pourquoi ces longs soupirs et ce regret cuisant? »

(1) *Monrepos*, 3ᵉ édition ; *Ballades et romances*, p. 84.

— Non, je ne pleure pas, Dieu puissant, invincible ;
Non, ma poitrine bat d'allégresse et d'émoi !
— Poussé par un désir ardent, irrésistible,
De l'Olympe sacré je suis venu vers toi ! »

Et la reine à ses pieds se courbe, prosternée ;
Mais lui, la relevant, lui souriait toujours ;
La terre s'arrêtait interdite, étonnée,
Et, surpris, le soleil interrompait son cours !

Le lendemain, plus belle encore sous ses voiles,
La reine n'avait plus son air triste et défait ;
Ses yeux étincelaient pareils à deux étoiles,
Et son cœur, débordant de bonheur, triomphait !

Et sa harpe vibrait sous ses doigts féeriques,
Et sa voix résonnait en sons mélodieux,
Ressuscitant les chants des âges héroïques,
Les contes du passé, les refrains des aïeux !

Et dans le vieux palais, ces contes, ces légendes,
Se pressaient à l'envi, l'inondant de clartés ;
Ce n'étaient que chansons, et parfums, et guirlandes,
Et vers harmonieux et récits enchantés !

Elle les attirait de sa voix douce et tendre
Dès que l'aube du jour avait blanchi les cieux,
Et de tout le royaume on accourait entendre
La reine qui chantait ses chants délicieux.

Mais nul, parmi la foule autour d'elle empressée,
N'eût osé l'approcher, malgré ses yeux charmants ;
La reine néanmoins lisait dans leur pensée,
Et savait deviner leurs moindres sentiments ;

Et c'est pieusement que le peuple sans cesse
Contemplait cette Femme au noble et pur talent,
Comme s'il devinait que l'auguste princesse
Avait reçu du Dieu le baiser consolant?

Et le soleil joyeux la suivait dans sa chambre,
Se jouant autour d'elle en de magiques jeux,
Illuminant son front de ses beaux rayons d'ambre
Et répandant son or sur l'or de ses cheveux !

La belle souveraine, adorée, admirée,
N'a toujours pas d'enfants ; mais elle a dans le cœur
L'éclat du ciel, et puis, sur sa lèvre inspirée,
La divine harmonie et son charme vainqueur !

XXIII

RÉVOLUTION (1)

La nature, elle aussi, fait de la politique :
Que de convulsions et de gémissements !
Que de bruits déchaînés ! Quel amas fantastique
De querelles sans fin et de sourds froissements !

Dans la confusion de la grande tourmente
Le vent commande en maître : il est le dictateur ;
Il marche, entraînant tout dans les plis de sa mante ;
Qui donc arrêtera ce fol agitateur ?

Il fait tourbillonner l'ouragan et la trombe ;
Il renverse soudain ce qui se tient debout ;
Que le fleuve déborde, ou que la cité tombe,
Qu'importe à ce tribun s'il bouleverse tout !

Pourtant l'on voit toujours, haute de cent coudées,
La superstition se dresser, roc géant,
Et les vieux préjugés et les vieilles idées
Enfoncent leur racine au fond du sol béant !

(1) *Monrepos*, 3ᵉ édition: *Philosophie*, p. 11.

XXIV

UN OUBLI (1)

Jadis — par conscience ou bien par habitude —
D'être reconnaissant on avait le souci ;
Les hommes pratiquaient alors la gratitude
Jusqu'à la mort — et même après la tombe aussi.

Mais voilà qu'un beau jour on s'avise à la ronde
De trouver importun ce noble sentiment ;
C'est un lourd vêtement qui pèse à tout le monde,
Un manteau dont la mode a trop duré vraiment !

On court prendre mesure, et chacun se façonne
Un habit moins gênant qu'il promène au soleil ;
Mais dans l'empressement d'en parer sa personne,
Aux bêtes on omet d'en tailler un pareil !

Les animaux, hélas ! ne comprennent pas vite,
Ils n'aiment pas non plus les usages nouveaux,
Aussi voit-on chez eux la défroque insolite
De la reconnaissance et de ses oripeaux.

(1) *Monrepos*, 3ᵉ édition ; *Philosophie*, p. 30.

XXV

COMMUNION (1)

Baiser deux yeux d'enfant, c'est se mettre en prière ;
C'est voir Dieu : c'est frémir de joie à son aspect ;
C'est tomber devant lui, courbé dans la poussière,
Plongé dans un profond et très humble respect !

C'est bénir le Seigneur, c'est chanter sa louange
Comme s'il était là, tout-puissant et vainqueur,
Et qu'il eût envoyé son plus fidèle archange
Pour mettre un peu de paix dans notre pauvre cœur !

C'est boire à pleins poumons, humer avec ivresse
Un merveilleux rayon du bienfaisant soleil ;
C'est sentir, transporté de joie et d'allégresse,
Notre âme s'embraser à son éclat vermeil !

Quand tu baises deux yeux d'enfant, ta conscience
Se réveille et te dit : « Es-tu bon et loyal ?
« Exempt de tout péché devant cette innocence ?
« Devant cette candeur, affranchi de tout mal ?

(1) *Monrepos*, 3ᵉ édition: *Gouttes de sang*, p 50.

« De même que pour la sainte Table, ou la messe,
« Ton cœur humble et contrit est-il bien préparé ?
« N'a-t-il pas un levain d'orgueil ou de faiblesse
« Dont il pourrait rougir au Tribunal sacré ? »

L'obscurité fait place à la lumière intense,
On voit s'enfuir la peine et le souci pesant,
Car la naïveté sublime de l'enfance
D'une fleur délicate a l'attrait séduisant !

Beaux yeux d'enfant, pareils aux roses aubépines,
Dans le jardin de Dieu fleurissez librement,
Et ne regardez pas le monde et ses épines,
Le monde où l'on trahit, où l'on trompe, où l'on ment !

Contemplez seulement le ciel plein de lumière
Et dont vous reflétez l'azur, — les belles fleurs,
Le soleil radieux, la feuille printanière
Que Dieu revêt pour vous de riantes couleurs !

Ne demandez jamais les raisons et les causes,
Chers enfants ! Il vaut mieux que vous ne sachiez pas
Combien la vie, hélas ! cache de tristes choses
Ni quels sombres périls menacent tous vos pas !

Non ! laissez-vous bercer par la brise légère
Que le ciel doucement répand autour de vous !
— Baiser deux yeux d'enfant, c'est se mettre en prière,
Devant les saints autels, c'est tomber à genoux !

XXVI

A L'ÉPREUVE (1)

Si tu n'as pas pleuré, ne te dis pas poëte !
De tes larmes de sang, de tes sombres douleurs,
De tes deuils, de tes jours d'affliction muette,
Fais des rayons rosés, et des chants, et des fleurs !

Fais de la lourde croix qui courbe ton épaule
Une lyre sublime, un instrument vainqueur !
Fais retentir ton chant, de l'un à l'autre pôle,
Aussi fort que le fer qui te brise le cœur !

Prends de ton sein meurtri les cordes déchirées,
Étends-les sur ta lyre, et, chantre aimé des dieux,
Fais vibrer longuement, sous tes mains inspirées,
Ta joie et ta douleur en sons mélodieux !

Dans la morne étendue où l'ouragan s'engouffre,
Fais-les vibrer, gémir, soupirer à leur gré !
Et des sanglantes fleurs de ton âme qui souffre
Tresse une belle gerbe, à l'éclat empourpré !

(1) *Monrepos*, 3ᵉ édition : *Gouttes de sang*. p. 113.

Des malheureux mortels pénètre les misères,
Saigne de chaque peine et de chaque tourment,
Et quand tu n'auras plus de pleurs dans tes paupières,
Alors tu te diras un poëte vraiment !

XXVII

ELLE DORT (1)

Les champs dorment, couverts d'un flot de neige blanche;
Dans un rêve profond s'assoupit chaque branche,
   On ne voit plus de fleurs !
Dans la nature rien ne vit, rien ne s'agite :
A peine perçoit-on un souffle qui palpite :
   Elle dort : pas de pleurs !

Sur la pierre abritant sa tombe solitaire
Volent, sous le soleil d'hiver qui les éclaire,
   Des papillons frôleurs !
Un sourire a glissé sur ses lèvres muettes ;
Sa main retient encor de pâles violettes ;
   Elle dort : pas de pleurs !

Et quand du gai printemps reviendra le cortège,
Mon cœur sera toujours aussi froid que la neige,
   Sans plaisirs, sans douleurs !
Détourne-toi, passant, avec indifférence ;
Ne le réveille pas : suis ta route en silence :
   Car il dort : pas de pleurs !

(1) *Heimath* (Patrie): *Bonn, E. Strauss,* S. M. (1891), in-8, p. 7

XXVIII

SUR LE SEUIL (1)

Dès que l'aube parut, j'errai dans la maison,
Dans la chère maison qui jadis me vit naître ;
Je m'arrêtai longtemps devant chaque cloison,
Longtemps je regardai par plus d'une fenêtre !

Oh ! quel amer plaisir ! Partout, sur chaque seuil,
Je respirais les doux parfums de mon enfance,
Et je sentais flotter, comme un tissu de deuil,
A l'entour de mon cœur, mon ancienne souffrance !

Mais tout à coup, avec émoi, ma main heurta
La porte de la chambre où se tenait mon père ;
Rien de changé !... Ma main tremblante s'arrêta...
Peut-être était-il là, comme au temps plus prospère !

Et si j'entrais soudain, en disant : « Me voilà !... »
Il fixerait sur moi ses yeux de violette !...
Car peut-être mon père était-il encor là !...
Et je m'enfuis bien vite, interdite et muette !

(1) *Patrie*, p. 35.

16

XXIX

L'ANNIVERSAIRE DE MON MARIAGE A L'ÉTRANGER (1)

(Au Roi.)

Pour ces vingt ans si bien remplis
Pour ta bonté, ta patience,
Ton grand cœur, tes dons accomplis,
Accepte ma reconnaissance !

Pour ton regard d'aigle et ta main
Si calme et néanmoins si forte,
Semblant écarter du chemin
Les obstacles de toute sorte !

Stoïque, résigné, soumis,
Dans le malheur tu fus sublime
Et même envers tes ennemis,
Tu sus te montrer magnanime !

Celle qui partagea ton sort
Avec orgueil lève la tête
Vers l'homme au cœur vaillant et fort
Que dans sa route rien n'arrête !

(1) *Patrie*, p. 65.

Au crépuscule de nos jours,
Comme dans une apothéose,
Sur ton front puissé-je toujours
Voir briller des rayons de rose !

XXX

CHANSON DU BOULANGER (1)

Qui pourrait donc vivre un seul jour sans pain ?
Qui pourrait encor soulever à table
Son verre rempli d'un généreux vin ?
Ne serait-ce pas vraiment lamentable ?

On dédaignerait les meilleurs salmis.
On trouverait plats tous les crus qu'on vante.
Et le Paradis même, mes amis.
N'aurait, je crois bien, plus rien qui vous tente !

Là point de brasier ardent, point de feu,
Ni de four béant, ni de rouge flamme ;
Je préférerais m'en aller, morbleu !
Comme un mécréant dans l'enfer infâme

Pour voir si j'y trouve, au coin d'un fourneau,
Mon pain bienaimé, ma chère pitance.
Car dans le grand ciel, tout ruisselant d'eau.
Pour le boulanger dure est l'existence !

(1) *Handwerkerlieder* (Chansons d'artisans). *Bonn, E. Strauss,*
18:0, in-8, p. 7.

Et si par hasard le bon Dieu demain
Me faisait cadeau de quelque royaume,
Et qu'il me fallût me priver de pain
Dans un beau palais, au superbe dôme,

J'aimerais bien mieux ne plus être roi,
Sur les grands chemins, errer, solitaire,
Et laisser en paix d'autres gens que moi
Mon sceptre à la main, gouverner la terre !

— Voyez comme il brille et comme il reluit !
Admirez sa joue éclatante, blonde !
Oh ! vive le pain, le cher pain bien cuit !
Il vaut à lui seul tout l'or de ce monde !

XXXI

LE SOUFFLEUR DE VERRE (1)

Haletant nuit et jour dans la fournaise ardente,
L'œil et la main plongés dans la flamme stridente,
    Je souffle à pleins poumons, misère !
Et ce que tu remplis et vides, gai, content,
Ce que dans les banquets tu lèves en chantant,
    Me coûte, à moi, mon sang: le verre !

Avant toi, je le porte à ma lèvre échauffée,
Le soulevant en rond par plus d'une bouffée,
    Je souffle à pleins poumons, misère !
Et ce que ma puissante haleine a mis au jour,
Ce que j'ai fait avec orgueil, avec amour,
    Tu ris en le brisant, le verre !

Assis dans la lueur de la flamme blanchâtre,
Pensant à mes enfants sans pain, sans toit, sans âtre,
    Je souffle à pleins poumons, misère !
Le feu s'éteint... Bientôt, vaincu, je tomberai,
Et l'on me balaira, mourant, désespéré,
    Avec les noirs débris du verre !

(1) *Chansons d'artisans*, p. 20.

XXXII

LE MARCHAND DE SABLE (1)

Qui veut du sable? Allons! Brave homme charitable,
N'aurais-tu pas besoin d'un petit peu de sable?
Voyons, mes braves gens! Je suis si fatigué!
Marcher pendant tout un long jour, ce n'est pas gai!
Il gèle à pierre fendre, et nos mains sont glacées,
Et mon fardeau meurtrit mes épaules lassées!

Qui veut du sable? Allons! Cinq bouches à nourrir
M'attendent au logis! La mère doit courir,
Elle aussi, Dieu sait où! pour chercher de l'ouvrage.
Cinq bouches à nourrir! Il en faut du courage!
C'est pour ça que je peine et que je trime ainsi,
Car les mômes ont soif, et faim, et froid aussi!

Qui veut du sable? Allons! Là-bas dans la vitrine,
Je vois des pains dorés! Comme ils ont bonne mine!
Si j'en avais un seul, quel régal délectable!
Par pitié! bonnes gens! Prenez-moi donc mon sable!
Ah! je viens de si loin! J'ai si longtemps marché
Et je crève de faim par-dessus le marché!

(1) *Chansons d'artisans*, p. 32.

Qui veut du sable? Allons! Voici la nuit qui tombe!
Il fait froid, il fait noir comme dans une tombe.
Et je ne puis rentrer, la main vide, au logis!
Car ils m'attendent tous, là-bas, dans le taudis!
Ils guettent mon retour, les yeux sur la fenêtre!...
Ah! pourquoi le bon Dieu nous a-t-il donc fait naître!

Qui veut du sable? Allons! J'entends le plus petit
— Un gaillard qui vous a déjà de l'appétit —
Me dire, tout joyeux: « Qu'as-tu rapporté, frère?... »
Et dans un coin obscur se lamente la mère,
Et le feu s'est éteint, et tristement je sors
Pour aller sangloter, à mon aise, dehors!...

Qui veut du sable? Allons! Le froid fige mes larmes!
Oh! vivre ainsi dans les tourments, dans les alarmes!
Je crie encore: « Du sable »! — Hélas, nul ne m'entend!
Dans les maisons, l'on voit briller des feux pourtant!
... Enfin! vers moi s'étend une main charitable!...
Du sable, du bon sable!... Allons! Qui veut du sable?

XXXIII

LA CHIFFONNIÈRE (1)

Dès l'aube, on me voit dans la rue.
Rôdant avec mes longs crochets!
Tout dort encor; moi je me tue
A ramasser chiffons, déchets!

Jadis, des riches la cohorte
Ne me trouvait pas si souillon!
Ils m'ont mise, hélas! à la porte,
Oubliant tout, jusqu'à mon nom!

Ce n'est pas que tous ces infâmes
Aient eu des repentirs subits;
Les péchés grouillent dans leurs âmes,
Comme les croix sur leurs habits.

Mais je perdais mes dents noircies;
Je clignais fréquemment des yeux;
Ma voix grinçait: des éclaircies
Se faisaient jour dans mes cheveux!

(1) *Chansons d'artisans*, p. 95.

Jadis, j'avais des aventures,
Ce n'étaient que chansons et cris,
Fleurs et rubans, flots de guipures…
Je ne suis plus qu'un vieux débris!

Nul parmi ces gens ne m'approche!
Ils m'évitent! Pourquoi? Cherchez!
C'est que je serais le reproche
Vivant de tous leurs grands péchés!

Avec ma hotte sur la hanche
Je fouille dans la saleté,
Guettant le jour de la revanche
Et du châtiment mérité!

Ah! si l'on savait par le monde
Ce que vaut tout votre paquet,
Comme une vieille loque immonde,
Vous tomberiez dans mon baquet!

XXXIV

LES NOYÉS (1)

Une fois l'an, au fond des mers vastes et sombres
        Revivent les noyés !
Ils se dressent soudain, muets comme des ombres,
        Effrayants, effrayés !

Enfants au teint blafard, arrachés à ce monde
        Par le sort inhumain,
Et dansant en silence une sinistre ronde
        En se donnant la main ;

Marins tenant encor l'ancre rongée et verte
        Dans leurs bras engourdis :
Explorateurs voguant vers quelque découverte.
        Insouciants, hardis !

Et voyageurs ayant endormi leurs pensées.
        Leurs fautes, leurs douleurs
Dans le balancement des vagues cadencées
        Et des flots cajoleurs.

(1) *Meerlieder* (Chansons de la mer), *Bonn, E. Strauss*, 1891,
pet. in-8. p. 23.

Labourent avec des coraux leur cœur qui souffre,
En appliquant parfois
Leur oreille attentive aux conques où s'engouffre
Comme un semblant de voix!

Meurtris, désespérés, condamnés à se taire,
Se traînant à genoux,
Ils murmurent en chœur: « Pour remonter sur terre.
Mes frères, aidons-nous! »

La Terre!... Pour l'atteindre, oh! la lutte! impossible!
C'est un amas de corps
Fendant les flots, montant, sous la lune, impassible,
Vers les terrestres bords!

Et la bouche crispée ils contemplent la terre!
Mais le jour naît soudain,
Et tous vont replonger au fond de l'onde amère,
Morne et lugubre essaim!

Les voici pour un an dans l'océan immense.
Seuls et loin de tout bruit.
Jusqu'à ce que la ronde horrible recommence.
Encor pour une nuit!

XXXV

LA VÉNUS DE MILO (1)

Phtaïs au corps d'ivoire, aux belles dents plus blanches
Qu'un blanc chevreau qui broute, en bondissant, les
[branches
Du coudrier fleuri le long des frais sentiers;
Phtaïs, dont la peau fine, ambrée et délicate
A les reflets dorés, la pâleur chaude et mate
Du fruit naissant qui croît sur les verts oliviers;

Phtaïs au doux parler, aux mains de jeune fille.
Roses comme la nacre au fond de la coquille
Qui s'entr'ouvre au soleil sur le sable mouvant;
Au galbe harmonieux, aux formes onduleuses
Pareilles à ces fleurs souples et gracieuses
Que vient laver la pluie et caresser le vent;

Phtaïs a vu devant sa prunelle ravie
Le seul homme qu'elle ait aperçu de sa vie,
Et, se disant qu'il vient vers elle pour l'aimer,
Elle lui tend ses bras superbes, admirables,

(1) *Chansons de la mer*, p. 69.

Ses mains aux doigts de rose, effilés, adorables,
Et sent que tout son cœur pour lui va s'enflammer !

Elle ignore, dans son innocence profonde,
Que cet homme est un Dieu, le Dieu puissant de l'onde ;
Et lui-même, distrait, et croyant, l'imprudent,
Qu'il a devant les yeux une écume fragile,
Et non une beauté vivante, il la mutile,
Et, pour jouer, la tue avec son grand trident !

XXXVI

UNE BARQUE, LE SOIR... (1)

Une barque, le soir, prend le large. L'étoile,
Avec son vif éclat, ses rayons et ses feux
Paraît avoir tissé la trame de sa voile ;
Tristement elle vogue au milieu des flots bleus !

Lourdes comme le plomb, les rames espacées
Glissent : tel un convoi lugubre de captifs ;
Et, pareil aux soupirs des âmes trépassées,
S'élève un bruit confus de murmures plaintifs !

Comme un fantôme errant à l'horizon sans borne
Flotte le frêle esquif, par la mer entraîné ;
Sous le soleil couchant il s'avance plus morne
Que le vague regard d'un enfant nouveau-né !

A l'arrière, à l'avant, le long de la voilure
On voit tomber parfois un homme qui pleurait,
Ou bien, c'est une femme, avec sa chevelure
En désordre, qui court, se penche et disparaît !

(1) *Chansons de la mer*, p. 80.

Puis soudain tout pâlit, tout décroît et s'efface,
Nul ne sait où s'en va la barque. Un long ruban
D'écume indique seul sa route, dont la trace
Elle-même se perd dans l'obscur océan.

XXXVII

A CEUX QUI SONT LAS (1).

Mon luth ne brigue pas une gloire éphémère,
Et mon front n'attend pas le laurier décevant ;
Non, de mon cœur troublé j'ouvre le sanctuaire
Aux coups de la tempête, aux caprices du vent !

Comme un salut discret d'une sainte demeure,
Je l'ouvre aux pèlerins que le monde a lassés,
Rosée humide et douce à l'œil brûlant qui pleure,
Asile sûr pour les voyageurs harassés !

A travers les chemins de ronces et de pierres
Où nous marchons meurtris, anxieux, haletants,
Que doucement mon vers caresse vos paupières,
Comme le frais matin d'un beau jour de printemps.

(1) Dédicace de *Thau* (Rosée), *Bonn, E. Strauss*, 1900, pet.
in-4.

17

XXXVIII

L'AME EST TOUJOURS JEUNE... (1)

L'âme est toujours jeune, elle est toujours neuve
Et ne connaît pas la sénilité ;
Elle sait garder, même dans l'épreuve,
Son indépendance et sa liberté !

Debout sur le seuil, vaillante et sereine,
Elle lutte, et dit à la vie, au sort :
« Sais-tu si demain la vague prochaine
« Pourra sûrement me conduire au port ? »

Sa tendre fraîcheur jamais ne s'altère ;
De l'enfant candide elle a les beaux yeux,
Et son seul désir, son rêve, sur terre,
Est de contempler de plus près les cieux !

(1) *Rosée*, p. 73.

XXXIX

CONSOLATEURS (1)

« Écoute — me disait la forêt solitaire —
« A quoi bon ces soupirs et ces pleurs superfl... ?
« Tout est fragile, hélas ! rien ne dure sur terre !
« Ton cœur et ton cerveau demain ne seront plus ! »

« Écoute — chuchotait la brise qui murmure —
« Ne reconnais-tu pas ces rumeurs et ces voix ?
« Te voilà maintenant apaisé, j'en suis sûre !
« C'est bien le même son aujourd'hui qu'autrefois ! »

« Écoute — soupirait avec douceur la source —
« Laisse l'heure s'enfuir et le temps s'écouler.
« Il t'apprend à souffrir, t'excite dans sa course,
« Tandis qu'à tire d'aile on le voit s'envoler ! »

« Écoute — ricanait derrière moi le saule –
« Prends un peu de repos : tu dois être lassé ;
« Tu portas vaillamment ta croix sur ton épaule !
« Demain, la nuit, le rêve auront tout effacé »

(1) *Rosée*, p. 120.

XL

LE GUIDE (1)

Au voyageur aveugle errant à l'aventure
Dieu donna, pour le mieux guider dans son chemin,
Pour lui rendre la route et meilleure et plus sûre,
Un grand bâton de fer à tenir dans la main.

Et ce bâton le mène à travers la nuit sombre
Mieux que par la clarté d'un jour éblouissant ;
Dans la tempête obscure et l'ouragan, dans l'ombre,
C'est la force fidèle et le soutien puissant !

Oh ! ne dis pas : « Ce guide incommode, impossible,
« Ce lourd fardeau, je veux le jeter dès ce soir ! »
— Car ferme, résistant, rigoureux, inflexible,
Ce bâton, ici-bas, se nomme : le Devoir !

(1) *Rosée*, p. 131.

XLI

CROIX ET COURONNE

Pourquoi donc, au-dessus des couronnes princières,
Voyons-nous une croix se dresser ? — Oui, pourquoi ?
C'est qu'un bandeau cruel d'épines meurtrières
Entrelace ses nœuds sur le front de tout roi !

C'est que les souverains, malgré le diadème,
A des crucifiés ressemblent de tous points ;
C'est que leur âme saigne et que leur face est blême,
Car ils ont de longs clous enfoncés dans les poings !

C'est qu'ils doivent, jusqu'à l'endroit de leur supplice,
Traîner leur lourde croix comme autrefois Jésus,
Bien que toute leur chair pantelle et se meurtrisse,
Et que leurs pieds saignants ne les soutiennent plus !

C'est que sur cette croix tout vivants on les couche
Eux des rois ! à côté de larrons insulteurs,
Près de femmes en pleurs, attendant de leur bouche,
Des mots cléments et doux, des mots consolateurs :

(1) *Rosée*, p. 159.

C'est que des envieux la phalange odieuse
Les abreuve du fiel d'une amère liqueur ;
Que la lance qui fend leur poitrine, et la creuse,
Enfonce la douleur jusqu'au fond de leur cœur !

Nulle bouche pourtant n'est admise sur terre
A couvrir cette voix de ses baisers pieux,
Car elle doit briller, lointaine et solitaire,
Sur les sommets ardus, très haut, non loin des cieux ;

Car elle doit briller, lumineuse et splendide,
Comme le fier drapeau dans les sanglants combats,
Comme une claire et pure étoile qui nous guide
Dans l'éternelle nuit des douleurs d'ici-bas !

O rois ! que la couronne entre vos mains augustes
Soit l'autel près duquel, soumis et confiants,
Les peuples généreux, les peuples forts et justes,
Viennent prier, ainsi que de jeunes enfants !

Qu'elle soit le refuge où l'on se sanctifie,
Le temple ouvert aux bons, aux humbles de tout rang,
Pour que, sous ses arceaux, leur cœur se purifie
Dans la pourpre sacrée et sublime du sang !

O rois ! qu'entre vos mains l'éclat de la couronne
Soit l'infini pardon pour les pauvres pécheurs,
Le phare qui la nuit resplendit et rayonne,
Et le flambeau céleste éclairant nos erreurs !

Laissez le sang couler sur vos nobles poitrines,
Vous qui portez ainsi le fardeau de la croix !
Dieu saura quelque jour en ôter les épines,
Et des clous assassins vous délivrer, ô rois !

XLII

L'ÉMIGRANT ALLEMAND (1)

Voyageur passager sur cette sombre terre,
Au repos éternel je pense bien souvent ;
Lorsque viendra le jour fatal, que l'on m'enterre
Au pied d'un grand tilleul balancé par le vent !

Qu'on pose sous son dôme épais ma tête lasse,
Afin que de ses fleurs éparses recouvert
J'entende résonner encore dans l'espace
Le doux frémissement de son feuillage vert !

Dans un étroit sentier, sous l'ombreuse ramure,
Que l'on couche mon corps auprès d'un frais buisson,
Pour que j'entende encor la brise qui murmure
Me redire parfois l'écho de sa chanson !

Mais pour mon cœur, amis ! je veux que sur la rive
Du Rhin l'on creuse un lit sûr, profond, abrité,
Afin que chaque flot de l'onde fugitive
Le baigne lentement durant l'éternité !

(1) *Unter der Blume* (Le Bouquet du vin), *Ratisbonne, W. Wunderling*, 1903, in-16, p. 15.

XLIII

LE VIN DE RUDESHEIM (1)

D'où vient qu'à la gaîté tout mon cœur s'abandonne,
Et que mon verre plein me rit comme un enfant?
C'est que le Rudesheim dans son cristal rayonne
Et brille entre ses bords d'un éclat triomphant!

Il était autrefois — comme on dit dans les contes —
Un noble chevalier aux blonds cheveux soyeux;
Avec ses compagnons, barons, marquis et comtes,
Il errait au hasard, toujours content, joyeux!

Au moment de mourir, il dit d'une voix claire :
« Terre rhénane, à qui m'unissent tant de liens,
« O toi! ma fiancée, à mon heure dernière,
« Laisse-moi te léguer les plus chers de mes biens!

« Je laisse mes cheveux à tes forêts profondes,
« Mes vers à tes chanteurs, et tout mon sang vermeil
« Au bourg de Rudesheim, à ses vignes fécondes
« Que dorent les rayons magiques du soleil ! »

(1) *Le Bouquet du vin*, p. 37.

TABLE DES MATIÈRES

4-9-07. — TOURS, IMP. E. ARRAULT ET Cⁱᵉ.